母と死体を埋めに行く

大石 圭

角川ホラー文庫
22887

目次

第一話　母と死体を埋めに行く

1.

　きょうの最後の授業、六時限目の現代国語では保護者による授業参観が予定されていた。そういうこともあって、生徒たちは何となく落ち着かないようで、背後の扉から次々と入ってくる保護者たちを頻繁に振り返っていた。

　カトリック系のこの女子高校の制服は、ブリティッシュグリーンのブレザーにチェックのスカートで、ソックスの色は白または濃紺と決められていた。スカート丈には規定がなかったから、生徒たちの大半がスカートを下着が見える寸前まで短くしていた。

　ほかの女子生徒たちと同じように、少女も入学した直後から超ミニ丈にしたスカートを穿《は》いて通学していた。そして、ほかの生徒たちと同じように、自分の母がいつやって来るのかと、ほっそりとした長い首を何度となくひねり、教室の背後にしきりと視線を向けていた。

　後方の壁際にはすでに、三十人を超える保護者たちが並んでいる。そのほとんどは女だけれど、父親らしき男たちの姿もちらほらと見える。祖父母のように見える年配の人たちも来ている。今もまた、夫婦と思われる中年の男女が、穏やかな笑みを浮かべながら後ろのドアから入って来た。

けれど、少女の母はまだいない。必ず行くと言っていたのに、まだその姿が見えない。

少女が通っている私立の女子高校はいわゆるお嬢様学校で、学費も高いから裕福な家庭の娘が多いと言われている。だからきっと、今、教室の背後に立っている人たちも、みんなそれなりにお金に余裕があるのだろう。少女のような母子家庭の娘は、この高校には数えるほどしかいないと聞いていた。

入学したばかりの頃には、少女は自分の母がシングルマザーだということに、引け目のようなものを覚えていた。仲間外れにされるのではないかと危惧《きぐ》したこともあった。けれど、少なくともそのことで、ほかの生徒から馬鹿にされたり、蔑《さげす》まれたりしたことは一度もなかった。

風が教科書のページをめくり、少女は左手にある窓の外に目を向けた。少女の席は南を向いた窓のすぐ近くで、四階の窓から午後の太陽が校庭を照らしているのがよく見えた。

その日差しの中では今、四十人ほどの女子生徒がバレーボールの授業を受けようとしている。ウェアの色がブルーだから、少女たちより一学年下の二年生なのだろう。

十月に入り、秋は日ごとに深まっていた。少女も日々、それをはっきりと感じる。イチョウはまだ青々としているけれど、ソメイヨシノの葉は早くも色づき始めている。まだ午後二時をまわったばかりだというのに、太陽は明らかに西へと傾き始めている。

少女は壁の時計に視線を向ける。そろそろ授業の始まる時刻だ。教室には今も次々と保護者が入って来る。けれど、母はまだ来ない。

お母さん、遅いなあ。

少女がそう思ったその時、背後の扉から母がその姿を颯爽《さっそう》と現した。

そう。母の登場の仕方は、まさに『颯爽』という言葉が相応《ふさわ》しかった。

少女の母はほかの保護者たちに一礼してから、席に着いている生徒たちにも深く頭を下げた。先端に緩いパーマのかかった長くつややかな栗色の髪が、はらりと垂れ下がって揺れた。

顔を上げた母は整った顔に毅然《きぜん》とした表情を浮かべ、背筋を伸ばして教室の隅へと向かった。パンプスの踵《かかと》がコツコツという硬い音をたてて床を鳴らした。

その瞬間から、少女の母はほかの保護者たちの視線を一身に集め始めた。いや、保護者たちだけでなく、教室内のすべての生徒が、一様に驚いたような顔をして少女の母を見つめていた。

少女の母は華奢《きゃしゃ》な体に張りつくような純白のスーツを身につけ、とても踵の高い真っ白なパンプスを履いている。タイトなスカートは膝丈《ひざたけ》だ。整ったその顔には、銀座《ぎんざ》の店に向かう時ほどではないけれど、今も入念で濃密な化粧が施されている。

母は教室の隅で足を止めると、アイラインに縁取られた大きな目で少女を真っすぐに見つめた。少女もまた、ためらいがちに母を見つめ返した。

ふたりの視線が交差した瞬間、母が穏やかな笑みを浮かべて深く頷《うなず》いた。

その笑みを目にした少女は、強い安堵《あんど》が全身に広がるのを感じた。

母の髪の中、その耳元では大きくて派手なピアスが揺れている。唇ではピンクのグロスが光っている。ここからでは見えないが、長く伸ばした爪は鮮やかなジェルネイルに彩られているはずだった。

「リラのママ、春の授業参観の時よりも綺麗《きれい》になったみたい」

隣の席の川端美奈《かわばたみな》が、少女に顔を寄せて囁《ささや》く。

「そう？　美奈がそう言ってたって伝えておく。きっと喜ぶよ」

そんなことには関心がないというような、素っ気ない口調で少女は答える。

だが、少女の目にも自分の母は、ほかの生徒の母親たちと比べると群を抜いて美しく見えるし、遥《はる》かに若々しくも見える。それが少女には誇らしかった。

そう。その人は少女の自慢の母なのだ。

2.

授業参観のあとは、生徒は保護者と一緒に帰宅していいことになっていた。春の授業参観の時にもそうしたように、きょうも少女は母と一緒に教室を出ると、駐車場の片隅に停められている純白のレクサスに乗り込んだ。

少女が助手席に乗り込むとすぐに、母はゆっくりと車を発進させた。行き先は港区《みなと》の自宅ではなく、同じ港区内にある母の行きつけのエステティックサロンだった。三年生になった直後から、少女は母と一緒にそこに通うようになっていた。

「きょうは学校でたくさんの女の子たちを見たけど、リラより綺麗な子はひとりも見かけなかったわね」

ハンドルを操作しながら母が満足げな口調で言った。彼女は綺麗な女が好きなのだ。

「そう？　ありがとう」

運転席の母には顔を向けず、少女は素っ気なく聞こえるように答えた。

褒められるのは嫌ではない。けれど、容姿のことばかり口にする母に対して、少し批判的な気持ちを抱いているのだ。

そんな少女に向かって、母がさらに言葉を続けた。

「リラがどう思っているかは知らないけど、お前の最大の長所はその美貌《びぼう》なの。顔が綺麗で、手足が長くてスタイルがいいことなの。その美貌がなかったら、お前なんかその他大勢と一緒よ。だから、その美貌を保ち、さらに美しくなることを最優先に考えなさい。ほかのすべては二の次よ」

「はい。はい」

少女はまた、努めて素っ気ない口調で答えた。

「美しくなるためなら、いくらお金を使ってもいいと考えている人たちが、この世の中にはたくさんいるのよ。だから、美しく生まれたことに感謝しなさい。わかってるわね？」

助手席の少女にチラリと視線を向けて母が言った。

「だから、わかってるって」

少女はやはり母の方には顔を向けず、投げやりな口調で返事をした。

母が口をつぐみ、車内には静寂が満ちた。静かなのが好きな母は、家にいる時も車内でも音楽を流すことを嫌がるのだ。母は車内でリラがテレビを見ることも禁止していた。

わたしの毎日はクラスの女の子たちとは違う。そんなには大きく変わらないのかもしれないけど、やっぱり少しは違う。

常々感じていることを、今また少女は感じていた。


少女の名はリラ。若月《わかつき》リラ。東京都内にあるカトリック系の女子高校の三年生、四月生まれの十八歳だ。

リラという名は母がつけた。少女が生まれた時、ちょうど産院の窓の外でライラックが咲いていたからだという。フランスではライラックをリラと呼ぶ。

母は未婚のままリラを産んだということで、リラには戸籍上の父親がいない。それだけでなく、父の顔も名前も、どんな男だったのかも知らない。父親が誰なのか、母が教えてくれないのだ。だから、リラは父の姿を思い浮かべてみることさえできなかった。

何年か前、ダイニングテーブルに向き合って食事をしている時に、食事の手をとめた母が、さりげない口調でこう言ったことがあった。

「リラはテレビで、お父さんを何度も見ているのよ」

「お父さん、生きてるの？」

あの時、リラは少し驚いてそう尋ねた。

それまでの母はリラが父のことを訊《き》くたびに、『その話はやめて』とか『思い出したくないの』などと言うだけで、何も教えてくれなかったから、生きているのかどうかさえ知らなかったのだ。家の中には父だと思われる男の写真は一枚もなかった。もしかしたら、あったのかもしれないが、父の顔を知らないリラに父の写真を見つけることは不可能だった。

「ええ。生きてるわ。ピンピンしてる」

あの日、再び食事を口に運びながら母が言った。

「テレビに出ているってことは、お父さんは……芸能人なの？　それとも政治家なの？　もしかしたら、スポーツ選手？」

テーブルに身を乗り出すようにしてリラはさらに尋ねた。

けれど、母は自分からその話題を始めたくせに、急に面倒くさそうな口調になって、

「その時が来たら、教えるわ」と言っただけだった。リラの母はいつだって、猫のように気まぐれなのだ。

その後はリラが何を訊いても、母は返事さえしてくれず、結局、その話はそれで打ち切りになってしまった。

3.

リラの母はれい子《こ》という。若月れい子は今、銀座の一等地でナイトクラブを経営している。政財界の大物や、著名な芸能人、スポーツ選手なども訪れる高級クラブで、いつも十数人のホステスを使っている。

リラを二十二歳で産んだれい子は、今年、四十歳になった。けれど、神経質なほど容姿に気を遣っているということもあって、四十歳という年齢より遥かに若々しく見える。リラと一緒にいると、姉妹に見られることも少なくない。

日本海側の地方都市で生まれ育ったれい子は、十歳の時に父をなくしている。リラの祖父にあたる人は自ら命を絶ったのだと聞いている。

父を亡くしたれい子はリラの祖母にあたる女に育てられたが、祖母はれい子が東京の大学に在学中に癌で亡くなった。その後のれい子は大学を続けるために、六本木《ろっぽんぎ》や銀座で水商売のアルバイトをしていたのだという。

けれど、母の人生の詳細について、リラは知らない。母は自分が話したくないことは、決して話さない人なのだ。

ふたりでいる時の母は絶対的な権力を持った専制君主のような存在で、いつもリラに命令を下す。その命令の仕方はあまりにも高圧的で、リラはカッとなることもあるし、苛立《いらだ》つこともある。

けれど、どうしても逆らうことができない。リラには幼い頃から母に従うという癖がついているようだった。

それでも、リラは基本的には母を信頼しているし、頼りにもしている。自分が右に行きたくても、母が左と言えばリラは左へと向かう。

そう。母の言う通りにしていれば、道を誤ることはないのだ。

中学生になった時に、リラは美術部に入った。友人に強く誘われたからだ。

美術部の顧問は美大を卒業し、その前の年の春に教師になった若い男だった。顧問の男は背が高くて痩《や》せていて、ほっそりとした綺麗な指の持ち主だった。彼は優しくて、穏やかで、物静かだった。

リラは絵を描くのがそれほど好きだったわけではない。けれど、美術部に入るとすぐに、絵を描くことに夢中になった。顧問の教師に褒められるのが嬉《うれ》しかったのだ。

顧問の男は飯田《いいだ》といった。飯田淳一《じゅんいち》だ。

当時、飯田は二十五歳だった。彼は部員たちの絵をけなすことは決してせず、そのいいところだけを見ることで長所を伸ばそうとした。

「うまく描こうとする必要はないんだ。古代人が洞窟《どうくつ》で描いた壁画は稚拙だけれど、それでも見る人の胸を打つ。その理由は、そこに描き手の情念が込められているからなんだ。伝えたい、わかってもらいたいという気持ちが、ちゃんと伝わるからなんだよ」

最初の部活動の日に新入部員を前に、飯田は力を込めてそう言った。彼は物静かな男だったが、絵について話す時には熱がこもった。

その言葉にリラは感動した。

飯田はリラが描いた風景画や静物画も、『この絵には独特の世界観を感じる』『磨けばもっと光る』などと言って褒めてくれた。

そんなこともあって、リラは密《ひそ》かに彼のことを『素敵な人だな』と思っていた。

自分の身なりには関心がないようで、飯田はいつも同じ服を着て、その上に油絵具の付着したよれよれの白衣を身につけていた。髪の毛は鳥の巣みたいにボサボサだった。

だが、そんな飾らないところも、十三歳になったばかりのリラの目には魅力的に映った。

ある日、その飯田がリラに、『夏休みのあいだ、僕が若月さんに個人レッスンをしてあげるよ』と言い出した。夏休みが翌日から始まるという日のことだった。

「わたしだけ？　どうしてですか？」

少し戸惑いながらリラは尋ねた。

「前にも言っただろう？　若月さんの絵は磨けば光るんだ。君には才能があるんだ。だから、特別な指導をしてあげたいんだよ」

それを聞いた時は嬉しかった。だから、リラはその提案を喜んで受け入れた。だが同時に、自分だけが特別扱いをされているみたいで、ほかの部員に悪いとも考えていた。

翌日、リラは夏休みで誰もいない美術室に行き、そこで飯田から個人レッスンを受けた。まずはデッサンだった。飯田はリラのすぐ脇に座って、対象となっている石膏《せっこう》像の見方や、濃淡の付け方、線の引き方など、熱っぽい口調で細かく教えてくれた。

飯田先生はわたしのことを、もっと上手《うま》くしてあげたいと本気で思っているんだ。

リラは思った。けれど、その考えが間違いだったと気づいたのは、一対一のレッスンが始まって一時間半ほどがすぎた頃のことだった。リラのすぐ隣の椅子に腰掛けていた飯田が、急にリラの肩を抱き寄せたのだ。

リラはびっくりして、男の腕から逃れようとした。けれど、飯田はそれを許さず、ほっそりとしたリラの体を強く抱き寄せ、力ずくで立ち上がらせて抱き締めた。それだけでなく、リラの唇に自分のそれを無理やり重ね合わせ、まだほとんど膨らみのない胸を揉《も》みしだいた。

激しくうろたえながら、リラは必死の抵抗を試みた。けれど、男の力の前では、できることはほとんどなかった。

ようやく男が手を離したのは、一分以上がすぎてからだった。

「驚かせてごめん。君が好きなんだ。君が入部してきた時からずっと好きなんだ」

言葉を失っているリラの目を見つめて男が言った。そう言ったと記憶している。けれど、あまりにも動揺していたから、その記憶には自信がない。

いずれにしても、茫然自失《ぼうぜんじしつ》の状態に陥っていたリラにできたのは、焦点の定まらない目で男を見つめて頷《うなず》くことだけだった。

「あしたもここに来るんだよ。いいね？　来てくれるね？　待ってるよ」

見たこともないほど真剣な顔をして男が言った。

その言葉に、リラはまた小さく頷いた。

4.

嫌だった。もう二度と、飯田とふたりきりにはなりたくなかった。けれど、リラに与えられた選択肢は、翌日もまた美術室に向かうことしかなかった。少なくとも、あの時には、ほかに選択肢がないのだと思い込んでいた。

どういうわけか、断るということは思いつかなかった。母の言いなりになり続けていたということもあって、幼い頃からリラは断ることが苦手だった。断った時の相手の反応が恐ろしいのだ。

翌日、恐る恐る美術室に入って行ったリラに飯田は無言で歩み寄り、骨が軋《きし》むのではないかと思うほど強く抱き締めた。さらに、男はリラのブラウスのボタンを外し、ブラジャーを乱暴に押し上げ、小さな乳房をじかに揉みしだき、そこに顔を近づけて、貪《むさぼ》るかのように乳首を吸った。それだけでなく、制服のスカートを捲《まく》り上げ、ショーツの中にまで手を差し込んできた。

無力なリラにできたのは、「やめて」「やめて」と小声で繰り返すことだけだった。大声を出すことは考えられなかった。そんなことをしたら、学校にいるほかの教師たちに、このおぞましい現場を見られてしまう。それだけは避けなくてはならなかった。少なくとも、リラは避けなければならないと考えていた。

その日、男は前日より行為をエスカレートさせた。リラを美術室の床に無理やり押し倒し、なおも唇を貪り続けながら、とても長いあいだ、胸を揉んだり、股間《こかん》をまさぐったりし続けたのだ。

犯される。

リラは思った。『犯される』ということがどういうことなのか、あの頃にはリラにもぼんやりとわかっていた。

だが、男が性器の挿入を始めることはなく、「またあした来るんだよ」と言って、その日はリラを解放してくれた。

その日は犯されずに済んだ。けれど、翌日もそうだという保証はなかった。いや、あしたはきっと、男はそれをするのだろう。

リラはほとんどそれを確信していた。

自宅に戻って入浴する時に、脱衣所の大きな鏡に裸の全身が映った。その姿を目にしたリラは愕然《がくぜん》とし、その場に茫然と立ち尽くした。

長時間にわたって揉みしだかれ続けた白い乳房には、その所々にアザのようなものができ、乳房全体がうっすらと赤くなっていた。荒々しく吸われ続けた乳首の周りは真っ赤だった。内出血だと思われる赤いアザは、ほっそりとした首筋にも残っていた。

穢《けが》されてしまったんだ。わたしはもう、今までとは違うんだ。

そう思うと、飯田という男への凄《すさ》まじい憎しみが湧き上がってきた。穢れてしまった自分に対する嫌悪のようなものも感じた。あしたもまたあの男に向き合わなくてはならないのだと思うと、胃が硬直して吐き気が込み上げた。

その晩は何も食べる気になれず、家政婦が用意してくれた食事には手をつけないままベッドに入った。

ふだんのリラは寝つきがいいほうだった。けれど、その晩はいつまで経っても眠れなかった。目を閉じるたびに、美術室でのことが思い起こされ、何度も叫び声を上げてしまいそうになった。

いつものように、母が仕事から戻ってきたのは日付が変わってからだった。

リラは寝室を飛び出すと玄関に向かい、疲れたような顔をしてパンプスを脱いでいる母に泣きながら抱きついた。

「どうしたの、リラ？　何があったの？」

そう訊《き》かれ、リラは美術部の顧問にされたことを泣きながら母に報告した。

誰にも言うつもりはなかった。誰にも知られたくなかったから。けれど、リラは話してしまった。ひとりきりで抱え込むには重たすぎたから。

泣きながら語られる娘の言葉を、母は顔を強《こわ》ばらせて聞いていた。

ひどく怒られ、罵《ののし》られるはずだと思っていた。ぶたれるかもしれないとも思っていた。

けれど、母は怒ることも罵ることもなく、その細い腕でリラの体をしっかりと抱き締めた。

「大丈夫よ、リラ。もう大丈夫。あとのことはお母さんに任せなさい。大丈夫よ、リラ
……大丈夫……大丈夫……」

母は『大丈夫』という言葉を何度となく繰り返した。その言葉が耳に入ってくるたびに、リラは強ばっていた体から少しずつ力が抜けていくのを感じた。

母の取った行動は早かった。翌早朝、校長がいることを電話で確認した上で母は学校に押しかけ、美術部の顧問が娘にしたことを校長と教頭と学年主任に告げた。

最初、校長と教頭は、事を荒立てず、当事者である飯田を交えた話し合いで事態を穏便に解決できないかと母に提案したらしい。その態度に母は激怒し、今度は教育委員会

に乗り込んだ。それだけでなく、警察にも被害届を提出し、区役所や児童相談所にも報告した。

母の行動によって、美術部顧問の飯田淳一は警察に逮捕され、懲戒免職の処分を受けた。その後、飯田は刑事裁判で懲役三年という実刑判決を受けて服役した。

母がしたのは飯田淳一を社会的に葬ることだけではなかった。たとえ飯田がいなくなったとしても、娘を同じ学校に通い続けさせることはできないと考えた母は、夏休み中にリラを私立の中学校に転校させる手続きを取った。

リラが受けた心の傷は大きかった。けれど、母がしてくれたことは嬉《うれ》しかった。あの時、リラは親鳥の羽に包まれた雛《ひな》になったように感じていた。

そう。母の言う通りに生きていけば、道を誤ることはないのだ。

5.

母がレクサスを停めたのは、青山《あおやま》通りから少し脇道を入ったところにある会員制のエステティックサロンの駐車場だった。その店は著名な芸能人たちも通っているという高級店で、会費もかなり高いようだった。母はそのサロンで今の美貌《びぼう》を保ち、さらに美しくなるためにさまざまなことをしていた。

高級ホテルのフロントのようにも見える受付で手続きを済ませると、母とリラは担当のエステティシャンに導かれて個室へと向かい、その薄暗い個室で衣類と下着を脱ぎ捨てて黒い紙製のショーツだけという恰好《かっこう》になった。

朝晩のランニングと厳しいダイエットを続けているせいで、同じクラスの女子生徒の中で、リラは一番ほっそりとしている。けれど、四十歳になった母のほうもリラに負けないほどに痩《や》せていて、その脇腹には一本一本の肋骨《ろっこつ》がくっきりと透けていた。母の鎖骨の部分には水を溜《た》めておけるほど深い窪《くぼ》みができていたし、背中には肩甲骨が天使の翼のように浮き出ていた。リラと同じように、母は手足がとても長かったし、首も細くて長かった。肩も鋭く尖《とが》っていた。

そんな母と並んでストレッチャーのようなベッドに横たわり、リラはすっかり顔馴染《かおなじ》みになった若い女から全身のオイルマッサージを受けた。

薄暗い個室には音量を抑えた環境音楽が流され、アロマの香りが漂っている。部屋のあちらこちらに大きな花瓶が置かれ、そこでさまざまな植物が花を咲かせている。室温はかなり高く設定されているようで、裸でいても寒さを感じることはまったくなかったが、着衣のエステティシャンは暑いようで、彼女たちの額ではうっすらと汗が光っている。

ついさっきまで、ふたりで俯《うつぶ》せになっていたが、今は母もリラも仰《あおむ》向けになっていて、それぞれが脚部のマッサージをしてもらっていた。いつもリラの担当をしてくれるのは川村早苗《かわむらさなえ》という二十代半ばの女で、にこやかでとても感じのいい人だった。

脚を揉《も》んでもらいながらリラはわずかに首をもたげ、すぐ右隣のベッドに仰向けになっている母の姿を見つめた。

母の胸には今、真っ白なタオルが被《かぶ》せられていた。小ぶりな乳房がそのタオルをわずかに押し上げていた。静かな上下運動を繰り返している母の腹部には余計な脂肪がまったくなく、そこは今、えぐれるほどにくぼんでいた。臍《へそ》ではつけてから一度も外したことがないという大粒のダイヤモンドが光り、その左右には尖った腰の骨が高く突き出していた。母は美容外科にも通っていたが、乳房を大きくするつもりはないようだった。

オイルにまみれた母の体は、磨き上げられたピアノのように美しく光っていた。全身脱毛をした母の体には、ムダ毛と呼ばれるものが一本もなかった。今は見えなかったが、その股間にもほんの少しの毛が生えているだけだった。

同性であるにもかかわらず、リラは母のその姿をセクシーだと感じた。削るべき部分も、付け加える部分もまったくない完璧《かんぺき》な肉体だとも感じていた。今は辞めてしまったが、母は美容のために長くキックボクシングジムにも通っていた。

綺《き》麗《れい》だな。あんな大人になりたいな。

もたげた首を静かに元に戻しながら、リラはそんなことを思っていた。

そのサロンにはホテルのリビングルームのような洒落《しやれ》た個室が用意されていた。いつものように、マッサージを終えた母はその部屋で入念な化粧をした。母は銀座の店で身につけるための派手な衣類を、ボストンバッグに入れて持ち込んでいた。

母の身支度に時間がかかるのはわかっていたから、リラはソファにもたれてスマートフォンをいじりながら、スタッフが淹《い》れてくれたハーブティーを飲んだ。リラはすでに高校の制服を身につけていた。

本当は一緒に出されたパウンドケーキを食べたかった。マッサージのあいだ、ずっと空腹を覚えていたのだ。

いや、マッサージのあいだだけではない。リラはいつもダイエットをしているから、満腹の時などめったにないのだ。けれど、母に叱られると思って、パウンドケーキの小皿には手を伸ばさなかった。

母が手を動かすたびに、その顔はどんどん魅惑的になっていった。それはまるで魔法のようだった。

リラのクラスの女子生徒の多くが、休日には化粧をしているらしかった。けれど、母はリラが化粧することは許さなかった。

『今はまだ、リラは蛹《さなぎ》なのよ。化粧をするのは蝶《ちょう》になってからよ』

いつだったか、化粧をしてみたいと訴えたリラに、母がそう言ったことがあった。それからのリラは、母の前で化粧のことは口にしなかったが、化粧をしてみたいという気持ちは変わらなかった。

そう。容姿のことばかり口にする母に反感を覚えながらも、リラ自身の中にも美しさへの執着のようなものが確かに存在していた。

「リラも全身脱毛を始めたほうがいいわね。帰りに受付で予約しておくわ」

ドレッサーの鏡に触れるほど顔を近づけて目に化粧を施しながら母が言った。母はいまだに黒いレースのブラジャーに、お揃いの小さなショーツだけという恰好をしていた。

「全身脱毛？　面倒くさそう」

ほっそりとした脚を組み替えながらリラは言った。美容のためにしなければならないことがあまりに多すぎて辟易《へきえき》していたのだ。ここでせっかく入浴をしたというのに、家に戻ったらリラは三十分のランニングに行かなければならなかった。

「面倒くさがっていたら、綺麗にはなれないの。全身脱毛には時間がかかるから、早く始めたほうがいいのよ」

リラは返事をしなかった。返事をしてもしなくても、リラが全身脱毛を始めることは、母の中ではすでに決定事項なのだから。


いつものように、母の身支度には一時間近くがかかった。

母は今、大きな金ボタンの並んだミニ丈の黒いスーツをまとい、顔には極めて濃密な化粧を施し、毛先が緩くカールした栗色の長い髪を美しく整え、たくさんの金のアクセサリーを身につけていた。授業参観では白いパンプスを履いていたが、今は金の縁取りがついた黒いエナメルのパンプスに履き替えていた。

「それじゃあ、帰るわよ」

そう宣言した母と一緒にリラがサロンを出た時には、秋の空はすっかり暗くなり、ネオンライトに照らされた青山の空にもいくつかの星が瞬いていた。

自宅に向かう車の助手席で、リラは母に命じられて自宅にタクシーを呼んだ。レクサスをマンションの地下に停めたら、母はそのタクシーで銀座の店へと向かうのだ。

人々の帰宅時間だということもあって、都内の道は混雑していた。それでも、自宅のあるマンションには二十分足らずで到着した。

マンション前には電話で呼んだタクシーが待っていた。駐車場にレクサスを停めると、母は「それじゃあ、行ってくるね」とリラに言って、そのタクシーの後部座席に颯爽《さっそう》と乗り込んだ。

そう。その姿はやはりとても颯爽としていた。

6.

リラと母は港区内にある高級マンションの一室で暮らしている。十階建てのマンションの最上階にある百平方メートルほどの4LDKで、南を向いたリビングルームの外には大きなテラスがあって、そこから眼下に広がる公園の緑が一望できた。

母は家のことをまったくしなかったから、平日は富川陽子《とみかわようこ》という三十代後半の家政婦が来て、掃除や洗濯や買い物や、食事の支度などをしていた。母は駐車場に停めてあるレクサスの車内も彼女に掃除させていた。

富川陽子は本格的に調理を勉強したことはないようだった。だが、彼女の料理は手間と時間をかけて丁寧に作られていて、プロの料理人のものかと思うほどに美味《おい》しかった。

富川陽子の勤務時間は朝の八時から午後四時までだったから、リラが高校から戻る時刻にはたいていい家にいない。だが、きょうは玄関のドアを開けたリラを、富川陽子が「おかえり、リラ」と出迎えてくれた。

「ただいま。富川さん、まだいたのね？」

黒いローファーを脱ぎながら、リラは家政婦に微笑んだ。リラが中学生の頃からこの家で働いている彼女は、リラにとって家族のような存在だった。

富川陽子は明るく朗らかだったが、余計なことはめったに口にせず、いつも黙々と働いていた。彼女は自分のことは何も言わなかったけれど、どこか上品で、奥ゆかしくて、育ちの良さのようなものが感じられる女性だった。

「うん。ちょっといろいろと手間取っちゃって。でも、もう帰るわ」

割烹着《かっぽうぎ》を脱ぎながら富川陽子が言った。身長が百五十センチに満たないという彼女は、極端に小柄で、体重も三十五キロほどしかないようだった。目立つことが好きではないということで、いつも地味な衣類を身につけていた。癖のない整った顔立ちをしているのに、化粧は薄くて、アクセサリーも何ひとつ身につけていなかった。

「授業参観にれい子さん来てくれた？」

家政婦が訊《き》いた。彼女は母のことを『れい子さん』と呼び、リラのことは『リラ』と呼び捨てにしていた。母と一緒にいるより富川陽子といる時間のほうが長かったから、リラは彼女に母には言わないいろいろなことを話した。

「うん。遅れずにちゃんと来たよ」

「れい子さん、すごく綺麗だから、みんなの注目の的だったでしょう？」

「さあ、知らない」

母が注目を集めていたことはわかっていたが、リラはしらばっくれた。

「れい子さん、わたしより三つ歳上なのに、本当に若々しいわよね。こないだなんか、一緒にデパートに行ったら、店員にわたしの娘だと思われてたのよ」

苦笑いをしながら家政婦が言った。母は荷物が多くなりそうな時には、彼女を買い物に付き合わせていた。

「そんなこと、店員のお世辞に決まってるでしょ？　馬鹿馬鹿しい」

リラは素っ気なく答えた。美しい母のことを自慢に思ってはいたけれど、みんなが母の容姿を褒めるのが何となく面白くなかった。

母は家のことは何もしなかったけれど、花と果物だけは実に頻繁に買ってきた。そして、それを富川陽子に渡して、家のいたるところに飾らせた。

「お花と果物は幸福を運んできてくれるの。だから、リラ、あんたがこの家を出てからも、家の中にお花と果物は欠かさないようにしなさいね」

母はリラに向かって、その言葉をしばしば口にした。

花や果物が幸福を運んでくるとは思わなかった。それでも、家のあちらこちらに置かれた花瓶やコンポートに、花や果物が飾られているのは素敵だとリラも思っていた。


帰宅する家政婦を玄関で見送ってから、リラはオカメインコの世話をするためにダイニングルームへと向かった。オカメインコの世話を母は『リラの仕事よ』と言って、家政婦に手伝わせることを禁じていた。

ダイニングルームに入ってきたリラを見た籠《かご》の中のオカメインコが、嬉《うれ》しそうに鳴きながら羽ばたいた。どうやら、空腹のようだった。

「遅くなってごめんね、タロー。お腹が空《す》いたのね」

タローと名づけられた小鳥にそう話しかけながら、リラは空っぽだった餌壺《えさつぼ》に餌を入れ、飲み水を替え、鳥籠の掃除をした。オカメインコが餌を食べ終えたら自分の部屋に連れて行き、そこでしばらく放してやるというのが毎日の習慣だった。

タローは若月家の二代目のオカメインコで、初代はイチローといった。イチローの世話は小学生の頃からリラの仕事だった。けれど、小学生だったある日、リラがうっかり餌をやり忘れたことで、イチローを餓死させてしまったことがあった。体脂肪の少ないオカメインコは簡単に餓死してしまうのだ。

あの時、母は叱らなかった。ただ、泣きじゃくっているリラに、「お前が責任を果たさなかったからイチローは死んだのよ」と言っただけだった。

そのことは、リラの心に今も深い傷となって残っていた。

イチローはたくさんの言葉を覚えたが、タローは無口なオカメインコのようで、リラがいくら言葉を教えても何も喋《しゃべ》りはしなかった。

7.

雨の日でもそうしているように、今夜もリラはランニングウェアに着替え、マンションを出て夜の街を走り始めた。

いつもリラは大通りを避けて、裏道ばかりを選んで走った。リラが住んでいるのは大都会の真ん中だったけれど、辺りには大学や小中学校、研究所や大使館、総合病院や公園などが数多くあって、都会にしては閑静で緑豊かなところだった。

朝晩のランニングを始めたのは二年前のことで、リラは高校一年生だった。

二年前の秋、母の運転する車で伊豆《いず》の温泉旅館に行った時、脱衣場で裸になったリラをまじまじと見つめた母が言った。

「リラ、お前、太ったね」

せっかく羽を伸ばしに温泉に来たというのに、母の口調はひどく刺々《とげとげ》しかった。

「そうかしら？」

リラは曖昧《あいまい》な笑みを浮かべてしらばっくれた。

確かに、リラの体重はこの一年で三キロほど増えていた。高校生になってからは身長の伸びは止まっていたから、『太った』という母の言葉はあながちデタラメというわけではなかった。リラ自身も自分の体つきが女っぽく変化しているのは感じていた。

けれど、今でもリラはクラスの女子生徒の中では一番痩《や》せていたし、みんなから『スタイルが良くていいなあ』『ダイエットしてるの？』などと言われていたから、体重が増えたことはあまり気にしていなかった。

「体重計に乗ってみなさい」

母が脱衣場の片隅にあった体重計を指さして命令した。

「今すぐに乗るの？」

「そうよ。今すぐよ」

母が再び命じ、不快感が込み上げるのを覚えながらも、リラは体重計に乗った。

すぐに体重計に『47．0』という数字が表示された。

リラの身長は百六十五センチだったから、『太った』と言われる筋合いはないようにも感じられた。けれど、母はそうは思っていないようだった。

「これ以上太ったら、見られたものじゃなくなるわ」

数秒の沈黙のあとで母が断言した。その口調は相変わらず刺々しかった。

「この体重を維持するようにするよ。それでいいんでしょう？」

不貞腐《ふてくさ》れたようにリラは言った。こんなところで、いつまでも不毛な言い争いをしていたくなかった。

そんなリラを尻目《しりめ》に、母が再び命令を下した。

「四十五キロまで落としなさい」

「落とすって……どうやって？」

「ダイエットと運動よ。ほかにないでしょう？」

さらに刺々しい口調で母が言った。

リラが物心ついた時には、母はすでにダイエットをしていた。フィットネスクラブにも通って、ランニングマシンで走り、プールで泳いでいた。そのおかげで、母の体重は高校生になった時とまったく同じらしかった。

黙っているリラに向かって、母がさらに言葉を続けた。

「リラが自分で体重の管理ができないなら、これからはお母さんが管理する。東京に戻ったら、朝と夜に三十分ずつ走りなさい。ダイエットも始めなさい。いいわね？」

あの日、苛立《いらだ》ちと蔑《さげす》みのこもった目でリラを見つめて母が命じた。

そんなことを命じられたことにリラは憤りを覚えた。それでも、いつものように専制君主である母の命令に従い、東京に戻った日の夜からランニングとダイエットを始めた。

その成果はたちまちにして表れ、体重は母が指定した四十五キロになった。

あれから二年がすぎた今も、週に一度、リラは母の前で裸になって体重計に乗るように義務づけられている。その時に、母は魚市場で商品の品定めをする仲買人のような目で、リラの体の隅々までをチェックする。

その時、もし、少しでも体重が増えていたり、お腹が出ていたりすると、母に「自己管理もできないなんて最低ね」などと罵《ののし》られ、元に戻るまでさらに厳しいダイエットをするように命じられる。

もっと普通の人がお母さんだったらよかったのに。

そう思うこともなくはない。それでも、逆らおうとは思わなかった。母のおかげで、リラはクラスで一番スタイルのいい少女でいられるのだから。

「何かをやり遂げるためには、ほかの何かを犠牲にしたり、諦《あきら》めたりしなければならないの。だから、リラ、お前は普通の女の子のように生きることを諦めなさい」

いつだったか、母がそんなことを言ったことがあった。母のその言葉に従って、リラはいろいろなことを諦め、受け入れられないようなことを受け入れて暮らしている。

いや、諦められないこともある。受け入れられないこともある。それでも、あの母の娘として生まれてしまったのだから、諦めなくてはならないのだし、受け入れなくてはならないのだ。

8.

汗まみれになって自宅に戻ったリラは真っすぐに浴室へと向かい、ランニングウェアと下着を脱ぎ捨てて全裸になった。

浴室には大きな鏡があって、そこに裸のリラの全身が映っていた。リラは鏡の前に立ち、くるくるとまわりながら体の隅々までを入念にチェックした。母にそうするように言われているのだ。

母も入浴する前にはいつも、ここに立ってその鏡に全身を映し、鎖骨の窪《くぼ》みは充分に深いか、肩は鋭く尖《とが》っているか、乳房には充分な張りがあるか、下腹部に贅肉《ぜいにく》がつき始めていないか、二の腕にたるみはないか、ウェストはきちんとくびれているか、二本の太腿《ふともも》のあいだにできる隙間が狭くなっていないか、尻が垂れ始めているようなことはないかなどと、入念にチェックしているのだという。

一分以上にわたって鏡の中の裸体を見つめていたあとで、リラは恐る恐るという感じで脱衣所の片隅に置かれているデジタル式の体重計に乗った。

すぐに『44．8』という数字が表示された。

「ああっ、セーフだ。よかった」

誰にともなくリラは呟《つぶや》いた。そして、体重が母が勝手に決めたリミットを超えていないことに安堵《あんど》しながら、広くて明るい浴槽の中に入った。

働き者の富川陽子が毎日、欠かさずに掃除をしているおかげで、この家の浴室はいつもとても清潔だった。母の気が向いた時にいつでも入浴できるように、浴槽には二十四時間湯が張られている。その湯は絶えず浄化されていて、いつも清潔に保たれている。

リラは透き通った湯の中に静かに身を横たえ、天井に取りつけられた明かりを見つめた。そして、また思った。

わたしの毎日の生活は、クラスの女の子たちとは違う。少しだけ違う。いや、もしかしたら、少しではなく……ものすごく違うのかもしれない、と。

天井を見つめていると急に、いつだったか、母とふたりで都内の高層ホテルに泊まった時のことを思い出した。


あれは年の暮れのことで、リラは中学三年生だったと記憶している。

あの冬の日、母とリラは都心に聳《そび》え立つ高級ホテルに行き、そこにある日本料理店で食事をし、夜はそのホテルの高層階にあるスィートルームに宿泊した。母は『自分へのご褒美』と称して、年に何度かそういうことをしているのだ。あれは母がその年の店の営業を終えた翌日で、あと数日で新年を迎えるという日だった。

あの日、客室に入ったリラは、巨大な窓の下に広がる夜景のあまりの美しさに思わず息を呑《の》んだ。

いや、それは夜景には見えなかった。まるで銀河の上に浮かんでいるかのようだった。

「お母さん、見て。すごいわよ。ものすごく綺麗《きれい》っ！」

感極まったリラは分厚い窓ガラスに額を押しつけて、叫ぶかのように母に言った。

母も見惚《みと》れるに違いないと思った。ふたりでこの感動を共有できるとも思った。けれど、母の反応はまったく別のものだった。

「リラ。あの光の下にいる人たちは、みんな敵なのよ」

冷たい目でリラと夜景とを交互に見つめ、母が突き放すような口調で言った。

「敵？　どうして敵なの？」

「あのたくさんの光の下には、それぞれ、たくさんの人がいるの。その人たちはみんな、あしたをきょうよりいいものにしようと考えているの。ほかの人を蹴落《けお》として這《は》い上がろうとしているのよ」

相変わらず、冷たい視線をリラに向けて母が言った。

「それって……考えすぎじゃない？」

「考えすぎなんかじゃないの。人生は競争なの。だから、あの光の下にいる無数の人たちを、わたしたちはひとり残さず蹴落とさなくてはならないの。そうしないと、人より高いところには行けないのよ」

母の剣幕に気圧《けお》されて、リラは口をつぐんだ。そして、あの時も思った。もっと普通の人がお母さんだったらよかったのに、と。

9.

入浴を終えたリラは、濡《ぬ》れた髪を脱衣所で乾かしてから、全裸のまま浴室を出て母の寝室へと向かった。母の留守中にリラは、頻繁に母の寝室に忍び込んでいるのだ。

母の寝室への立ち入りを禁止されたことは一度もないし、富川陽子は毎日、ベッドメイクや掃除に入っている。けれど、リラは何となく、その部屋に入るたびに、『してはいけないことをしている』という後ろめたさを覚えた。

母の寝室はリラの部屋の倍ほどの面積があった。広々としたその部屋の片隅には、一際目を引く真鍮《しんちゅう》製の大きなベッドが置かれていた。富川陽子が毎日のように磨いているから、そのベッドのがっちりとしたフレームはいつも眩《まばゆ》いほどの黄金色に光り輝き、リゾートホテルのように本格的なベッドメイクが施されていた。

母の寝室にはとても大きな書棚があり、そこにぎっしりと書物が並んでいた。母は国内外の小説を読むのが大好きだったが、ノンフィクションや経済書や、ファッションや美容に関する本もよく読んでいた。

テレビが嫌いな母の寝室にはテレビがなかった。システムコンポはあったが、母がそれで音楽を聴くこともほとんどないはずだった。母は静寂を愛する人だった。

リラは全裸のままクロゼットに歩み寄り、いつものように微《かす》かな罪悪感と、強い胸のときめきを覚えながらその扉を静かに開いた。

クロゼットの中にはぎっしりと衣類が吊《つ》るされていた。そのほとんどが銀座の店で身につける派手なドレスやワンピースやスーツだった。母は着なくなった衣類をどんどん処分し、新しい服を次々に買っていたから、クロゼットの中は見るたびに変化していた。母はモノトーンが好きで、黒と白の衣類がクロゼットの大半を占領していた。

クロゼットの扉の内側には鏡がついていて、そこに湯上がりのリラが映っていた。

リラはまず、クロゼットの片隅の引き出しに手を伸ばした。その引き出しの中には、家政婦によって丁寧に畳まれた下着が色分けされて並んでいた。それはまるで下着売り場のようだった。

ほんの少し思案した末に、リラはその引き出しから白いレースのブラジャーとお揃いのショーツを取り出し、それをそそくさと身につけた。母とリラは同じような体型をしていたから、ブラジャーもショーツもリラにぴったりだった。小さくてピッタリとしたその白いレースのショーツは、ほとんど透き通っていて、白い生地の下に股間《こかん》の毛が押し潰《つぶ》されているのが見えた。

母の下着を身につけたリラは、今度はクロゼットから真っ白な七分《しちぶ》袖《そで》のワンピースを取り出した。左右の肩を出して着るタイプのワンピースだった。

リラは伸縮性のあるそのワンピースを素早く身につけ、胸を前方に突き出し、背筋を反らすようにして扉の内側の鏡の前に立った。

その七分袖のワンピースは本当にピッタリとしていて、華奢《きゃしゃ》な体の線が裸でいる時と同じくらいよくわかった。丈は極端なほどに短くて、ほんの少し腰を屈《かが》めただけで下着が見えてしまいそうだった。

次にリラは部屋の片隅のドレッサーに歩み寄り、その引き出しからプラチナ製のいくつかのアクセサリーを取り出して次々と身につけた。

指輪、ブレスレット、ネックレス、アンクレット……どれも金属をたくさん使ったとても派手なアクセサリーだった。引き出しの中には大小さまざまなたくさんのピアスがあったが、リラの耳にはピアスの穴がなかったから、それをつけることはできなかった。

続いてリラはドレッサーの前の椅子に腰掛け、その引き出しから口紅を取り出し、鏡に顔を近づけて慎重に唇に塗った。さらには、目の周りにアイラインを引き、瞼《まぶた》にアイシャドウを塗り重ね、睫毛《まつげ》にはたっぷりとマスカラを施した。

母の留守中にこの部屋に忍び込み、リラは頻繁にこんなことを繰り返していた。

一通りの化粧が済むとリラは立ち上がり、その姿をまたクロゼットの扉の内側の大きな鏡に映してみた。

銀座の店に向かう時の母はとても魅惑的だったし、とてもセクシーだった。けれど、鏡に映った十八歳の少女も、母に負けずに魅惑的だった。いや、母よりも美しいのではないかとリラは思った。

リラは母より五センチほど背が高く、ワンピースの裾《すそ》から突き出している脚も母より長かった。ウェストの部分も母以上に細くくびれていた。化粧をした顔は見惚れてしまうほど魅力的だった。

「綺麗よ、リラ……すごく綺麗……」

リラは誰にともなく呟いた。

容姿のことばかり口にする母に反感を抱きながらも、リラもまた美しくなりたいと願っていたのだ。

10.

アクセサリーを引き出しに戻し、下着と衣類を再び元の場所にきちんと収めてから、リラは浴室の洗面所で化粧を落とした。そして、ネルのパジャマに着替え、大きなテーブルの置かれたダイニングルームへと向かい、家政婦が作った夕食を電子レンジで温めた。

富川陽子はどんな料理でも作れるようだったけれど、リラの夕食については母が細かく指示しているらしく、今夜もカロリーの低いものばかりだった。今夜、富川陽子がリラのために用意したのは、緑黄色野菜がたっぷりと入った黄金色のスープと白身魚のオーブン焼き、手作りのフレンチドレッシングをかけたキャベツとキュウリとトマトとツナのサラダ、それに小さなパンがひとつだけだった。

冷蔵庫にバターがあるのはわかっていた。だが、いつものように、リラはオーブントースターで軽く焼いたそのパンにバターをつけずに食べるつもりだった。母もまた、パンには決してバターもジャムも塗らなかった。

電子レンジが動いているあいだに紅茶を淹《い》れた。紅茶が好きな母はいつも数種類の茶葉を用意していた。

食事が温まると、リラはそれらの皿をテーブルに並べ、淹れたばかりの紅茶を味わいながら、ひとりきりの夕食を始めた。もちろん、紅茶には砂糖を入れなかった。

音楽のない部屋の中は静かだった。耳に入ってくるのは、リラが食物を嚙《か》み砕く音と、スプーンと皿が触れ合う音、それに時折、窓の向こうから微かに聞こえる車やオートバイのエンジン音だけだった。

テーブルの上には大きなガラス製のコンポートがあって、その中にいくつものグレープフルーツが飾られていた。母は特に、柑橘《かんきつ》系の果物を飾るのが好きだった。

平日の夜は母がいないから、リラはいつもこうして、一人で食事をしている。寂しいと感じることはほとんどない。ひとりでいることに、リラは昔から慣れている。

食事を続けながら、リラはいつものように文庫本を広げていた。この数ヶ月、リラはフランスの女性作家、フランソワーズ・サガンに夢中になっていて、彼女の本を次々と読破していた。

母と同じように、リラは本を読むのが大好きだった。母は勉強については多くを求めなかったから、リラは学校の勉強はそこそこにしかせず、時間があればこうして本を広げていた。

高校でのリラは文芸部に所属していた。夢のようなものはなかったけれど、自分でも小説を書いていて、いつか、一冊でもいいから本を出版できればと考えていた。

リラが所属している文芸部では、月に一度、同じカトリック教会系列の男子校の文芸部との交流会がある。そんな交流会ではいつも、男子校の生徒たちがリラにしきりに話しかけてくる。

リラは男たちにすごくモテるのだ。学校の行き帰りに見知らぬ男たちから声をかけられることも少なくなかった。

リラは今、男子校の文芸部員のひとりに密《ひそ》かに想いを寄せている。ハンサムで背が高く、明るく剽軽《ひょうきん》でお茶目な三年生の男子生徒で、男子校の文芸部の副部長をしていた。断言はできないが、彼のほうもリラの存在を気にしているように思えた。

彼はふざけたり、くだらない冗談を口にしたりすることが多かった。けれど、文学についてはいろいろと興味深いことを口にした。彼はアメリカ文学が好きで、特にヘミングウェイについては詳しかった。

その彼に自分の想いを打ち明けてみようと考えたこともあった。そうしたら、まったく別の世界が訪れるのではないかと思ったこともあった。

けれど結局、リラは想いを告げられずにいた。母から異性と付き合うことは固く禁じられているからだ。

わたしはお母さんに洗脳されているし、支配もされている。

幼い頃には気づかなかったけれど、今のリラはそのことに気づき始めている。だが、どうしても逆らえない。

諦《あきら》めることと、受け入れること。それがわたしの人生だったし、たぶん、これからもそうなのだろう。

富川陽子の作った食事をとりながら、リラはまたそんなことを考えていた。

11

ベッドに入ったのは日付が変わる頃で、その時刻には母はまだ帰宅していなかった。母は家に戻らないことも少なくなかった。リラが学校に行く頃に疲れた顔をして戻って来ることもあった。

その晩、リラは尿意を感じて目を覚ました。サイドテーブルの時計を見ると、その表示は午前二時をまわっていた。

ベッドを出たリラはトイレに行くために部屋のドアを開けた。その瞬間、女の声のようなものが微《かす》かに耳に入って来た。

お母さん、帰って来てたのか。

そんなことを考えながら、リラはトイレへと向かった。トイレは廊下の突き当たりにあって、そこに行くためには母の寝室の前を通る必要があった。

母の寝室のドアの前を通りすぎようとしたリラの耳に、今度は男の声のようなものが飛び込んできた。

リラは思わず足を止め、ドアに耳を近づけた。

ほんの一瞬、ちょっと驚いた。けれど、すぐに合点がいった。以前にも何度かこんなことがあったからだ。

リラはさらにドアに耳を近づけた。予想した通り、ドアの向こうから喘《あえ》ぎ悶《もだ》えているような母の声が聞こえた。

同じ家の中に娘がいるから大きな声を出すまいとして、母は歯を必死で食いしばっているのかもしれなかった。それにもかかわらず、抑えきれずに漏れてしまうらしき「あっ」「いやっ」などという声がリラの耳に届いた。

リラはさらにドアに近寄り、チーク材でできたそこに耳を押し当てた。すると、母の淫《みだ》らな喘ぎ声がより鮮明に聞こえてくるようになった。

「どうだ、ママ？　感じるか？」

荒い息遣いをした男が訊《き》いた。

肉と肉がぶつかり合うような鈍い音が不規則に、だが、絶え間なく耳に入ってきた。

性体験のないリラにも、それが何の音なのかはわかった。

「あっ、感じるっ……うっ……くっ……すごいっ……ああっ、感じるっ……」

上ずった声で母が答えた。

肉同士が激突しているような鈍い音と、ベッドが軋《きし》むような音が随分と長く続いた。

そのあいだ、母はずっと淫らな声をあげ続けていた。

そして、リラは想像した。ベッドに仰向《あおむ》けに押さえ込まれている全裸の母の姿と、その母に覆い被《かぶ》さって腰を打ち振っている男の姿を想像した。さらには、ベッドに四《よ》つん這《ば》いになっている母の姿や、仰向けになった男にまたがっている母の姿を想像した。

やがて男がまた母に訊いた。

「ママ。どうして欲しい？　中に出して欲しいか？　それとも口がいいか？」

「口……口に出して……」

声を喘がせて母が答えた。

リラは思わず体を硬直させた。いつも毅然《きぜん》としている母が口にする言葉には、とうてい思えなかったからだ。

その直後に、ベッドがさらに大きく軋み、母の喘ぎ声が聞こえなくなった。

リラはさらに強くドアに耳を押しつけ、真鍮《しんちゅう》製のベッドの上にいるに違いない母が、今まさにしているはずのことを想像した。

たくさんの小説で性描写を読んでいるリラには、ドアの向こうで、今、ふたりが何をしているのかがわかっていた。

次にリラの耳に入って来たのは、またしても男の声だった。

「飲むんだ、ママ。口の中のものを全部飲むんだ」

男が母にそう命じ、リラはさらに強くドアに耳を押し当てた。

男に命じられるがまま、母は口の中の体液を嚥下《えんか》したはずだった。けれど、母の喉《のど》が鳴る音をリラは聞き取ることができなかった。

ドアを開けたいという誘惑に駆られた。そうしたら母は、悲鳴をあげ、羞恥心《しゅうちしん》に身を震わせるのだろうか。それとも、怒りを爆発させるのだろうか。

いずれにしても、その誘惑を何とか抑え込み、リラは母の寝室のドアからそっと離れた。

12.

その朝、リラが自室から出ると、朝日の差し込むダイニングルームに見たことのない中年男がいた。母が一緒だった。

母と中年男は大きなテーブルに並んで腰掛け、洒落《しゃれ》たカップに入ったコーヒーを飲んでいた。週末は富川陽子が休みだから、そのコーヒーは母が淹れたのだろう。

母の隣に座っている中年男は真っ黒に日焼けして、体が大きくて太っていた。年は五十歳前後なのだろうか。丸顔で、目が小さく、鼻の穴が上を向いていて、頭頂部の髪が薄くなっており、顔の毛穴がひどく目立っていた。男は仕立てのよさそうなストライプのワイシャツ姿だったが、その腹部は妊婦のように膨らんでいた。

母のほうは、踝までの丈の白いネルのナイトドレス姿だった。寝起きの母の顔には化粧っけがなく、栗色の長い髪はボサボサだった。

「おはよう、リラ。お店のお客の谷川《たにがわ》さんよ。谷川さん、この子が娘のリラです。リラ、谷川さんにご挨拶《あいさつ》しなさい」

母は平然とした顔で男をリラに紹介した。

リラは反射的に母の口を見つめた。その口が男の性器を咥《くわ》えていたのだと思うと、嫌悪にも似た感情が込み上げた。

「おはようございます。娘のリラです。いつも母がお世話になっています。こんな恰好《かっこう》のままで失礼します」

リラは笑顔でそう言うと、男に向かって深々と頭を下げた。母と同じように、リラもパジャマのままだった。

「おはよう、リラちゃん。君のことはお母さんからよく聞いてるよ。ものすごい美人だっていう話だったけど、本当に綺麗《きれい》だな。あんまり綺麗で目が離せなくなりそうだ」

醜い顔に笑みを浮かべた男が、ひどく馴《な》れ馴《な》れしい口調で言った。男の隣では、母が自慢げな顔をしていた。

朝日の差し込む部屋はとても明るかった。素顔だということもあって、ふだんは気づかない小さな皺《しわ》が母の目尻《めじり》や口元にできているのがよく見えた。

「ありがとうございます。ゆっくりなさっていってください」

そう言って、リラはもう一度男に頭を深く下げてから逃げるかのように自室へと戻った。母は敬語の使い方にうるさかったから、長く話しているとボロが出てしまいそうだった。

天気のいい日だった。秋の空は澄み切っていて、窓から流れ込む風が清々《すがすが》しかった。谷川という男は午前十時すぎに、玄関で母に見送られて帰っていった。きょうは土曜日で銀座の店は休みだったから、その時になっても母はナイトドレスのままだった。

土曜日は富川陽子が来ないので、母は自分でベッドからシーツを剝《は》がし、それを洗濯乾燥機に運んでいた。廊下でシーツを抱えた母と擦れ違った時に、リラはそのシーツから さっきの男の体臭が漂っていることに気づいた。

けれど、母はあの男のことを何も口にしなかったし、リラもまた尋ねなかった。擦れ違いざまに母の口を、また見つめただけだった。

その午後、リラの母はダイニングルームで読書をしながら紅茶を楽しんでいた。週末の母は朝も昼も食事をしないのが常だった。

土曜日の夜にはいつも、リラは母とふたりで外食をしていた。今夜は歩いて行ける場所にある、行きつけのイタリア料理店に予約を取ってあるようだった。

リラは今夜の夕食を楽しみにしていた。そのイタリア料理店には頻繁に行くので、今ではリラも店員たちとは仲良しだった。

母と同じように、リラも朝から一度も食事をとらず、自分の部屋でサガンの小説を読んでいた。リラは擦り切れたジーンズに、黒いトレーナーという恰好をしていた。

母がリラの部屋にやって来たのは、間もなく午後二時になろうという頃だった。

「出かけてくるわ」

ドアのところに立った母がリラに言った。母はふわりとした白いセーターに、細い足に張りつくような黒いデニムのパンツを穿《は》いていた。うっすらと化粧をしていたが、栗色の長い髪は後頭部でポニーテールに束ねられていた。

「どこに行くの？　いつ戻るの？」

リラは訊いたけれど、母がどこに行こうとたいした関心はなかった。

「いつ戻れるかわからないけど、急ぎの用ができたの」

「それじゃあ、今夜のフェラーラはキャンセルするの？」

フェラーラというのが、近くにあるイタリア料理店の名前だった。

「わからないけど……もしかしたら、そうなるかもしれないわね」

「そう？　わかった。いってらっしゃい」

そう言うと、リラは母から視線を逸《そ》らし、また文庫本を読み始めた。

13.

リラの母は二時間ほどで戻ってきたようだった。玄関のドアが開く音がし、廊下を歩く足音が聞こえた。

リラは自室から出て行かなかったが、十分ほどすると母が部屋にやって来た。

「リラ、ちょっと手を貸して」

薄く化粧をした顔を強《こわ》ばらせて母が言った。母はさっきと同じ黒いデニムのパンツを穿いていたが、上半身は黒い長袖《ながそで》のカットソーに着替えていた。

「手を貸すって、何なの？　わたし、今、読書中なのよ」

あえて無愛想にリラは言った。

「いいから一緒に来なさい」

有無を言わせぬ口調で母が命じた。リラに向けられた母の顔は怖いほどに真剣だった。

「どうしても行かなきゃならないの？」

「だから、そう言ってるでしょう？」

咎《とが》めるかのように母が言い、しかたなくリラは立ち上がった。

「どこに行くつもりなの？」

不貞腐《ふてくさ》れた口調でリラは尋ねた。

「質問はやめてっ！　リラはわたしに言われたことだけすればいいのよっ！」

ヒステリックに母が言った。

極めて高圧的な母の態度に、リラは強い反発を覚えた。だが、それ以上のことは訊《き》かず、部屋を出て行く母の背中を追った。

母は玄関でリラに、汚れてもいい靴を履くようにと命じた。

汚れてもいい靴などなかったけれど、リラは下駄箱《げたばこ》から古いスニーカーを出した。身を屈《かが》めてそのスニーカーを履きながら、これから靴が汚れるようなことをさせられるのだろうかと思って、かなりうんざりとした気分になった。

エレベーターで地下駐車場に降りると、母は愛車のレクサスへと向かった。リラは不満を抱きながらも、そんな母の背後を歩いた。

ポニーテールに束ねた栗色の髪が、母の背中で左右に揺れていた。体に張りつくような薄手のカットソーの向こうに、肩甲骨がくっきりと浮き出ていた。

母は今、ランニングシューズを履いていた。ハイヒール以外の靴を履いている母を見るのは久しぶりだった。

レクサスの後部座席には、いつもはない毛布が広げられていた。見覚えのないピンクの毛布だった。安っぽいその毛布は盛り上がっていて、その下に何かが隠されているように感じられた。

「どうして毛布があるの？　あの下には何があるの？」

相変わらず、不貞腐れた口調でリラは尋ねた。

「リラ、何を見ても驚かないって約束して。いいわね？」

ひどく真剣な顔でリラを見つめて母が言った。

「何を見てもって……そんな約束できないけど、でも……その毛布の下には……いったい、何があるの？」

恐れと怯《おび》えが込み上げてくるのを感じながらリラは尋ねた。

「男の人の死体よ」

リラに顔を近づけるようにして母が言った。

「し……たい……」

呻《うめ》くかのようにリラは言った。リラの耳にその言葉は、ひどく現実味のないものとして聞こえた。

「そうよ。死体よ」

リラの目を真っすぐに見つめて母が繰り返した。

「う……そ……でしょう？」

再びリラは呻くように口にした。いつの間にか、全身に鳥肌が立っていた。

「嘘じゃないわ。そこには本当に男の人の死体が置いてあるの。見てみる？」

リラの返答を待たずに母が後部座席のドアを開き、ピンクの毛布を捲《まく》り上げた。目を閉じた男の顔が見えた。見たことのない男だった。はっきりとした年はわからないが、それほど若くないことは確かだった。ルームライトに照らされた男の顔には、血の気というものがまったくないように感じられた。

「誰なの？　どうして死んでいるの？　殺されたの？」

もう生きていないという男の顔を見つめて、リラは立て続けに訊いた。ふと見ると、後部座席のシートの下に真新しい二本のスコップが置かれていた。

「ふたりで埋めに行くから、車に乗りなさい」

リラの質問には答えず、厳しい口調で母が命じた。

「いや……行きたくない……行きたくない……」

顔を小さく左右に振り動かし、リラは小声で繰り返した。今ではその声までが震えていた。いつの間にか、口の中はからからだった。

「車に乗りなさい、リラ。言われた通りにしなさい。これは命令よ」

さらに厳しい口調で言うと、母はリラの返事を待たずに運転席に乗り込んだ。

行きたくなかった。死体とのドライブなんて真っ平だった。土の中に死体を埋めることを想像すると、それだけで強烈な吐き気が込み上げた。

けれど、リラに与えられた選択肢はあまりにも少なかった。

リラは無言で助手席のドアを開けると、わななき続けながらシートに腰を下ろした。

そう。リラは激しくわななないていた。すぐ後ろに死んだ男がいるのだ。わななかずにいられるはずがなかった。

リラがシートベルトを締めるのを待ちかねたかのように、母が車を発進させた。

「ねえ、後ろの男の人は誰なの？　どうして死んでいるの？　これからどこに行くつもりなの？　答えて。お願いだから答えて」

リラは必死で訴えた。

けれど、母は「何も訊かないで」と言って白のレクサスを地下駐車場から出した。

14.

リラの母が運転する車はすぐに首都高速道路に乗り、その後は関越《かんえつ》自動車道へと入った。秋の日は短いから、辺りはたちまちにして暗くなっていった。

母は何も言わずに車を走らせ続けていた。スピード違反で捕まるのを恐れてのことだろう。きょうの母の運転はいつもよりずっと慎重で、スピードも抑え気味だった。

カーナビには目的地までの距離が表示されていたが、その数字がどんどん小さくなっていった。

そう。このドライブには目的地があるのだ。母は今、その目的地に向かっていて、そこに後部座席の男の死体を埋めるつもりでいるのだ。

自宅のあるマンションを出た時、目的地までの距離は百五十キロ以上あったとリラは記憶していた。けれど、それだけでは母がどこに行くつもりなのか、リラにはわからなかった。ただ、混乱した頭の片隅で、遠くに行くんだなと思っただけだった。

母が一言も言葉を口にしないので、リラは助手席で顔を強ばらせながら、窓の外に目をやったり、運転する母の顔に視線を向けたりしていた。必死で気持ちを落ち着かせようとしていたが、それは容易なことではなかった。

母のほうも緊張しているようだった。サングラスをかけていても、その顔が強ばっているのがはっきりと見てとれた。

何度となく、リラは後部座席を覗《のぞ》き込みたいという誘惑に駆られた。だが同時に、絶対に見たくないという気持ちもあった。

これからお母さんはわたしに、あの死体を埋めるのを手伝わせるんだ。

リラは何度となくそう思い、そのたびに恐怖と嫌悪に身震いした。

車が関越自動車道を走り始めて三十分ほどした頃に、運転する母の横顔を見つめてリラは訊いた。

「お母さん、ひとつだけ教えて。ほかには何も訊かないから、ひとつだけちゃんと答えて。後ろにいる男の人は……お母さんが、あの……殺したの？」

絞り出すかのようにそう言うと、リラは返答を待って母の横顔を見つめた。

母はしばらく無言でハンドルを握っていた。だがやがて、リラのほうには顔を向けずに答えた。

「違うわ。殺したのはお母さんじゃない」

「嘘じゃないわね？　それは絶対に……嘘じゃないわね？」

リラは念を押した。母は嘘つきではなかったが、時には嘘をつくこともあったから。

「嘘じゃないわ。お母さんは殺していない。それは確かよ」

「じゃあ、誰が殺したの？　この男の人は誰なの？」

「ほかには訊かない約束よ」

強い口調で母が言い、リラは次の言葉を飲み込んで唇を嚙《か》み締めた。

たとえ殺人を犯していないとしても、土の中に人間の死体を埋めるというのは重罪のはずだった。もし逮捕されたら、とても重い罪に問われることは間違いなかった。


車は二時間以上走り続け、月夜野《つきよの》というところで高速道路を降りた。リラは地理には疎かったが、どうやら群馬県のどこかのようだった。

高速道路を走っているあいだ、母もリラもほとんど無言だった。

サービスエリアが近くなるたびに、母は「トイレは大丈夫？」「飲み物は欲しくない？」などと訊いた。そのたびにリラは「大丈夫」「欲しくない」と短く返事をしていた。

家にいる時には強い空腹を覚えていたのに、今はまったくそれを感じなくなっていた。

高速道路を降りてからも、母は車を走らせ続けた。

一般道を走り始めたばかりの頃には、民家や飲食店やガソリンスタンドやホームセンターみたいな建物も目に入ってきた。けれど、すぐに車は細く曲がりくねった山道に入り、そういう建物はまったく見えなくなった。

窓の外は真っ暗で、ヘッドライトに照らされたところ以外にはほとんど何も見えなかった。窓を少し開けてみると、吹き込んでくる風はとても冷たくて、湿った落ち葉みたいなにおいがした。

「寒いから窓を閉めて」

運転を続けながら母が言い、リラは何も言わずに窓を閉めた。

やがてカーナビから目的地に着いたというアナウンスが聞こえた。それでも母は車を止めず、右へ左へと蛇行する山道を走り続けた。

対向車とはめったに擦れ違わなかった。もちろん、歩いている人の姿は皆無だった。

15.

ようやく車が止まったのは、自宅を出てから三時間がすぎた頃で、時刻はすでに午後七時をまわっていた。

母が車を停止させたのは駐車場ではなく、山道が少し広くなった場所の路肩のようなところだった。その付近には街灯が一本も立っていなくて真っ暗だった。

「降りなさい、リラ」

エンジンを止めた母がリラに顔を向けて言った。だが、辺りは本当に暗かったから、母の表情はリラにははっきりと見えなかった。

リラは悲鳴をあげそうになった。けれど、もちろん、リラに選択肢があるわけではなく、込み上げる恐怖に耐えながらドアを開け、顔を強《こわ》ばらせながら車の外に出た。

外の空気はとてもひんやりとしていて、リラは思わず身を震わせた。

いや、震えたのは寒さのせいではなく、恐怖心からだったかもしれない。

見上げると、山道に覆い被《かぶ》さるように茂った木々のあいだから夜空が見えた。空には見たことがないほどたくさんの星が瞬いていた。

リラとほぼ同時に車を降りた母は、すぐに後部座席のドアを開け、二本のスコップを車から出して近くに放り出した。続いて、ピンクの毛布を払いのけ、剝《む》き出しになった男の死体を車の外に引っ張り出そうとした。

けれど、母は非力で、ひとりでそれをすることは容易ではなかった。

ルームライトに照らされた男の死体は、白いゴルフウェアを身につけて、ダークグレイのズボンを穿《は》いていた。でっぷりと太ってはいるが、男としてはチビなのではないかと思われた。年はリラにはわからなかったが、母よりかなり年上のようにも感じられた。

辺りは静まりかえっていて、母が立てている物音以外にはほとんど何も聞こえなかった。それはまるで、この地上に母とふたりきりになってしまったかのようだった。

やだ……やだ……やだ……。

リラは声には出さずに何度も繰り返した。あまりに恐ろしくて、意識が遠くなってしまいそうだった。

「リラ、何をしてるの？　こっちに来て手伝いなさい」

死体を引っ張り続けながら苛立《いらだ》ったように母が言い、リラは逃げ出したい気持ちを必死で抑えて母に歩み寄った。

足元の土は少し湿っているようで、リラが歩くとわずかに沈んだ。その湿った土の上に少しの落ち葉が堆積《たいせき》していた。

「一緒に引っ張って。思い切り引っ張るのよ」

母に命じられ、リラは恐る恐る死体に手を伸ばした。そして、死体が身につけているゴルフウェアの肩の辺りを握り締め、もう何も考えず、それを引っ張り出そうとした。

スニーカーの靴底が湿った土に潜り込んだ。

ふたりの女が力を合わせて引っ張ったことにより、ついに死体はレクサスの後部座席から引きずり出され、湿った土の上にどさりと仰向《あおむ》けに落ちた。

その瞬間、リラは小さな悲鳴をあげた。直後に、胃が痙攣《けいれん》を始め、リラは何歩か後退《あとずさ》って身を屈《かが》め、土の上に嘔吐《おうと》した。

いや、リラの口から滴り出たのはわずかな胃液だけだった。

そんなリラを尻目《しりめ》に、母が車のドアを閉めた。ルームライトが消え、辺りはまた漆黒の闇に包まれた。

「リラ、わたしがこっちの足を引っ張るから、お前はもう片方の足を引っ張りなさい」

早くも男の足を引っ張り始めながら母が命じた。

リラは心を決めた。この死体を埋めてしまうまで帰ることはできないのだ。だとしたら、リラにできる最善のことは、一刻も早くこの仕事を終えてしまうことだけだった。

手の甲で無造作に口を拭《ぬぐ》うと、リラは男の足を引っ張り始めた。男は靴も靴下も履いていなかった。

16.

母が車を停めた場所の右側には上りの勾配《こうばい》がついていたが、左側は緩やかな下りの勾配になっていた。その下り勾配を利用して死体を引きずり、母とリラは車を停めた林道から少しずつ離れていった。

辺りは本当に暗かったけれど、やがて少しずつ暗がりに目が慣れてきて、いろいろなものが見えるようになっていった。死体を引っ張りながら見上げると、頭上を覆った木の枝のあいだから月が見えた。半月に近い形をした白っぽい月だった。

辺りに茂っている木々は植林されたものではなく、太古からそこに自生しているもののようで、さまざまな植物が混在していた。鬱蒼《うっそう》と生い茂った木々の下には落ち葉が厚く堆積していたし、羊歯《しだ》や笹のような植物も生えていたから、いくら下り勾配がついていたとしても、太った男の死体を華奢《きゃしゃ》なふたりが引きずって運ぶのは容易ではなかった。死体を引きずっているあいだに前方を横切る林道を、トラックが一台と軽ワゴン車が一台、それぞれが静寂を破るエンジンの音をけたたましく響かせて走っていった。鳥か獣が甲高く鳴く声も一度だけ聞こえた。

「どこまで運ぶの？」

男の足を引っ張り続けながら、リラは母に尋ねた。空気がこんなに冷たいというのに、いつの間にか、リラの体は噴き出した汗にまみれていた。

「そうね……もう少しだけ奥に運びましょう。頑張ってね、リラ」

息を弾ませた母が、いつになく優しい口調で言った。こんな暗がりでも、母の額が汗に濡《ぬ》れているのがわかった。

死体を埋める場所として母が相応《ふさわ》しいと判断したのは、死体を引きずり始めて十分ほどがすぎた地点で、木々のあいだに見える白いレクサスからは数十メートルほど離れているように思えた。

「ここだったら、きっと誰も入ってこないわ。リラ、スコップを取ってきて」

腰を伸ばしながら母が命じた。

「わたしが取りに行くの？」

リラは唇を尖《とが》らせた。

「わたしが行ってもいいけど……リラ、ここにひとりで残れるの？」

「わかった。わたしが取ってくる」

リラは即座に答えた。こんなところで死んだ人間と一緒にいる勇気はなかった。

暗くて足元がよく見えないということもあって、リラは何度となく躓《つまず》きながらようやくレクサスに戻り、車のそばに投げ出されていた二本のスコップを拾い上げた。

すぐに母のところに戻ろうとした。けれど、暗がりの中に黒い衣類を身につけた母の姿を見つけるのは簡単なことではなかった。

「お母さん、どこにいるの？　ここからじゃ見えないよ」

恐れと怯《おび》えが込み上げるのを感じながら、暗がりに向かってリラは叫んだ。

「ここよ、リラ。ほらっ、ここ」

すぐに母の返事が聞こえ、その直後に母の姿が暗がりに浮かび上がった。母がスマートフォンのライトを灯《とも》したようだった。

その光に向かってリラは夢中で歩いた。早くこの仕事を終えてしまいたかった。

リラからスコップを受け取ると、母はすぐに穴を掘り始めた。リラも命じられる前に同じことを始めた。

もう少しだ。もう少しで終わりだ。だから、頑張れ、リラ。

リラは自分に言い聞かせた。

けれど、死体を埋められるほど大きくて深い穴を掘るのは、想像していたより遥《はる》かに大変なことだった。落ち葉の下の土の中には、太くて堅い木々の根が縦横に張り巡らされていた。さらに、母もリラも非力な上に、スコップで穴を掘ったことが一度もなかった。

「頑張って、リラ。頑張って」

穴を掘り続けているあいだに、母は何度もリラにそう声をかけた。その口調もまた、母にしては優しいものだった。娘をこんなことに巻き込んでしまったことに、暴君の母もいくらかは罪悪感を抱いているのかもしれなかった。

直径一メートル、深さ五十センチほどの穴を掘ることができたのは、その作業を始めてから一時間ほどがすぎた頃で、ふたりの手にはいくつものマメができていた。

「よし、それじゃあ、さっさと埋めちゃいましょう」

荒い息をしながら母が言い、ふたりは身を屈め、土の上に横たわっている死体を、力を合わせて穴の中に入れようとした。だが、非力なふたりにとっては、それもまた容易なことではなかった。

充分とは言えない大きさの穴に収めるために、ふたりは膝《ひざ》を抱くような姿勢に死体を折り畳もうとした。けれど、すでに死後硬直が始まっているようで、腰を曲げさせるにも、膝を折らせるにも大変な労力を要した。

それでも、ふたりは何とか死体を小さく折り畳んで穴の中に収め、その直後に掘り上げた土を慌ただしく死体の上に被《かぶ》せていった。

死体を埋め終えた母は手を合わせるようなことはせず、埋めたばかりの土を踏み固め、その上に辺りにあった落ち葉を被せた。埋め戻しきれなかった土も、スコップで辺りにばら撒《ま》いた。

「帰りましょう、リラ。お疲れ様。手伝ってくれてありがとう」

穏やかな口調で母が言った。母に礼を言われたのは、とても久しぶりだった。

17.

ふたりが車に戻ったのは午後八時半をまわっていた。

帰りの車の中でも、母はあの死体について何も説明してくれなかった。リラもまた尋ねることはしなかった。

リラが空腹を訴えたので、母は途中のサービスエリアに車を停め、そこにあったカフェのようなところでサンドイッチを食べながら紅茶を飲んだ。

リラが苺《いちご》のショートケーキを食べたいと訴えると、意外なことに母はそれを許してくれた。ケーキを口にするのは、四月の誕生日以来のことだった。

実に久しぶりのケーキを味わいながら、リラは辺りを見まわした。

土曜日の夜だということもあって、明るくて広いサービスエリアにはたくさんの人がいた。行楽の帰りのようなカップルや家族連れの姿も少なくなかった。そんな人々の多くが楽しげな様子だった。少なくとも、リラの目には人々の姿は楽しげに映った。

わたしのクラスに人間の死体を埋めた経験のある子はひとりもいないはずだし、これからもきっと、誰ひとりそんな経験をする子はいないのだろう。

久しぶりの甘いものに、体中の細胞が喜んでいるのを感じながらリラはそんなことを考えていた。

リラの向かいでは、つまらなそうな顔をして母が紅茶を啜《すす》っていた。母はハムとレタスとチーズのサンドイッチにも、ツナペーストのサンドイッチにもほとんど手をつけていなかった。

そんな母を尻目に、リラは苺のショートケーキを、なくなってしまうのを惜しむかのようにゆっくりと味わった。

最近、インターネットのニュースで『毒母《どくはは》』という言葉を知った。

毒母……それはまさに、母のような人のことを指すのだろう。

そして、リラは思った。

わたしの暮らしは、クラスのみんなとはあまりにも違う。違いすぎる、と。

第二話　愛人として

1.

その土曜日の朝も、若月リラは午前六時に、サイドテーブルのアラームの音で目を覚ました。

夜中に目覚めた時には強い雨が降っていた。庭の木々の葉が雨に打たれる音が聞こえた。風も吹き荒《すさ》んでいたようで、窓ガラスに叩《たた》きつけている雨粒の音もした。

東京にいた頃には、夜中に目が覚めるようなことはほとんどなかった。けれど、この家に来てからは、深夜にしばしば目を覚ます。目覚めた瞬間に、胸に悲しみが込み上げることもある。

あしたは晴れるって天気予報で言ってたのに……。

そんなことを思いながら、リラは再び眠りに落ちた。

だが、予報の通り、雨は未明にやんだようで、今は遮光カーテンのわずかな隙間から、朝の日の光が室内の暗がりを分断するかのように細く差し込んでいた。

ふんわりとした羽毛布団を勢いよく払いのけてベッドを出たリラは、東を向いたその窓に歩み寄った。ここに来てからのリラはパジャマではなく、母が身につけていたような洒落《しゃれ》たナイトドレスをまとってベッドに入っていた。

窓辺に立ち、そこにかけられたピンクのカーテンをいっぱいに開ける。

その瞬間、六月の終わりの強い朝日が、広々とした寝室の奥にまで深く差し込み、磨き上げられたフローリングの床を眩《まぶ》しいほどに照らし出した。

リラは眩しさに目を細めながら、雨に濡《ぬ》れて光る緑の芝生や、花壇で咲く色とりどりの花を見つめた。

雨が嫌いというわけではなかった。それどころか、雨音を聴きながら読書をするのは好きだった。けれど、梅雨入りが発表されてからずっと雨の日ばかりだったから、こんな晴天が何となく嬉《うれ》しかった。空には雲がひとつもなく、どこまでも青く澄み渡っていた。

窓辺に立ち尽くして、リラはしばらく雨に濡れた小さな庭を見つめ続けていた。その庭は二週間に一度、年配の植木職人が訪れているおかげで隅々まで手入れが行き届いていて、芝生のあいだから雑草が伸びているようなこともなかった。

庭に水を撒くのは数少ないリラの仕事のひとつだったが、このところ雨の日ばかりだったから、この一週間ほどはその仕事からも解放されていた。

小さな庭をぐるりと囲んだ薔薇《ばら》の生垣では、赤や白やクリーム色の薔薇が今朝も鮮やかな花を広げていた。花壇ではリラが種を蒔《ま》いたヒマワリが、一日ごとに成長を続けていた。

ペアガラスが嵌《は》められた大きな窓を静かに開けると、少し湿った朝の風と一緒に、東京にいた頃には考えられないほどたくさんの鳥の声がリラの耳に飛び込んできた。遠くから車のエンジン音が微《かす》かに聞こえた。少し離れたところからは、農作業をしているらしい老人たちの声がした。吹き渡る風が木々の葉を揺らしている音もした。

だが、耳に入ってくる音はそれだけだった。この家は畑や水田に囲まれていて、かつてリラが暮らしていたマンションの周辺とは比べものにならないほどに静かだった。

今朝はきっと、海のほうから風が吹いているのだろう。湿った空気からは濃密な潮の香りがした。この家から漁港までは五百メートルほどしか離れていなかった。

新しくて洒落たこの家でリラが暮らし始めてから、間もなく三ヶ月になる。最初の半月ほどは他人の家にいるような感じがして、いつも居心地の悪さを感じていた。けれど今では、その違和感は随分と薄れていた。

そう。今ではここがリラの家だった。


窓を閉めたリラは、寝室の片隅に吊《つ》るされた鳥籠《とりかご》へと向かった。大きくて立派な外国製の鳥籠の中では、目覚めたばかりの二羽のオカメインコがしきりに羽繕いをしていた。

小鳥たちはいつも、リラが東の窓のカーテンを開けると目を覚ますのだ。

オカメインコの一羽はリラが東京から連れてきたタローで、もう一羽は新入りのハナコだった。タローはもう六歳だったが、ハナコはまだ一歳にもなっていない若鳥だった。

「おはよう、タロー。おはよう、ハナコ」

二羽のオカメインコに笑顔で話しかけると、リラはさっそく鳥たちの世話を始めた。

新入りのハナコがまるでリラに挨拶《あいさつ》するかのように、『カワイイナー、リラチャン、カワイイナー』と繰り返しながら、羽をバタバタと振り動かした。無口なタローとは対照的に、ハナコはよく喋《しゃべ》るオカメインコで、リラが教える言葉を次々とよく覚えた。

ハナコを買ったペットショップの店員によれば、人の言葉を覚えるのはほとんどがオスのオカメインコで、これほどよく喋るメスは珍しいということだった。

小鳥たちにたっぷりと餌をやり、飲み水を取り替え、鳥籠の掃除をしていたリラの頭に、急に高校時代の友人たちの顔が思い浮かんだ。

あっ、ダメ。考えちゃダメ。

リラは慌てて友人たちのことを頭から振り払おうとした。

ここでのリラは意識的に、友人たちのことを考えないようにしていた。彼女たちのことを考えると惨めになるからだ。

リラのクラスの女子生徒たちのほとんどが大学や短大や専門学校へと進学していた。ひとりかふたり、就職した子もいたと思う。けれど、リラのように愛人になっている少女はひとりとしていないはずだった。

そう。愛人だ。

今年の三月、高校の卒業式を終えた直後に、リラは日本海に面したこの小さな港町にやってきた。母に命じられ、資産家の老人の愛人として生きることになったのだ。

今のリラは目の前にいるオカメインコたちと同じ、空を飛ぶ自由を奪われた籠の中の小鳥だった。

2.

母がその話を切り出したのは、高校を卒業する少し前の夜のことだった。

あの日は土曜日で銀座の店は休みだったから、リラは母と近所の日本料理店に行って食事をした。自宅に戻ると入浴を済ませ、文庫本を持ってベッドに入った。

部屋に母がやってきたのは、リラがもう少しでその本を読み終えるという頃だった。

「ちょっと話をしたいんだけど、今いい？」

母はリラの返事を待たず、机の前に置かれていた椅子をベッドの脇に運んできた。そして、そこに姿勢よく腰掛け、ベッドに横になっているリラの顔を見つめた。

湯上がりらしい母は、白いネルのナイトドレス姿で化粧っけがなかった。見えるところにはアクセサリーも身につけていなかった。

「話って、なあに？　長い話になるなら、あしたにしてもらえると嬉しいんだけど」

リラは体を起こしてベッドの背もたれに寄りかかり、手にした文庫本をサイドテーブルに置いて母を見つめ返した。

「ねえ、リラ。あんた、これからどんなふうに生きていくつもりなの？」

真面目な顔をした母が、思ってもみないことを訊《き》いた。

「これから？」

リラはぎこちなく微笑んだ。心の中では、面倒な話になるのかな、と危惧《きぐ》していた。

「そうよ、リラ。お前はこれから先、どんなふうに生きていくつもりでいるの？」

めったに見せないような真剣な表情になった母が、リラをじっと見つめた。

リラは大学への推薦進学が決まっていたが、将来のことを深く考えたことはなかった。

それでも、小説家になれたらいいなとぼんやりと思っていた。だから、あの晩、リラは
『できたら小説家になりたい』と口にした。

その言葉を耳にした母が、あからさまな溜《た》め息をついた。

「ねえ、リラ。子供じゃないんだから、寝ぼけたことを言わないで」

母が呆《あき》れたような口調で言った。

「そんなことを言われても……先のことなんかわからないよ」

「リラの今後のことについて、お母さんから提案があるの」

「提案って？」

リラはわずかに身構えた。これまでの経験から、母がとんでもないことを言い出すように感じたのだ。

「これはリラの将来を真剣に考えた末の提案なの。だから、驚かずに聞いてちょうだい」

「だから、どんな提案なの?」

リラはさらに身構えて、母の顔をまじまじと見つめた。

「お母さんは本気なんだから、リラも本気で聞いてね」

そう前置きしてから、母が突然、日本海側の地方都市に暮らす資産家の老人の愛人になるという話を切り出した。

リラは耳を疑った。母が冗談を言っているのではないかとさえ思った。

けれど、母は本気だった。リラの意見さえ聞かず、母はすでにその話を進めているようだった。

もちろん、リラは即座に拒否した。そんな無茶な提案を受け入れられるはずはなかった。

「馬鹿なことを言わないでよ。くだらない。用事が済んだら、さっさと出て行って。わたし、今夜中にそこにある本を読み終えたいの」

目を吊り上げて母を睨《にら》みつけ、怒りに声を震わせてリラは言った。

いや、声が震えていたのは怒りのためというより、恐れのためかもしれなかった。

母は本気なのだ。大切なひとり娘を、本気で老人の愛人にしようとしているのだ。

そう思うと、強い恐怖が込み上げてきた。

3.

母は言い出したことを絶対に曲げない女だった。これまでの経験から、リラはそれをよく知っていた。だからこそ、リラは怯《おび》えていた。

母はしばらく無言でリラの顔を見つめていた。それから、椅子に座り直し、ナイトドレスに包まれた脚を静かに組み直して言葉を口にした。

「怖がらなくていいのよ、リラ。これはお前にとっていいことなの。わたしを信じなさい、リラ。わたしの言う通りにしていれば間違いはないのよ」

リラの目を真っすぐに見つめ、幼い子供に言い聞かせるかのような口調で母が言葉を続けた。「お前はわたしの宝物なのよ。そんなお前を不幸にさせるようなことは、わたしは絶対にしない。だから、わたしの言う通りにしなさい」

母の目を見つめ返し、リラは首を左右に振り動かした。こんな馬鹿げた提案を受け入れられるはずがなかった。

「いや。愛人なんて、絶対にいや……愛人になるぐらいなら、死んだほうがマシよ」

息苦しいほど速く心臓が鼓動しているのを感じながら、呻《うめ》くかのようにリラは言った。

「リラ。お前は人がよすぎるから、つまらない生き方をするのは目に見えているの。わたしにはお前がつまらない人生を送るっていうことが、本当にはっきりとわかるの」

リラのベッドに身を乗り出すようにして母が言った。「つまらない生き方をするのは、たった一度の人生を無駄にするようなものよ。わかるわね？」

ルージュのない唇のあいだから真っ白な歯を覗《のぞ》かせて母が微笑んだ。

母の笑みは優しさと思いやりに満ちたものだった。けれど、リラの心が動かされることはなかった。それどころか、偽善者のようなその笑みが、リラの怒りに火を点《つ》けた。

「だから、わたしは愛人になんてならないっ！　話はこれで終わり。さあ、出て行ってっ！　さっさとここから出て行ってっ！」

リラもまた身を乗り出して声を張り上げた。

「お母さんの言うことが聞けないの？」

母が言った。その顔から笑みが消えていた。

「聞けない。聞けるわけがないじゃない」

「だったら、お前とはこれで終わり。きょう限りで縁を切ることにする。お前とはもう、親でも子でもないっていうことにする。この家からも出て行ってもらうし、大学の学費も払わない。それでいいのね？」

わざとらしいほど淡々とした口調で母が言った。

リラは奥歯を強く嚙《か》み締め、怒りと憎しみのこもった目で母を見つめた。

ずるいと思った。親が口にするべき言葉ではないと思った。

「ずるいよ、お母さん……そんなことを言うなんて、ずるい……ずるい……」

呻くようにリラは繰り返した。泣くつもりなんてなかったのに、いつの間にか、目に涙が浮かんでいて、目の前にある母の顔がぼんやりと滲《にじ》んで見えた。

「ねえ、リラ。わたしはお前が憎くて言っているんじゃないの。意地悪をしているわけでもないの。すべてはお前のためを思ってのことなの。それをわかって」

母がまた優しげな笑みを浮かべた。

「年寄りの愛人になるのが……わたしのためなの?」

涙に潤んだ目で挑むように母を見つめてリラは訊いた。

「そのお年寄りはお前のことを絶対に大事にしてくれる。壊れものを扱うみたいに大切にしてくれる。お小遣いもたくさんくれて、不自由な想いをさせるようなことは絶対にしない。それに、身のまわりのことはみんな家政婦がするから、お前は何もしなくていいの。その人の愛人になったら、お前は王女様のような暮らしができるの。どう、リラ? 悪い話じゃないでしょう? わたしがお前だったら、喜んで応じるわよ」

またしても、幼い子供に言い聞かせるかのように母が言った。化粧っ気のないその顔には、相変わらず、見たこともないほど優しげな笑みが浮かんでいた。

「でも、わたし……愛人なんていや……」

吐き気が込み上げるのを感じながら、リラは首を左右に振り動かした。

その時、母が急に椅子から立ち上がった。母は座っていた椅子を脇にどかし、フローリングの床に正座をした。そして、「お母さんの言う通りにして。お願い。この通りよ」と言いながら、床に額を押しつけるようにして土下座をした。

もはやリラに選択肢はなかった。

結局、母から執拗《しつよう》に説得されて、リラは愛人になることを受け入れた。

いや、受け入れたわけではない。親に強いられて好きでもない男と結婚した昔の女たちのように、心を殺して何とかそれを決意したのだ。

あの時のリラは『もう、どうなってもいいや』という、極めて自暴自棄な気持ちになっていた。

リラを愛人にする老人は、田嶋誠一郎《たじませいいちろう》といった。田嶋誠一郎はリラより五十五歳も年上の七十三歳で、リラの祖父と言っていいような年齢だった。

母と田嶋誠一郎との接点がどこにあったのかは知らないが、母によれば、田嶋には妻と三人の子供がいて、七人か八人の孫がいるということだった。明治時代からの網元で、今では不動産業、建設業、運送業、金融業など幅広い事業を手がけている田嶋は、地元の財界の有力者で、中央の政財界にも太いパイプを有しているようだった。

けれど、その老人にいくら金や権力があろうと、リラにとってはどうでもいいことだった。あの時、リラは自分が市場に売られていく仔牛《こうし》になったように感じていた。

4.

女子大生としての暮らしを諦《あきら》めたリラは、今から三ヶ月前、三月の終わりに、母の運転するレクサスに乗ってこの家にやって来た。オカメインコのタローが一緒だった。

自宅のあるマンションの地下駐車場で、リラはレクサスの後部座席に衣類と下着と、まだ読んでいない何冊かの本の入った大きなスーツケースを積み込んだ。だが、荷物はそれだけだった。欲しいものはすべて老人が買ってくれるから、リラは必要最低限のものだけを持って行けばいいのだと母に言われていた。

自宅からこの家までは、車で三時間半ほどがかかった。そのあいだ、リラはほとんど口を開かなかった。母のほうも当たり障りのないことしか口にしなかった。

あの日のリラは正気を保っているのが難しいほどに動揺していたし、吐き気を催すほどに怯えてもいた。市場に売られていく仔牛どころか、これから敵艦に体当たりをする特攻隊員のような悲壮な気分で、今にもパニックに陥って叫び声を上げてしまいそうだった。

実際、リラは何度も、『やっぱり、いやっ！』『愛人になんかならないっ！』『帰りたいっ！　家に帰りたいっ！』と叫びそうになった。けれど、その叫びを必死で抑えて、レクサスの助手席で身を硬くしていた。

関越自動車道を走行中に、『月夜野』という表示が何度か目に入ってきた。そのたびに、リラはこの道を走って母と死体を埋めに行った時のことをぼんやりと思い出した。

確かに、あれはひどい経験だった。けれど、これからリラが経験するはずのことに比べれば、何でもないことのように感じられた。

関越自動車道の終点の長岡《ながおか》ジャンクションから北陸《ほくりく》自動車道に乗り継いだようだった。けれど、母がどんな道をどんなふうに走ったのかを、リラはよく覚えていなかった。込み上げる吐き気を抑えるだけでいっぱいだったのだ。


高速道路を降りた車が三十分ほど走った頃に、それまで無言だった母が口を開いた。

「あれがリラの家じゃないかしら？　写真で見た通りの素敵な家ね」

だが、母が言う前にリラは前方にある建物に気づいていた。

リラの新居となる家は、洒落《しゃれ》た二階建ての白い洋館で、田嶋誠一郎がリラのために建てたものだった。周りは畑や水田ばかりだったから、その白い洋館はかなり場違いで、遠くからでもよく目立った。

リラは相変わらず動揺していたし、吐き気も催していた。けれど、新居となる白い洋館は、絶望の淵《ふち》に佇《たたず》んでいたリラの目にもなかなか素敵に映った。

あの日、今暮らしているこの洋館の一階にあるダイニングルームで、リラは初めて田嶋誠一郎に会った。あの日の彼は白い長袖《ながそで》のポロシャツ姿だった。

学生時代にはラグビーをしていたという田嶋誠一郎は、とても体が大きくて、相撲取りのように腹が突き出していた。リラはすでに田嶋の写真を何枚か見せられていたが、実際に目にした老人は、充血した小さな目が離れていて、鼻が上を向いていて、エラが張っていて、頭が完全に禿《は》げ上がっていて、写真より遥《はる》かに醜い風貌《ふうぼう》をしていた。

写真ではよくわからなかったが、田嶋誠一郎は顔がとても大きくて、その大きな顔のいたるところに茶褐色の老人斑《はん》が無数にできていて、見ているだけで気持ちが悪かった。

それでも、初対面のリラに向けられた老人の笑みは人懐こくて、親しげで、とても穏やかで自然だった。

老人は頻繁に笑った。こんな時だというのに、リラはその笑顔を可愛いとさえ感じた。

主治医からは禁煙を勧められているらしかったが、田嶋はそれを無視して、今も一日に三箱から四箱もの煙草を吸い続けているということだった。初めて会った時にも田嶋は絶え間なく煙草をふかし続けていた。

「田嶋さん、こちらが娘のリラです。これから末長くよろしくお願いいたします」

あの日、母はそう言うと、目の前のテーブルに額が着くほど深く頭を下げた。

「リラさん。田嶋です。こちらこそ、よろしくお願いします」

煙草を灰皿の中で押し潰《つぶ》した老人が歯を見せて微笑んだ。ヘビースモーカーであるにもかかわらず、田嶋誠一郎の歯は芸能人のように真っ白で綺麗《きれい》だった。

「リラです。どうぞ、よろしくお願いいたします」

隣に座っている母と同じように、リラも深く頭を下げた。

顔を上げたリラは、テーブルの向こうに座っている老人の大きな顔を見つめた。

リラはその美しい顔に笑みを浮かべていた。どんな顔をしていいかわからない時には微笑むという癖があるのだ。

この家のことは、掃除も洗濯も買い物も食事の支度も、すべて通いの家政婦がやってくれるから、リラは何もする必要はなく、王女様のようにしていればいいのだと母は言った。東京にいる頃に、何十回となくそう言った。

けれど、何もしなくていいはずがないということは、リラにもわかっていたし、母にもよくわかっているはずだった。

あの日、三十分ほど三人で話をしたあとで、母はこの家をひとりで出て行った。別れ際に母はリラに、「しっかりやりなさい」と言って優しく微笑んだ。

「そうだ、リラ。お花と果物は幸福を運んでくるの。だから、お花と果物は欠かさないようにしなさいね」

レクサスの運転席に乗り込みながら、母がリラにそう言った。

『わたしも帰るっ！』『一緒に帰るっ！』『行かないでっ！　置いていかないでっ！』

そう叫びたかった。けれど、リラがしたのは、唇を噛《か》み締めて頷《うなず》くことだけだった。

5.

いつもと同じ午前六時四十分に、家政婦の吉原妙子《よしはらたえこ》が軽自動車でやって来た。今朝の彼女はふわりとした白い半袖《はんそで》のワンピース姿で、とても涼しげで上品に見えた。

吉原妙子は六十五歳。ふたりの娘の母親だった。娘たちはどちらも独立していて、長女には子供がふたりいると聞いていた。

吉原妙子は背が高くて、華奢《きゃしゃ》な体つきをしていた。目が大きくて、鼻が高くて、若かった頃はかなり綺麗だったのだろうとリラは考えていた。その面影は六十五歳になった今も残っていた。痩《や》せてはいたが胸は豊かだった。

吉原妙子の夫は漁師で、自分の漁船を所有し、七十歳近くなった今も毎日のように海に出ていた。彼女が家政婦という仕事をするようになったのは、次女が大学を卒業した十年ほど前のことで、それまでは専業主婦だったと聞いている。

吉原妙子の家政婦としての勤務時間は、午前七時から午後三時までだった。だが、真面目で勤勉な彼女は、いつもそれよりかなり早くやって来たし、勤務終了時間の午後三時をまわっても仕事が終わらなければ帰らなかった。

吉原妙子は富川陽子ほど手の込んだ料理を作らなかった。だが、吉原妙子が作る素朴な味わいの家庭的な食事も、リラには美味《おい》しく感じられた。

富川陽子は週末が休みだったが、吉原妙子の休日は月曜日と火曜日だった。

「おはようございます、吉原さん」

いつものように、リラは満面の笑みで玄関に向かい、ドアを開けた家政婦を出迎えた。

これから走りに行くつもりのリラは、すでにランニングウェアを身につけていた。

「おはよう、リラちゃん。今からランニング？」

眼鏡の向こうの目でリラを見つめて、家政婦もまた朗らかな笑みを浮かべた。

「はい。一時間ほど走ってきます」

唇のあいだから真っ白な歯を覗《のぞ》かせてリラは答えた。

東京で暮らしていた時のリラは、朝と晩に三十分ずつ走っていた。けれど、ここに来てからは、朝にだけ一時間のランニングをした。田嶋誠一郎が夜は危ないから出かけるなと言ったからだ。

確かに、この家の周りは田んぼと畑ばかりで、街灯のようなものもほとんどなくて、月のない夜は足元が見えないほどに真っ暗だった。たとえ不審者などいなくても、つまずいて転んでしまう可能性もあった。

「すごく蒸し暑いから、熱中症に気をつけてね」

吉原妙子がまた親しげな笑顔を見せた。その額に汗がうっすらと滲《にじ》んでいた。「ところで、リラちゃん、きょう東京に戻るのよね？　何時頃に帰るの？」

「急ぐわけじゃないんで、お昼ご飯が終わったらゆっくりと支度をして出かけます」

リラはまた笑顔で答えた。母に呼ばれて、きょうは東京に戻ることになっていた。母のいる家に帰るのは三月にここに来てから初めてだった。

ここに来たばかりの頃は一日に何度も帰りたいと思っていたし、久しぶりの帰省が嬉《うれ》しくないわけではなかった。だが、きょうは何となく気が重たかった。母に何か、よからぬ魂胆があるような気がしたのだ。

「久しぶりの東京なんだから、楽しんできてね」

家政婦が言い、リラは「ありがとうございます」と言ってまた笑った。

最初の頃、リラに対する家政婦の態度はかなりぎこちないものだったし、リラも彼女にどう接していいかがよくわからないでいた。

何と言ってもリラは老人の愛人だった。老人の家族からは、疎まれ、嫌われ、憎まれる存在だった。

あの頃、リラに向けられる家政婦の目には明らかな嫌悪が見てとれた。リラのことを、金のためにはなら何でもする、得体の知れない女だと思っていたに違いなかった。家政婦は事務的に振る舞い、心の中をリラに気づかれないようにしていた。だが、リラは自分が嫌われていることや、蔑《さげす》まれていることをはっきりと感じていた。

それでも、ほかに話をする相手が誰もいないから、すぐにリラは吉原妙子を相手にいろいろなことを話すようになった。そういう会話の中で、リラは自分がなぜここにいるのかということを、彼女に話した。ここに来て十日ほどがすぎた頃だった。

その話を聞いた家政婦は怒りに身を震わせた。

「こんなことは言いたくないけど、ひどい母親ね。信じられないわ」

あの日、怒りに顔を歪《ゆが》めた家政婦が言った。その後は急に優しい顔になり、リラに優しい言葉の数々をかけてくれた。

その言葉を聞いたリラは思わず目を潤ませた。自分の辛《つら》さをわかってもらえたことが嬉しかったのだ。

「泣かないで、リラちゃん」

家政婦が言った。彼女にそう呼ばれたのは初めてだった。

家政婦の呼びかけに、リラは無言で頷いた。目から溢《あふ》れた涙が頬を伝った。

その瞬間、家政婦がリラに歩み寄った。そして、ほっそりとしたリラの体を両手で強く抱き締めた。

「わたしが力になるから、困ったことがあったら何でも言ってね」

家政婦がリラの耳元で囁《ささや》いた。温かな息が耳に吹きかかった。

あの日、リラは家政婦の豊かな胸に顔を埋《うず》め、声をあげて泣いた。堤防が決壊してしまったかのように、抑え続けてきた涙が絶え間なく溢れ続けた。

そんなリラの背中を、家政婦は分厚い掌《てのひら》で静かに撫《な》でてくれた。

それ以降、家政婦の吉原妙子は、以前とは比べものにならないほど優しくリラに接してくれるようになった。

リラは今、いろいろなことを家政婦に報告し、些細《ささい》なことでも彼女に相談していた。リラにとっての家政婦は、心を許せる唯一の人だった。

その吉原妙子に「行ってきます」と声をかけてから、リラは入れ替わるかのように外に出て、眩《まぶ》しく照りつける六月の終わりの朝日の中を勢いよく走り始めた。

6.

いつものように、リラはまず漁港に向かうことにし、畑や田んぼのあいだに真っすぐに延びた農道を走り始めた。

辺りには舗装された農道も多少はあったが、ほとんどの農道は未舗装だった。リラの家のすぐ外にある農道も舗装がされていないデコボコ道で、そこに軽トラックがつけた轍《わだち》が深く残り、轍のないところには雑草が伸びていた。

雨上がりだということもあって、道のあちらこちらに水溜《みずたま》りができていた。青い空を映しているその水溜りを避《よ》けたり、飛び越えたりしながらリラは走り続けた。剥《む》き出しの肩や腕に朝日が照りつけた。ポニーテールに束ねた髪が背中で左右に揺れた。

走っていると、近所に暮らしている何人かの老人と擦れ違った。擦れ違うたびにリラは彼らに頭を下げたし、老人たちのほうも手を上げたり、笑顔を見せたりして挨拶《あいさつ》を返してくれた。初めて見る人は誰もいなかった。この小さな集落では誰もが顔見知りなのだ。

　田嶋誠一郎は地元の名士だったから、リラが彼の愛人だということはすべての人が……中学生や高校生までが知っているはずだった。それについて考えるたびに、リラはいたたまれないような気持ちになった。

　ここに来たばかりの頃は、朝は吐き出す息が白くなった。けれど、五月に入ると寒い朝はほとんどなくなり、六月になってからはランニングをしていると、滴るほどの汗にまみれるようになった。春先のリラは長袖《ながそで》のジャージ姿でランニングに出ていた。だが、最近はノースリーブのランニングシャツに、ショートパンツという恰好《かっこう》で走っていた。

日差しは刻々と強くなり、気温もぐんぐんと上がっているようだった。それでも、吹き抜ける朝の風は清々《すがすが》しくて、青草のようなにおいが感じられて爽《さわ》やかだった。

　水田を埋め尽くした緑の稲が、風が吹き抜けるたびに揺れた。それは水面《みなも》に波が立っているかのようにも見えた。五月に入ってすぐに植えられた稲は、今では随分と大きくなっていた。風に揺れるその稲の上を、何羽ものツバメが飛び交っていた。

　農道を走り抜けると村道があった。漁港へと続いている一本道で、その片側には歩道があったから、いつものようにリラはその歩道を走った。この村道はバス通りでもあったけれど、バスを見かけることはめったになかった。走っている車もほとんどなかった。

　漁港に近づくにつれて、潮の香りが少しずつ濃密になっていった。少し生臭いその香りを吸い込みながら、リラは汗まみれになって走り続けた。

漁港までは十分とかからなかった。すでにほとんどの漁船が漁に出ているようで、小さな港に停泊している船はほんの数隻だけだった。きょうは土曜日だったけれど、漁師たちには土曜日も日曜日も関係がないようだった。

港の上をカモメらしき何羽かの鳥が、白い羽を大きく広げて気持ちよさそうに飛んでいた。カモメの鳴く声も聞こえた。漁港には数人の漁師がいて、その中のひとりがリラに気づいて手を振った。もちろん、彼らもリラが田嶋誠一郎の愛人だということを知っているに違いなかった。

いつものように、漁港の中には入らず右に折れ、朝日に眩しく光る海面を左手に見ながらリラは海沿いの道を走り続けた。

諦《あきら》めること。受け入れること。

走り続けていると、何の脈絡もなく、そんな言葉が頭に浮かんだ。

そう。諦めるのだ。受け入れるのだ。リラにはほかに選ぶべき道がないのだ。

そして、リラはここにやって来た最初の夜のことを思い出した。

7.

新築の洋館にはリラの部屋とは別に、田嶋誠一郎の部屋が作られていた。

田嶋老人の部屋はリラの部屋よりずっと広い洋室だった。その部屋には大きくて真新しい立派なベッドが置かれていたが、ほかには家具や電化製品のようなものはほとんどなく、どことなく殺風景で、何となく無機質な雰囲気が漂っていた。

ここでの初めての晩、リラはその部屋に呼ばれ、老人の手で着ていたものを脱がされた。

覚悟はしていたつもりだった。けれど、床に立ち尽くして服を脱がされているあいだ、リラは体の震えを止めることができなかった。

「大丈夫だよ、リラ。そんなに緊張しなくていいよ」

リラの胸からブラジャーを取り除きながら、老人が親しげな笑みを浮かべて言った。

リラがやって来たその日から、田嶋はリラを呼び捨てにしていた。自分のことは社長と呼ぶようにと彼が言うので、その日からリラは老人を『社長さん』と呼んでいた。

「はい……」

老人の手を払いのけたいという衝動を、どうにか抑えてリラは答えた。

老人の息は煙草臭かった。だが、インプラントとホワイトニングのおかげで、歯は老人とは思えないほどに真っ白で綺麗《きれい》だった。

ブラジャーに続いて、老人が小さなショーツを引き下ろした。リラは「いやっ」と声を上げて反射的に股間《こかん》を押さえた。けれど、それ以上のことはしなかった。するべきではないと考えたのだ。

「さあ、リラ。ベッドに横になってごらん」

ベッドの掛け布団を捲《まく》り上げて老人が言い、リラはさらに震えながら白く真新しいシーツの上に仰向《あおむ》けに身を横たえた。

リラは裸だったが、室内には暖房が効いていたから寒さは感じなかった。

ベッドに仰向けになると同時に、老人が皺《しわ》だらけの手をリラのほうに伸ばしてきた。

リラは反射的に強く目を閉じ、奥歯を強く噛《か》み締めた。そんなリラの体のいたるところを……頬を、額を、顎《あご》先を……首を、肩を、腕を……そして、乳房や腹部や下腹部を……老人はざらざらとした掌で執拗《しつよう》に撫でまわした。老人の手が体を撫でるたびに、強烈なおぞましさが込み上げ、リラの全身の皮膚に鳥肌が立った。

「リラックスしなさい。リラ、体の力を抜きなさい」

老人が言ったが、それは無理なことだった。

十分近くにわたってリラの体を撫で続けてから、今度は老人がリラの胸に顔を寄せ、小さな乳首を吸い始めた。

リラは思わず声を上げた。

右の乳首を吸い続けながら、老人が膨らみに乏しい左の乳房を揉《も》みしだき始めた。その後は、リラの股間に手を伸ばし、そこを執拗にまさぐった。

リラにできたのは、正気を保つのが難しいほどのおぞましさを覚えながらも、歯を食いしばって耐えることだけだった。母からは、老人に求められたことには必ず応じるようにと言われていた。

あの晩、リラは男性器に貫かれることを覚悟していた。けれど、老人の性器は硬直しなかった。老人は医師に処方された勃起《ぼっき》不全治療薬を飲んだようだったが、それでも性器はほんの少し膨張しただけで、挿入ができるほどには硬くならなかった。

リラを裸にしてすぐに、老人は自分も衣類と下着を脱ぎ捨てていた。裸になった老人の体は分厚い脂肪の層に覆われていただけでなく、その脂肪層がたるんで垂れ下がっていた。さらには、全身のいたるところに赤い吹き出物のようなものが無数にできていて、見続けていることができないほどに醜かった。

「チェッ、あのヤブ医者の薬、ちっとも効かないじゃないか」

茶褐色の老人斑《はん》が無数に浮き出た大きな顔に、苦笑いのような表情を浮かべて老人が言った。小さくて離れた老人の目は真っ赤に充血していた。

あの晩、少し思案した末に、老人は硬直していない性器を口に含むように求めた。

その言葉はリラを震え上がらせた。だが、もちろん、選択肢はなかった。

「できるね、リラ？」

リラを見つめて老人が言った。老人斑だらけの顔に、好色な笑みが浮かんでいた。

瞬時にリラは意を決し、ベッドに腰を下ろした老人の前に跪《ひざまず》いた。そして、さらなるおぞましさに震えながらも、意識的に頭の中を空っぽにして、ぐんにゃりとしたままの男性器を口に含んだ。老人の股間に生えた灰色の毛が口の周りをくすぐった。

考えちゃダメ。何も考えちゃダメ。

リラは自分に言い聞かせた。

だが、それは難しいことだった。リラの意思とは無関係に、胃がヒクヒクと絶え間なく痙攣《けいれん》した。強い吐き気が喉元《のどもと》にまで込み上げ、今にも嘔吐《おうと》してしまいそうだった。

老人の股間に顔を伏せて男性器を口に含んでいるリラの髪を摑《つか》んで、老人がリラの顔をゆっくりと上下に振り動かした。柔らかいままの男性器がリラの唇を擦《こす》りながら、出たり入ったりを繰り返した。

いったい、どのくらいのあいだ、老人の性器を口に入れていただろう。とても長いような気がしたが、はっきりとしたことはわからなかった。いずれにしても、硬直しないまま、老人の性器はリラの口の中にわずかばかりの体液を放出した。

「リラ、口の中のものを飲み込みなさい。できるね？」

体液を口に含んだまま顔を上げたリラに、老人が優しい口調で言った。いつの間にか、涙で目が潤んでいて、老人の醜い顔がぼんやりと霞《かす》んで見えた。

老人が口にしたのは、ある程度は予想していた言葉だった。だが、実際にそれをするとなると、とてつもない決意が必要だった。

田嶋誠一郎は週に二日ほどの割合であの家にやって来た。老人がやって来るたびに、リラはダイニングルームのテーブルで彼と向き合って吉原妙子の作った料理を食べ、彼のグラスに酒を注ぎ入れたり、キッチンでウィスキーの水割りを作ったりした。彼はビールとウィスキーが好きだったが、ワインも日本酒も焼酎《しょうちゅう》もよく飲んだ。

食事が済むと、老人はいつも自分の部屋にリラを連れて行き、裸にしたリラをベッドの上で執拗にもてあそんだ。

田嶋誠一郎の性器は相変わらず、硬くなることはまったくなかったから、リラの中にそれを挿入することはできなかった。だが、その代わりに、老人はいつもリラの全身を、ざらざらとした舌で実に長時間にわたって執拗に舐《な》めまわした。

最初の一ヶ月ほどは、老人に舐められたり、体を撫《な》でまわされたりすることは、リラにとって屈辱以外の何ものでもなかった。

けれど、そんなことが繰り返されるうちに、リラの意思とは関係なしに、与えられる刺激に体が反応するようになっていった。時には、母の寝室から漏れ聞こえたような淫《みだ》らな声を、無意識のうちに自分があげていることに気づくこともあった。

感じているの？　こんなにおぞましいことをされているのに喜んでいるの？

自分でもそれははっきりとはわからない。

いずれにしても、老人の舌や手が体を刺激するたびに、自分が分泌した体液で股間が潤んでいくのを、リラは感じるようになっていった。時には、もっと強く刺激してほしいと思うこともあったし、もっと続けてほしいと思うこともあった。

たぶん、リラの肉体は変わってしまったのだ。おぞましい刺激を局所に与えられることに、敏感に反応する女に作り替えられてしまったのだ。

ランニングを終えて汗まみれで自宅に戻ったリラを、家政婦の吉原妙子が「おかえり、リラちゃん。すごい汗ね」と言って笑顔で迎えてくれた。朝食の用意をすでに終えたようで、彼女は今、柄の長いモップを使って廊下の拭《ふ》き掃除をしていた。

「ただいま、吉原さん。暑くて倒れそうです。シャワーを浴びてきます」

笑顔で言うと、リラは弾むような足取りで浴室へと向かった。

最近は怠りがちだったが、きょうは入浴前に体重を測り、その後は浴室の壁の大きな鏡に裸の全身を映し、体の隅々までを入念にチェックするつもりだった。

もし、少しでも体重が増えていたり、下腹部が出ていたりしたら、これから会う母に何を言われるかわかったものではなかった。

8.

入浴を済ませたリラは、ダイニングルームの大きなテーブルで、吉原妙子が作ってくれた昼食をひとりで味わった。ここに来てからのリラは基本的には、昼と夜の二回しか食事をしなかった。

きょうの昼食は炊き立てのご飯とアサリの味噌汁《みそしる》、納豆とメカブとおろし大根、それに糠漬《ぬかづ》けというものいつもながらのメニューだった。東京にいた頃には糠漬けなど食べなかった。けれど、今は吉原妙子の作る糠漬けが好物になっていた。

テーブルの上にはガラス製の花瓶とコンポートがあって、花瓶ではピンクと白のカーネーションが花を広げていた。コンポートには大きなグレープフルーツが五つほど飾られていた。

幸福なんて来るはずはないと思っていたけれど、母と同じように、リラも花と果物を欠かさないようにしていた。

昼食が済むと、スーツケースに衣類や洗面道具などを詰め込んだ。そして、クロゼットから取り出したミニ丈の白いスカートを穿《は》き、ピンクのタンクトップを身につけ、少し考えてから青いデニムのジャケットを羽織った。

クロゼットの鏡に映ったその姿は、思わず微笑みたくなるほど可愛らしく見えた。

その後はドレッサーの前に座って化粧を施した。田嶋誠一郎が来る日でも来ない日でも、昼食後にはきちんと化粧をするというのが今のリラの習慣になっていた。田嶋老人からはたっぷりと小遣いをもらっていたから、リラは母が使っているような高価な化粧品をたくさん買い揃えていた。

出かける準備が整うと、オカメインコたちに「いい子にしてるのよ」と声をかけ、それから、家政婦に「あしたの夕方までには戻ります。留守をよろしくお願いします」と言って玄関を出た。留守中の小鳥たちの世話は彼女がしてくれることになっていた。

「行ってらっしゃい。気をつけてね」

吉原妙子が優しい笑みを浮かべてリラを送り出してくれた。

心が折れてしまいそうになることばかりの毎日だったから、彼女の笑みにはいつも助けられていた。


自宅の門の前には、少し前に電話で呼んだタクシーが待っていた。サンダルの高い踵《かかと》をわずかにぐらつかせてタクシーに歩み寄ると、リラは運転手にスーツケースを預けてその後部座席に乗り込んだ。

運転手は初めて見る初老の男だった。そのことに、リラは何か新鮮なものを感じた。

東京にいた頃には、自宅から出ると周りにいるのは知らない人ばかりだった。だが、ここでは見知らぬ人の姿を目にすることはほとんどなかった。

この運転手さんは、わたしが年寄りの愛人だっていうことを知らないんだ。

リラはそんなふうに考え、そのことに安堵《あんど》した。

普通っていいな。普通になりたいな。

リラは思った。そして、タクシーの窓から見慣れた田園風景に目をやりながら母のことを考えた。

『来週の土曜日にこっちに来て』

母からそんな電話が来たのは、ちょうど一週間前の土曜日の午後のことだった。

「行ってもいいけど……何か用事でもあるの？」

こちらの都合も訊《き》かず、自分勝手に呼びつける母の言葉に苛立《いらだ》ちながら、リラはかなりつっけんどんな口調で尋ねた。

『用事がなかったら呼ばないわ。来られるわね？』

ひどく高圧的な口調で母が言った。

「行けるとは思うけど……」

『それじゃあ、来週の土曜日……そうね。夕方までには戻って来て。久しぶりに一緒に晩ご飯を食べましょう』

母が言い、リラは「わかった。行くよ」と、ぶっきらぼうに返事をした。

今もリラは母を憎いと思っていた。憎いと思わない日は一日としてないほどだった。

それでも、久しぶりに母に会えるのは嬉《うれ》しかった。同時に、それを嬉しいと感じている自分が哀れだった。

9.

三ヶ月ぶりの東京の空には、鉛色をした重たそうな雲が低く垂れ込めていた。

リラが自宅のマンションに戻ったのは午後五時を少しまわった頃だった。ドアを開けた瞬間、リラは懐かしさを感じた。リラが住んでいた頃と同じように、玄関にはアロマオイルの香りが漂っていた。下駄箱《げたばこ》の上には白い花瓶が置かれ、そこで白いカラーが咲いていた。その脇の白磁のコンポートには、何個ものグレープフルーツが飾られていた。

「ただいま」

目の前に立つ母を見つめ、リラは小声で言った。本当は微笑みたかったのだが、喜んだら負けるみたいな気がして、意識して表情を変えないようにしていた。

休みの日にはいつもそうしているように、こんな時刻になっても母は裾《すそ》の長い白のナイトドレス姿だった。休日だということもあって、母の顔には化粧っ気がなかった。

母が何か文句を言いたそうな顔つきで、玄関のたたきに立っているリラを上から下までジロジロと見まわした。

母のその態度にリラは苛立ちを覚えた。

あの家を出る時に、化粧をしたリラの顔を見た吉原妙子は『すごく綺麗《きれい》よ』と言ってくれた。リラの恰好《かっこう》についても『可愛いわね』と言ってくれた。けれど、母はそうは思っていないようだった。

「おかえり。遅かったわね」

娘に不躾《ぶしつけ》な視線を向けながら、素っ気ない口調で母が言った。

母の言葉にリラはさらなる苛立ちを覚えた。母が土下座までして頼んだから、リラは心を殺して老人の愛人になったのだ。その母が呼びつけたから、きょうはわざわざ新幹線を使ってここに戻ってきたのだ。だとしたら、優しい言葉や、ねぎらいの言葉をかけてくれてもバチは当たらないはずだった。

「三ヶ月ぶりに戻って来た娘に対して、ほかに言うことはないの？」

リラは母に挑むような視線を向けた。

「ちょっと化粧が濃すぎるんじゃない？　蓮《はす》っ葉《ぱ》に見える。それに、その恰好もあまり似合っていない。着ているものが安っぽいのに、ボッテガのバッグにヴィトンのサンダルなんてアンバランスよ」

リラの全身を値踏みでもするかのように眺めまわし続けた末に母が言い、リラは強い怒りが込み上げるのを感じた。

けれど、今にも爆発しそうになる感情を懸命に抑えて、リラは静かに言い返した。

「十代の女の子が全身をブランド物で固めるって、やりすぎでしょう？　だから、バッグと靴以外は安物にしたのよ」

母の顔から視線を逸《そ》らし、玄関のたたきにサンダルを脱ぎながらリラは言った。

「ふうん。そうなんだ？　うーん。なるほど……言われてみたら、リラの言う通りかもしれない。若い子がブランド物ばかり身につけてるっていうのは、確かにおかしいわ」

母があっさりと引き下がり、言い争うつもりでいたリラは拍子抜けがした。「お母さんが間違ってた。帰って来たばかりなのに、言いがかりをつけて、ごめん。許してね」

穏やかに母が言った。母が謝罪の言葉を口にするのは、とても珍しいことだった。

「ああっ、疲れた」

どんなリアクションをしていいかわからず、リラはぶっきらぼうに言った。

「お疲れ様。会えて嬉しいわ。リラがいなくて、ずっと寂しかったんだから」

優しげな笑みを浮かべてそう言うと、母が剝《む》き出しの腕をリラのほうに伸ばし、その体を両手で強く抱き締めた。

目頭が急に熱くなるのを覚えながらも、肩甲骨の浮き出た母の痩《や》せた背を、リラは両手でそっと抱き返した。心の中では、『ずるい』『ずるい』と考えていた。こんなふうに優しくされたら、あれほど恨んでいた母を許してしまいそうだった。

「いろいろと大変な思いをさせてごめんね。許してね、リラ」

追い討ちをかけるかのように母が言い、リラは目から涙を溢《あふ》れさせた。

憎いはずなのに、憎めなかった。怒りたいのに、怒れなかった。

諦《あきら》めること。受け入れること。それがわたしの人生なんだ。

涙が頰を伝うのを感じながら、リラはまたそう思った。

10.

その晩はリラのリクエストで近所の日本料理店に行った。決して安い店ではなかったが、東京で暮らしていた頃のリラは、母に連れられて頻繁にその店を訪れたものだった。

「あら、お嬢さん、お久しぶりです。お元気でしたか？」

母と一緒に店に足を踏み入れたリラに、シックな和服姿の中年のウェイトレスが笑顔で声をかけてきた。「若月さんのお嬢さん、少し見ないうちに随分と大人っぽくなりましたね。それにすごく綺麗になった。別人かと思いましたよ」

「ありがとう、戸越《とごし》さん。リラ、よかったわね」

母が嬉しそうな顔でウェイトレスに言った。

けれど、リラがしたのは、顔を伏せてぎこちなく微笑むことだった。

ウェイトレスの言葉が嬉しくないわけではなかった。だが、素直に喜ぶことが、どうしてもできなかった。

そう。今のリラはまさに別人なのだ。ウェイトレスが知っているリラは、もう世界のどこにもいないのだ。

そう思うと、いつもは必死で顔を背けようとしている悲しみが、リラの中に静かに広がっていった。

その日本料理店を訪れる時には、母はいつも洒落《しゃれ》た中庭に臨む個室を指定した。『睡《すい》蓮《れん》』と名づけられた八畳の個室で、いつも真新しい畳の香りがした。今夜も静かで落ち着いたその部屋で、リラと母はテーブルを挟んで向き合って座った。

母の背後には床の間があり、そこに墨だけで描かれた掛け軸がかけられていた。三日月と二羽の雁《がん》を描いた掛け軸だった。掛け軸の下には水盤が置かれ、そこでリラの知らない花木が白い花を咲かせていた。

窓の向こうの中庭には瓢簞《ひょうたん》のような形をした池があって、そこで丸々と太った錦鯉《にしきごい》が泳いでいた。池のほとりには何種類もの紫陽花《あじさい》が植えられていて、白や青や紫の花を美しく広げ、緑色の大きな葉を風にそよがせていた。

リラが今夜、この店に来たがったのは、その紫陽花を見たかったからということもあった。去年の紫陽花の季節にも、リラはこの個室で母と食事をしていた。

ああっ、去年の今頃は幸せだったな。

紫陽花を見つめてリラは思った。そして、自分からその幸せを奪い取った母に対する恨み辛《つら》みを、またしても胸の中に甦《よみがえ》らせた。

母の顔には今夜も入念な化粧が施されていた。けれど、その化粧は銀座の店に行く時に比べるとかなり控えめだった。着ているものも、店に出勤する時よりずっと落ち着いたデザインのシックなワンピースだった。

お母さん、相変わらず綺麗だな。

母への憎しみを甦らせつつも、リラはそう思わずにはいられなかった。

そう。今夜も母はとても美しかった。四十一歳になった女性がこれほど美しいというのは奇跡のようにさえ思われた。

それでも、久しぶりに目にする母の顔は、リラの記憶の中の母より少し歳を取ったかのように感じられた。

お母さんも歳を取るんだ。この美しさは、これからも少しずつ衰えていくんだ。

ビールと麦茶で乾杯をしながら、リラはそんなことを考えていた。

11.

母がその話を切り出したのは、店に来て一時間ほどがすぎた頃だった。

母が何かよからぬことを言い出すだろうということは、ある程度予想していた。けれど、ルージュに彩られた母の口から出た言葉は、予想することさえできないほどに現実離れしたものだった。

そう。まさに現実離れだ。あろうことか……母はリラに、田嶋誠一郎を殺せと命じたのだ。毒を飲ませて殺害しろと言ったのだ。

母が言ったことをリラが理解するまで数分が必要だった。その数分のあいだ、リラは茫然《ぼうぜん》と母の顔を見つめ続けていた。

母もまた、ほとんど瞬《まばた》きもせずに、リラの顔をじっと見つめていた。

あでやかな化粧が施された母の美しい顔を見つめているうちに、リラの中に凄《すさ》まじいまでの恐怖が込み上げてきた。

母がどういう人間であるかを、今のリラはよく知っていた。

本気なんだ。わたしにあの人を毒殺しろと、お母さんは本気で命じているんだ。

「どういう……こと……？」

長い沈黙のあとで、リラはようやくそれだけ訊《き》いた。

そんなリラに向かって、恐ろしいほど真剣な顔になった母が、老人を殺さなくてはならない理由を話し始めた。

母によれば、田嶋誠一郎という老人はとてつもなく悪い人間で、これまでにたくさんの人々を踏みつけにし、汚い方法で陥れてきた。そして、他人を踏み台のように使って自分だけがのし上がり、自分ひとりが巨万の富を手に入れてきたのだという。

田嶋誠一郎のせいで自殺した人が何人かいるのだと母は言った。母によれば、自殺したひとりが母の父、リラの祖父のようだった。だから、自分たちはその復讐《ふくしゅう》を果たさなくてはならないのだ、と。

さらに母は自分の父がどんなふうに田嶋誠一郎に陥れられ、破滅させられ、自殺に追い込まれたのかということを話した。父の死により、幸せだった家族は消えてなくなり、その後の母と祖母はとても辛い人生を生きることになったのだ、と。

けれど、その話はリラの耳にほとんど入ってこなかった。あまりにも動揺していたために、母の言葉がよく理解できなかったのだ。それほど動揺したのは、母の車の後部座席にあった男の死体を目にして以来のことだった。

動揺の次に湧いてきたのは怒りの感情だった。

母が土下座までしてリラを愛人にさせたのは、この復讐のためだったのだ。あの時、母はリラの未来を思ってのことだというようなことを口にした。だが、それはすべて出まかせの戯言《たわごと》だったのだ。母にとってのリラは、私的な復讐の道具にすぎなかったのだ。

「できない……殺すなんて……そんなこと、いや……」

絞り出すかのようにリラは言った。「できない……絶対にできない」

「できるわ。リラにならできる」

テーブルに身を乗り出して母が言った。酒臭い息がリラの顔に吹きかかった。

「やだ……わたしにはできない……絶対にやりたくない」

さまざまな感情が胸の中を駆けめぐるのを感じながら、リラは首を左右に振った。けれど、心の中では、自分が老人を毒殺することになるのかもしれないと考えていた。いや、きっとそうなるのだろうと確信さえしていた。

思い返してみれば、これまでもずっとそうだった。だからこそ、リラは母とふたりで死体を山の中に埋めたのだし、五十五歳も歳の離れた醜い老人の愛人になったのだ。

「あの男が死ねば、リラは戻ってこられるのよ。あの家でまた昔みたいに幸せに暮らせるのよ。リラだって、そうしたいでしょう？」

目を細めるようにしてリラを見つめた母が言った。幼い子供に言い聞かせるような、例の口調だった。

そう。三ヶ月前、その口調で母はリラに老人の愛人になるよう説得したのだ。そして、今、同じその口調で、その老人を殺害するように説得しているのだ。

いくらリラがお人好《ひとよ》しだったとしても、同じ手に引っかかるわけにはいかなかった。

「何と言われてもいや。わたしにはできない。絶対にできない」

膝《ひざ》の上で左右の手を握り合わせ、強い口調でリラは言った。

「だったら、リラはずっとあの男の愛人でいるつもりなの？　あの男がいつまで生きるかはわからないけど、これから十年も二十年もあの男の愛人でいるつもりなの？」

相変わらず、幼い子供に言い聞かせるかのような例の口調で母が言った。「あの男が百歳になった時は、リラは四十五歳よ。そんな時まで愛人を続けているつもりなの？」

確かに、母の言う通りかもしれなかった。だが、リラを愛人にさせた母にだけは、それを言う資格がないはずだった。

そこにいるのは、まさに毒母《どくはは》だった。娘のためだと言いながら、自分のことしか考えていない最低の母親だった。

自分を見つめているリラに向かって、母がさらに言葉を続けた。

「あの男のせいで、お母さんの家族はメチャクチャにされてしまったの。だから、わたしは復讐をしなくちゃならないの。それがわたしの義務なのよ。だから、リラ、お願い、わたしに力を貸して」

そう言うと、母は急に立ち上がってリラの傍に来て、畳に額を擦《こす》りつけて土下座をした。

「いや……いや……」

土下座を続けている母の頭頂部を見つめて、リラは首を左右に振り動かした。

「リラ、お願い。もう一度……もう一度だけ、わたしの頼みを聞いて。そうしたら、わたし、これからはリラのために生きるわ。リラだけのために生きる。だから……だから、お願い。もう一度だけ、わたしに力を貸して。この通りよ」

正座した母がまた畳に額を擦りつけた。

12.

その晩、入浴を終えたリラは、三ヶ月ぶりに自分のものだった部屋に足を踏み入れた。

主人のいなくなった自室は、リラが最後にすごした日のままになっていた。小柄で奥ゆかしくて働き者の家政婦が定期的に掃除をしているようで、埃《ほこり》に塗《まみ》れているようなことはなかった。

机の上に置かれたカレンダーは三月のままだった。

小さな卓上カレンダーを見つめていると心が震え始め、リラは左右の拳《こぶし》を握り締めた。三月の最後の土曜日の日付が、赤いサインペンで囲まれていたからだ。それはリラが母に連れられてあの家に行った日で、その日付をサインペンで囲んだのは母だった。

ここですごした最後の数週間、その小さなカレンダーに視線を向けるたびに否応《いやおう》なくその日付が目に入り、リラは居ても立ってもいられないような気持ちになった。いよいよあの家に行くという前日には、自殺をすることさえ本気で考えたものだった。

カレンダーから視線を逸《そ》らし、机の引き出しをそっと開けてみる。筆箱、封筒と便箋《びんせん》、スティック糊《のり》、ポストイット、セロハンテープ、メモ帳、ノート……引き出しの中にあるものはすべて、若月リラという女子高生のものだった。

美しくて、可憐《かれん》で、穢《けが》れのなかったその少女は、今はもういないのだ。

そう思って、リラはまた涙ぐんだ。

愛人として生きている時には、そのことを深く考えないように努めていた。考えてもどうしようもないことは、考えないようにする。

誰に教えられたわけでもないが、リラはそうやって生きてきた。けれど、きょうはそのことが頭から離れなかった。

母から愛人になれと命じられた時、どうしてもっと頑《かたく》なに拒まなかったのだろう。リラが頑として拒否すれば、母だって力ずくで愛人にすることはできなかったのだ。

けれど、リラは拒めなかった。あの時も、そして、今夜も……。

そう。今夜もリラは拒めなかった。どうしても拒むことができず、老人を毒殺すると母に答えてしまった。

「やっぱりできない……社長さんを殺すなんて……そんなこと、できないよ……」

若月リラという女子高生が使っていた筆箱やノートを力なく見つめて、リラはそう呟《つぶや》いていた。柔らかな頬を熱い涙が流れ落ち、顎先《あごさき》に雫《しずく》となって溜《た》まった。

そして、リラは自分を愛人にしている男の顔を思い浮かべた。

「タローに嫁さんを迎えてやったらどうだろう？」

田嶋誠一郎がそう言い出したのは、リラがあの家に行って一ヶ月ほどがすぎた頃だった。

あの時、鳥籠《とりかご》の掃除をしていたリラの傍で、老人はその様子を見つめていた。

「お嫁さん？」

リラは掃除の手を止め、老人斑《はん》が浮き出た田嶋誠一郎の大きな顔を見つめた。

彼は絶え間なく煙草を吸っていたが、リラの近くにいる時には気を遣って、できるだけ吸わないようにしていた。

「うん。タローも男だから、若い嫁さんがそばにいてくれたら嬉《うれ》しいんじゃないかなあ。少なくとも、俺はリラが来てくれてから、毎日、嬉しくてたまらないぞ」

人懐こい笑みを浮かべて老人が言った。

その老人との夜の行為は、リラにとって耐え難いものだった。けれど、そうして普通に話をしている時の老人は朗らかで、穏やかで、とても優しくて、リラはいつも包容力のようなものを感じた。老人の笑顔にはどこか、人を惹《ひ》きつけるような魅力があった。

その日、リラと老人はタクシーに乗って、三十分ほど離れた街にあるペットショップへと向かった。

これから購入する小鳥との相性を確かめるために、リラは膝の上にタローの鳥籠を載せていた。そうしたほうがいいだろうと老人が言ったからだ。

ふたりが行ったペットショップは田舎にしては大きな店で、何羽ものオカメインコが売られていた。それらのケージの前にタローの入った鳥籠を近づけて、リラは相性のいいメスを探そうとした。

リラに飼われてからは一度もオカメインコと対面したことのないタローは、最初はかなり戸惑ったような様子を見せた。けれど、根気よく続けているうちに、一羽のメスに興味を示したのがわかった。そのメスがハナコだった。

あの日、「ふたりになったら、今の家は狭いだろう。結婚のお祝いに新居を買ってやろう」と田嶋誠一郎が言い、そのペットショップでタローとハナコのために大きくてとても立派なヨーロッパ製の鳥籠を買ってくれた。

「社長さん、ありがとう」

帰りのタクシーの後部座席で、リラは隣に座っている老人に礼を言った。

「嬉しいかい、リラ?」

「うん。嬉しい。すごく嬉しい」

即座にリラはそう答えた。

「だったら、今夜はいつも以上にサービスしてもらわないとなあ」

穏やかな笑みを浮かべて老人がリラを見つめた。

その言葉に、リラは顔を赤らめた。老人の股間《こかん》に顔を伏せて、男性器を口に含んでいる時のことを思い出してしまったのだ。

「リラの嬉しそうな顔を見るのが、今の俺の一番の喜びなんだ」

「本当ですか？」

リラはあえて疑わしそうな顔をしてみせた。

「本当だよ。リラと出会えて本当によかった。リラは俺の宝物だよ。今ではもう、リラのいない人生なんて考えられないよ」

真面目な顔をして老人が言い、リラは微笑みながら静かに頷《うなず》いた。誰かからそんなふうに言われたのは初めてのような気がした。

そして、あの日、今の暮らしもそう悪いものではないかもしれないと、老人の愛人になってから初めて思った。


机の前から離れると、リラは三ヶ月ぶりにそのベッドに身を横たえた。入浴を終えたリラは、その部屋のクロゼットにあった木綿のパジャマを身につけていた。白とピンクのストライプの夏物のパジャマで、去年も着ていたリラのお気に入りだった。

そのベッドはとても寝心地がよかった。けれど、今夜は眠れそうもなかった。考えまいとしても、そのことが絶えず頭に浮かんできた。

母の言う通り、田嶋誠一郎は悪い人間なのかもしれなかった。あの老人のせいでリラの祖父にあたる人は死に追い込まれたのかもしれなかったし、殺されて当たり前の人なのかもしれなかった。

だが、たとえそうなのだとしても、リラにそれをしろというのは酷なことだった。

老人はあの家を訪れるたびにリラを凌辱《りょうじょく》した。けれど、それを別にすれば、あの老人に恨みはなかった。それどころか、リラは今、田嶋誠一郎の笑顔を見るのを楽しみにするようにさえなっていた。

リラのそばですごすことに老人が強い喜びを覚えているということは、リラもはっきりと感じていた。

13.

翌朝、ナイトドレス姿の母に見送られてリラはマンションを出た。

「今夜やるのよ。いいわね？」

リラを見つめて母が言った。寝起きの母の顔は少し浮腫《むく》んだようになっていて、ふだんは気づかない毛穴が見えた。

リラは「はい」とは言わなかった。頷くこともしなかった。リラがしたのは、「じゃあね」と言って廊下に出ることだけだった。

今夜、と母は言った。

今夜、リラは田嶋誠一郎と食事に出かけることになっていた。

帰りの新幹線のグリーン車のシートに座っている時に、田嶋老人から『予定通り、今夜、行くよ』というLINEが届いた。

リラが来る前から田嶋誠一郎はスマートフォンを持っていたが、電話すること以外にその機器を使うことはなかったと聞いている。けれど、リラが使い方を教えてからは、ふたりは主にLINEで連絡を取り合っていた。

来るのだ。今夜、来るのだ。そして……そして、わたしはあの人を殺すのだ。

スマートフォンを見つめて、リラは心の中で悲鳴をあげた。

リラのスーツケースの中には母から手渡された薬物が入っていた。ごく少量で人を殺すことができるという薬物だった。

そんなものを母がどうやって入手したのかは知らない。知りたくもない。いずれにしても、今夜、その薬物を田嶋誠一郎の飲み物に密《ひそ》かに混入させて殺害するというのが、母に命じられたリラの仕事だった。

リラの前で田嶋誠一郎はいつも、主治医から処方された大量の薬を服用していた。薬のひとつひとつを指差して、「これが糖尿病の薬」「血圧を下げる薬」「これは血をサラサラにする薬」「こっちは痛風の薬だったかな」などと説明してくれることもあった。糖尿病で、高脂血症で、高血圧の田嶋誠一郎は、心筋梗塞《しんきんこうそく》で倒れたこともあったし、肺炎で長く入院したこともあったのだと聞かされていた。

「元気に見えても、実はボロボロなんだよ。だから、リラ、いたわってくれよ」

戯《おど》けたような口調で、彼がそんなことを言ったこともあった。

母が入手したその毒薬を使えば、それらの持病で死んだように装えるに違いないというのが母の考えだった。

「ビールにはよく溶けるらしいし、苦味に邪魔されて薬の味がわからないって聞いてるわ。だから、ビールに混ぜなさい。先にグラスに薬を入れてから、ビールを注ぐのよ」

リラをじっと見つめて母が言った。

その薬物の成分は検出されにくいものだということで、たとえ検死があったとしても、他殺を疑われる可能性は低いと母は言った。それでも、その可能性がまったくないわけではないはずだった。

「もし、毒が検出されて、わたしが逮捕された時には……その時には、お母さんに命じられたからだって警察で言うよ。そうしたら、お母さんも逮捕されるのよ」

前夜、自宅に戻ってきてから母の部屋で、リラは震える声で言った。

「ええ。その時は、しかたないわね。でも、リラは疑われないと思うの。だって、あの男が死んでも、リラには一円の財産も入らないんだから、殺す理由がないでしょう？」

母はそう言ったけれど、母にしたって、それほど自信があるわけではないはずだった。

そう。リラが今夜、しようとしていることは、危険なことなのだ。もしかしたら、あしたの今頃、リラは殺人の容疑者として拘束されているかもしれないのだ。

やりたくなかった。田嶋誠一郎を殺したくなかったし、自分も逮捕されたくなかった。

それでも、リラはやらなくてはならないのだ。

今にも心が引き裂かれてしまいそうだった。

リラは車や電車の窓から景色を眺めるのが好きだった。けれど、きょうは外を見る気にはなれず、前の座席の背もたれを見つめ、ずっと奥歯を嚙《か》み締めていた。

14.

リラの乗った新幹線は、今どこを走っているのだろう？

ダイニングルームの外のテラスのテーブルで、淹《い》れたばかりの紅茶を飲み、眼下に広がる公園の緑を見下ろしながら、若月れい子はそんなことを考えていた。

予報では午後からまた雨が降り始めるようだった。けれど、今はまだ雨は降っておらず、空に広がった雲の隙間から、時折、太陽が差し込むこともあった。

穏やかな風が吹いていた。少し湿ったその風が、栗色に染めたれい子の髪を揺らし、薄い木綿のナイトドレスの裾《すそ》を揺らした。

日曜日は小柄な家政婦が休みだったから、家の中にいるのはれい子だけだった。

今朝まで同じ家の中にいたリラが、今はもういない。そのことを、れい子は寂しいと感じていた。

リラにはいつもそばにいてほしかった。いつもリラの声を聞いていたかったし、あの美しい姿をいつも間近に見ていたかった。

銀座の店の従業員や、店を訪れる常連客たちに、れい子はいつもリラのことを『わたしの宝物』と言っていた。『あの子のためになら、何でもできる』とも話していた。

それは決して出まかせではなく、れい子の本心だった。

れい子にとってのリラは、どこに出しても恥ずかしくない自慢の娘だった。その娘を老人の愛人にすると決めた時には、心が引き裂かれてしまいそうな気がした。

けれど、そうしなくてはならなかったのだ。何かを手に入れるためには、何かを諦《あきら》めなければならない時もあるのだ。受け入れることができないことを、受け入れなくてはならないこともあるのだ。それができない人間は、高いところに行くことができないのだ。

そう。高いところ。

れい子はずっと、高いところに行こうとしている。まるで追い立てられるかのように、いつも、今より高いところを目指している。

今夜、自分が娘にさせようとしていることが、普通の親がやることではないということはれい子にもわかっていた。そのことで、リラがどれほど心を痛めているのかということも、わかっているつもりだった。

それでも、リラにはやり遂げてもらうしかなかった。もし、うまくやり遂げることができれば、またリラとれい子の幸せな日々が戻ってくるのだ。この家でリラとふたり、楽しく暮らすことができるのだ。

湯気の立つティーカップを手にしたまま、れい子は、今朝この家の玄関を出て行く時のリラの姿を思い浮かべた。

リラはとても辛《つら》そうだった。その姿はとても頼りなげで、心細そうで、道に迷った幼い子供のようにも見えた。

「頑張るのよ、リラ……頑張るのよ……頑張るのよ……」

気がつくと、れい子はそう繰り返していた。

れい子はまだ十代だった頃に、『これからは人を許そう』と決めた。れい子自身を含め、人は過ちを犯すものなのだから……だから許そう。憎み続けるより許したほうが、平穏な気持ちになれるから……だから許そう、と。

その信条に従って、れい子は今までにたくさんの人を許してきた。許せないと思う人も許してきた。

けれど、大好きだった父を死に追いやった田嶋誠一郎だけは、どうしても許すことができなかった。許したいと考えたこともあったが、やはり許せなかった。

れい子は祈った。信じていないはずの神に祈った。

やり遂げられますように……リラが無事にやり遂げ、ここでまたわたしとふたりで暮らすことができますように……。

15.

れい子の父は崇《たかし》といった。山口《やまぐち》崇だ。

父は背が高く、すらりとした体つきの美男子で、白い歯を覗《のぞ》かせて笑う顔が素敵な人だった。

その父は、ひとり娘であるれい子を可愛がってくれた。自分が父に溺愛《できあい》されていたということを、四十一歳になった今もれい子はしっかりと覚えている。

日本海側の地方都市で生まれ育った父は、東京の大学を卒業後に地元に戻り、地元で加工された海産物を首都圏に販売するという仕事を始めた。その後は自ら工場を所有し、地元で水揚げされた魚介類の加工も手がけるようになった。

どの事業も最初は何度も困難に直面した。けれど、父が真面目で誠実で、勤勉だったということもあって、会社の経営は徐々に軌道に乗り始め、ついには百人を超える従業員を雇うようになったのだと、あとになってれい子は母から聞いた。

結婚前の母は総合病院で看護師として勤務していた。父と出会ったのは、その時だった。盲腸の手術のために、父がその病院に入院したのだ。

父の入院期間はほんの短いあいだだけだったけれど、その時にふたりは恋に落ち、一年ほどの交際のあとで結婚した。

結婚後、すぐにれい子が生まれた。それを機に母は病院勤務を辞めて専業主婦になった。父と母は仲がいい夫婦で、お互いを労《いた》わりあい、尊敬しあっていた。

父の会社の海産物の加工工場は港のすぐ近くにあった。

『れい子にもお父さんの工場を見てもらいたいな』

父がそう言ったので、小学校の低学年だった頃にれい子は一度、母に連れられてその工場に行ったことがあった。

とても広い工場の中では、長靴を履き、ゴム手袋をしたたくさんの人々が忙しそうに働いていた。働いていたはずだと今は思う。

いや、れい子は工場の様子をあまりよく覚えていなかった。母とふたりで工場に足を踏み入れた瞬間、耐え難いほど生臭いにおいが襲いかかって来て、れい子は思わず鼻をつまみ、その後は『早く帰りたい』とばかり考えていたからだった。

ひどく生臭いあの工場にいつまでいたのか、今はもうまったく覚えていない。あれはもう、三十年以上も前のことだから。

それでも、今も生臭いにおいを嗅《か》ぐと、れい子は幼かったあの日のことを思い出す。

あの頃、れい子たちが暮らす家は、日本海を見下ろす丘の上の住宅街にあった。父が結婚する時に建てた、大きくて洒落《しゃれ》た二階建ての家で、緑の芝生に覆われた庭も広々としていたと記憶している。庭には大きな花壇があって、専業主婦となった母はそこで何種類もの薔薇《ばら》を育てていた。

れい子の母はとても美しい人だった。それはれい子の勝手な思い込みではなく、今も写真の母を見るたびに、れい子は『綺麗《きれい》だったんだな』と思わずにはいられなかった。父も美男子だったから、れい子はふたりの美しさをうまく受け継ぎ、それをリラにうまく伝達したのだろう。

れい子の母は美しいだけでなく、明るく、朗らかで、誰に対しても優しかった。無口というわけではなかったが、母は物静かで、奥ゆかしくて、淑《しと》やかで、人の話をよく聞く女性だった。お人好《ひとよ》しで、自分のことより他人を優先する性格でもあった。

リラに似ている？

そう。れい子は時々、リラは母の生まれ変わりなのではないかと思うことがある。自分のことより、まず他人のことを考えるところなど、母とリラは本当によく似ていた。

あの頃は夏休みや冬休みに、家族三人でよく旅行に出かけた。伊豆や箱根《はこね》に行ったこともあったし、北海道や沖縄に行ったこともあった。その時の写真を、れい子は今も大切に保管している。

それらの写真の中で、れい子はいつもとても嬉《うれ》しそうに笑っている。どの写真でも父も笑っているし、母も笑っている。それらの写真はまさに、『幸せを絵に描いたような』と表現してもいいようなものだった。

けれど、その幸せはあっけなく崩れ落ちた。父が行方不明になったからだ。母はすぐに警察に捜索願を出し、その三日後に父は発見された。けれど、警察からのその知らせは、母とれい子を絶望の淵《ふち》に突き落とした。父が山中で首を吊《つ》って死んでいたからだ。

れい子が小学校の四年生、十歳の時のことだった。

悲しんでいる間もなく、母は夫が興した会社を引き継いだ。けれど、会社経営などしたことのなかった母にとって、それは容易なことではなかった。夫が残した多額の借金も足枷《あしかせ》となり、会社はたちまちにして傾き、ついには銀行に見放されて廃業へと追い込まれた。れい子の父が亡くなった、わずか一年後のことだった。

あの頃、れい子の母は、想像するだけで胸が痛くなるような辛い毎日を送っていたに違いなかった。愛する夫が妻子を残して自殺してしまった上に、夫が築き上げた会社まで失ってしまったのだ。

けれど、当時のれい子は母の苦悩に気づけなかった。れい子の前では、母は父が生きていた頃のままの母だったからだ。

その後の母は、やはり日本海側の地方都市にあった実家に身を寄せた。その時に籍を抜いて若月姓に戻った。

母の実家は裕福ではなく、れい子の祖父母はつましい暮らしをしていた。母はすぐに看護師に復職したが、母もれい子もそれまでとはまったく違う生活を余儀なくされた。

父の遺書はなかった。けれど、父が自殺に追い込まれた理由ははっきりしていた。田嶋誠一郎という男の汚い策略によって、多額の借金を背負わされてしまったからだった。れい子がそれを知ったのは東京の大学に通っている時だった。末期の癌を患っていた母が、すべてを打ち明けてくれたのだ。

『田嶋さんとさえ出会わなければ、あんなことにはならなかったのに』

あの日、苦しげに顔を歪《ゆが》めて母が言った。

夫の会社が倒産の危機に瀕《ひん》していた頃、母は夫が死ぬ原因を作った田嶋誠一郎に頭を下げて融資を請うた。今も当時も、彼は地元の財界の大物だった。

『考えてやってもいいよ』

その時、田嶋誠一郎はれい子の母にそう言ったという。けれど、好色な田嶋誠一郎は金を出す条件として、れい子の母との肉体関係を要求した。

母は三十代の半ばになっていた。だが、あの頃の写真を見ると、母は相変わらずほっそりとした体つきをしていて、その美貌《びぼう》はほとんど衰えていなかった。

母は即座には断らず、随分と迷ったようだった。当時の母は喉《のど》から手が出るほどに金が欲しかったのだ。夫が興した会社を存続させるためには、どうしても田嶋の助けが必要だったのだ。

けれど、結局、母は彼との関係を拒んだ。

『それなら金は出せない』

母の言葉を耳にした田嶋の口から出たのは、その一言だけだったという。

母はれい子に『復讐《ふくしゅう》して』とは言わなかった。だが、れい子はあの日、田嶋誠一郎にいつか復讐を果たそうと心に決めた。

そして、今、れい子が田嶋に向けて放った一本の矢がリラだった。

リラにとって、それが過酷な仕事だということはわかっている。それでも、れい子は、母によく似た性格のリラにそれを求めた。

16.

田嶋誠一郎が『別宅』と呼んでいる家にリラが戻ったのは、その日の午後、四時をすぎた頃のことで、家政婦の吉原妙子が、「おかえり、リラちゃん」と言って笑顔で出迎えてくれた。

彼女の勤務時間は午後三時までだったから、すでに帰宅してしまったかもしれないとリラは思っていた。同時に、彼女だったらリラの帰りを待っていてくれるかもしれないとも思っていた。途中でリラは家政婦に、おおよその帰宅時刻をＬＩＮＥで伝えてあった。

吉原妙子の優しげな顔を見た瞬間、リラは思わず涙ぐんでしまいそうになった。けれど、彼女に涙を見せるわけにはいかなかった。

「ただいま、吉原さん。もしかしたら、待っていてくれたの？」

涙を必死でこらえ、笑顔が強《こわ》ばらないように気をつけながらリラは答えた。

「うん。リラちゃんの顔を見てから帰ろうと思って」

「ありがとう。遅くなってごめんね」

リラはまた、できるだけ自然に微笑もうとした。

けれど、家政婦はリラの様子がいつもとは違うことを見逃さなかった。

「どうかしたの、リラちゃん？　東京で何か嫌なことでもあったの？」

リラの顔をまじまじと見つめて、家政婦が心配そうに尋ねた。

その言葉に、リラは驚くと同時に、喜びを覚えた。彼女がリラのことを本当によく見てくれているのだということを改めて知ったからだ。

すべてを打ち明けてしまいたい、という強い誘惑にリラは駆られた。

ああっ、吉原さんに話すことができたら、どんなにいいだろう。

けれど、リラがしたのは、「久しぶりの東京だったから、少し疲れたみたい」と言って、顔を歪めるようにして無理に笑っただけだった。

こちらの空も厚い雲に覆われていて、今にも雨が降り始めそうだった。

田嶋誠一郎がやって来る日にはいつもそうしているように、リラはぬるい湯にゆっくりと浸《つ》かってから、真っ黒な長い髪と、華奢《きゃしゃ》な体を入念に洗った。

今夜は老人とふたりで、車で三十分ほどのところにあるイタリア料理店に食事に行くことになっていた。イタリアで長く修業をしてきたというシェフが、数年前に自分の生まれ故郷でオープンさせた高級店で、田嶋誠一郎は開店当初からの上得意のようだった。

真っ白なバスタブに横たわり、ジャグジーの水流に身を委《ゆだ》ねているあいだに雨が降り始めた。雨粒が浴室の窓の向こうを流れ落ちるのが見えた。

入浴を終えたリラは素肌にバスローブを羽織って自室に戻り、クロゼットからエロティックな下着とセクシーな衣類を選んで身につけた。下着も服も、機能性というよりは異性の視線を気にして作られたものだった。年老いたとはいっても田嶋誠一郎はやはり男で、そういう下着や衣類が好きだった。

その後はドレッサーの前に座って、アクセサリーを選び、時間をかけて入念な化粧を施した。老人と出かける時には、いつもそうしているのだ。

今夜の店の料理は手が込んでいて、前菜も肉料理も魚料理も、野菜料理もパンもパスタもデザートも、どれも本当に美味《おい》しかったから、今ではリラもその店に行くのをいつも楽しみにしていた。けれど、きょうは心が弾むことは少しもなかった。それどころか、時間の経過とともに、新たな恐れと怯《おび》えが次々と込み上げてきた。

リラが化粧の手を動かすたびに、鏡の中の少女の顔はどんどん美しく、華やかになっていった。だが、その整った顔には沈痛な表情が張りついたままだった。

毒を飲んだら苦しむのだろうか？ それとも、苦しまずに死んでしまうのだろうか？

化粧をしながらリラは考えた。

身支度を終えたリラはクロゼットの扉を開けて、そこにある鏡に全身を映してみた。

えっ？

一瞬、リラは戸惑った。鏡に映っている自分の姿が、銀座の店に出かけるときの母の姿に重なって見えたからだ。

そして、リラは母を思い出した。

「ひどいよ、お母さん……わたしにこんなことをさせるなんて、ひどすぎるよ……」

リラは呟《つぶや》いた。その瞬間、目に涙が込み上げた。けれど、泣くわけにはいかなかった。泣いたら、せっかくの化粧が台なしになってしまうから。

17.

黒塗りのメルセデスの後部座席に乗った田嶋誠一郎がやって来たのは、約束の午後六時半を少しまわった時刻で、雨は本降りになっていた。

リラは傘を持たずに玄関を出ると、サンダルの踵《かかと》をぐらつかせて、門の外に停まっているメルセデスへと小走りに向かった。

運転席にいるのは香川《かがわ》という初老の男で、田嶋の専属運転手だった。その香川が素早く車から降り、傘を持たないリラのために後部座席のドアを開けてくれた。

「ありがとう、香川さん」

リラは運転手に笑顔で言うと、巨体を持て余すようにして座っている田嶋誠一郎の隣に腰を下ろした。

黒革製のシートに座った瞬間、タイトなワンピースの裾《すそ》が大きくせり上がり、引き締まった太腿《ふともも》のほとんどの部分がむき出しになった。今夜のリラは、母が銀座の店に行く時に着ているような、ぴったりとしたホルターネックの黒いワンピースを身につけていた。足元はとても踵の高い黒のストラップサンダルだった。

「ただいま、社長さん」

笑みが強ばらないように気をつけてリラは言った。

「うん。おかえり。久しぶりの東京はどうだった？」

楽しげな口調で老人が訊《き》いた。

「楽しかったわよ。あの……母が社長さんに、よろしくと言っていました」

「そうか。それはよかったな。リラが戻って来てくれて嬉《うれ》しいよ」

リラに顔を近づけ、本当に嬉しそうに老人が言った。

「たった一日、いなかっただけですよ」

「それでも嬉しいんだ」

老人が言った。そして、運転手が同じ車内にいるにもかかわらず、少しも躊躇《ちゅうちょ》することなく、その太い腕でほっそりとしたリラの体を自分のほうに抱き寄せた。

雨は激しさを増していった。雨粒が車のルーフを叩《たた》く音と、ワイパーが雨粒を払い除《の》ける音が絶え間なく聞こえた。

そのイタリア料理店は海を見下ろす岸壁の上に建てられていた。二階建ての洒落《しゃれ》た洋館で、バルコニーに掲げられたイタリア国旗が雨に濡《ぬ》れているのが見えた。

リラたちを乗せた車が店の前に止まった直後に、ウェイターとウェイトレスが大きな傘を持って飛び出してきた。そして、ウェイターが老人のために、ウェイトレスがリラのために、それぞれ傘を差しかけてくれた。

「ありがとうございます、三田《みた》さん」

リラは黒服に身を包んだ若いウェイトレスに言った。

「どういたしまして」

ウェイトレスが笑顔で答えた。彼女は自分の体が濡れることも厭《いと》わず、傘をリラにだけ差していた。

車から店の入り口まではほんの数メートルだった。ドアのところには年配のウェイターがいて、歩み寄ってくる老人とリラを直立して待っていた。

「こんばんは、田嶋様。今夜もよろしくお願いいたします」

小林《こばやし》という年配のウェイターが歯切れのいい口調で言った。「リラさんもこんばんは。ゆっくりなさっていってくださいね」

「こんばんは、小林さん。こちらこそよろしくお願いいたします」

リラは丁寧な口調で言うと、ふたりのウェイターとウェイトレスに頭を下げた。

月に何度か訪れていたから、今ではスタッフ全員が顔見知りだった。そんな素振りは誰ひとり見せなかったが、スタッフはたぶんみんな、愛人というリラの身分を知っているはずだった。

ざっと見た限り、一階にいる客たちの中に顔見知りはいないようだった。それにもかかわらず、三田という若いウェイトレスに案内されて混雑した店の中を歩いているあいだに、リラは自分たちに向けられるたくさんの視線を感じた。

祖父と孫だと思われているのだろうか？　それともやはり、老人に囲われている若い愛人だと思われているのだろうか？

かつてのリラは、そんなことをよく考えた。

けれど、今はもう何も思わなかった。人はどんなことにも慣れていくものなのだ。

その夜、洒落たイタリア料理店の海を望む二階の個室で、リラは田嶋誠一郎とテーブルごしに向き合って食事をした。老人は料理ごとにシェフが選んだ白や赤のワインを飲んだ。リラはジンジャーエールやレモネードを飲んだ。

テーブルの上には小さなガラスの花瓶が置かれ、そこで白い薔薇《ばら》が咲いていた。花瓶のすぐそばには蠟燭《ろうそく》があって、オレンジ色をした炎を揺らしていた。すぐ右側にある窓に顔を近づけると、白い波を立てている海面や、海に浮かんだ漁船らしき船舶が見えた。強い雨は今も続いていて、窓ガラスの向こう側をたくさんの雨粒が流れ落ちていった。

今夜の田嶋誠一郎はいつも以上に上機嫌で、運ばれて来た料理の皿をたちまちにして空にし、ワインをビールのようにガブ飲みしていた。彼は驚くほどの大食漢だったし、好き嫌いというものがまったくなかった。

「リラが目の前にいてくれると、酒も料理も本当に美味《うま》いな」

人懐こい笑顔をリラに向けて、田嶋はそんな言葉を何度も口にした。

「わたしも社長さんがいると楽しいですよ」

「それが本当なら嬉しいよ」

「本当ですよ。信じてください」

リラはそう答えたが、楽しい気持ちには少しもなれなかった。それどころか、吐き気が絶えず込み上げてきて、食事も満足に喉《のど》を通らないほどだった。

「ところで、リラ。今夜はあまり食べないな」

食事の途中で田嶋誠一郎が訊いた。老人斑《はん》に覆われたその大きな顔が、ワインの酔いで赤くなっていた。

「久しぶりの東京だったから、少し疲れたみたいで、食欲があまりないんです」

リラは家政婦に言ったのと同じような言葉を口にした。

「そうか。でも、リラは若いから、一晩寝たら、疲れも取れるだろう」

屈託のない笑みを浮かべて老人が言った。個室では喫煙が許されていたが、彼はリラを気遣って煙草を吸っていなかった。

「社長さん、今夜は泊まっていけるんですよね？」

リラは尋ねた。心の中では『実は泊まれないんだ』という返事を期待していた。

けれど、田嶋の口から出たのは、「ああ、泊まっていくよ」という言葉だった。店の外の駐車場に停めたメルセデスの中では、運転手の香川がルーフを叩く雨音を聞きながらふたりを待っているはずだった。

18.

老人とリラがメルセデスに乗って家に戻ったのは午後十一時をまわった時刻で、強い雨が相変わらず降り続いていた。

イタリア料理店であれほどたくさんのワインを飲んだにもかかわらず、家に戻るとすぐに田嶋誠一郎が日本酒を飲むと言い出した。

その求めに応じて、リラはよく冷えた大吟醸の日本酒をバカラのグラスに注ぎ入れ、アルミに包まれたプロセスチーズを小皿に入れてダイニングルームのテーブルに置いた。

そのチーズはコンビニエンスストアで売っているようなものだったが、老人は日本酒を飲む時にその安物のチーズを食べるのが大好きだった。

老人が「スルメも欲しいな」と言うので、リラはキッチンに向かい、戸棚から取り出したスルメをガス台の火で炙《あぶ》った。歯のいい彼は、日本酒を啜《すす》りながらスルメを齧《かじ》るのも大好きだった。

さっき、グラスに酒を注いでいる時に、あの薬物を入れることが頭をよぎった。けれど、リラはそうしなかった。いや、できなかったのだ。

「リラ、冷たい水を持って来てくれ」

ダイニングルームから老人の大きな声が聞こえ、リラは「はい。スルメと一緒に持っていきます」と返事をした。そして、炙り終えたスルメを皿に載せ、冷蔵庫の中のミネラルウォーターをウォーターグラスに注いだ。

また、薬物のことが頭をよぎった。けれど、リラはやはり薬物を入れることができなかった。

ダメだ、できない……できない……やめよう……とにかく、今夜はやめよう。

リラはそう決めた。そして、スルメの皿とミネラルウォーターのグラスを盆に載せて、老人が待つダイニングルームへと向かった。

『急な予定ができたみたいで、あの人は来なかったの』

母にはそう言い訳をするつもりだった。

今夜は殺さないと決めたことで、リラの全身に深い安堵感《あんどかん》が広がっていった。

19.

日付が変わっても、雨は降り続いていた。

いつものようにその晩も、リラは田嶋誠一郎の部屋へと向かった。彼の愛撫《あいぶ》を受けることには、今もまったく慣れなかった。けれど、今夜は殺さないと決めたことで、いくらかリラックスした気持ちになっていた。

今夜のリラは、淡いブルーのノースリーブのナイトドレスを身につけていた。生地が極めて薄い化繊のナイトドレスで、ブラジャーもショーツも体の線も臍《へそ》の穴も完全に透けて見えた。

日本酒を飲んだあとでシャワーを浴びた老人は、白いタオル地のバスローブ姿だった。彼は主治医から長湯を禁止されていて、いつも『烏の行水』だった。

「さあ、おいで、リラ」

エロティックなナイトドレスに包まれたリラの体を、ジロジロと眺めまわしながら老人が手招きをした。大きな顔に好色な笑みが浮かんでいた。

リラは無言で頷《うなず》くと、唇を嚙《か》み締めて老人に歩み寄った。そんなリラを老人が両手で抱き締め、リラの唇に自分のそれを重ね合わせた。そして、リラの口の中を舌で荒々しく掻《か》きまわしながら、ブラジャーのカップの上から左の乳房を揉《も》みしだいた。

口を塞《ふさ》がれたまま、リラはくぐもった呻《うめ》きを漏らして身をよじった。たった今まで煙草を吸っていたらしい老人の口は、ひどく煙草臭かった。

長いキスをようやく終えると、老人がリラの体からナイトドレスを剝《は》ぎ取り、洒落《しゃれ》たブラジャーを慣れた手つきで外した。そして、小さなショーツを引き下ろして全裸にすると、自分もバスローブを素早く脱ぎ捨てた。

驚いたことに、田嶋誠一郎の股間《こかん》には硬直した男性器が荒々しく突き立っていた。彼の性器がそんなふうになっているのを見たのは初めてだった。

「どうした、リラ？　びっくりしたか？」

股間の男性器を握り締め、少し自慢げに老人が言った。

「あの……どうして？」

リラは訊《き》いた。その目では、グロテスクで巨大な男性器を見つめていた。

そんなリラに老人は、主治医から処方された勃起《ぼっき》不全治療薬を、規定量の五倍も服用したのだと言った。

この一ヶ月ほど、老人はリラとの行為の前に、規定の三倍の量の勃起不全治療薬を服用していたようだった。だが、その薬が効果を上げたことは一度もなかった。それで今夜はその量を一気に五倍に増やしたのだという。

「五倍って……お医者さんはいいって言ったんですか？」

「いや、言ってないよ。でも、効かないなら、増やすしかないだろう？」

老人が笑った。その股間では巨大な男性器が天狗《てんぐ》の鼻のように突き立っていた。

「勝手にそんなことをして、大丈夫なんですか？」

胸と股間を無意識に手で隠し、顔をしかめてリラは尋ねた。

「うん。俺もちょっと心配だったけど、どうやら大丈夫みたいだな」

嬉《うれ》しそうに老人が言った。興奮のためか、酒に酔っているためか、脂ぎった大きな顔が真っ赤になっていた。「さあ、リラ。それじゃあ、まず、口でやってくれ」

その言葉にリラは激しく戸惑った。勃起していない男性器はいつも口に含んでいたが、硬直したそれを口に入れたことは一度もなかった。膨張した老人のそれは、リラの手首より遥《はる》かに太かった。

「あの……社長さん……わたし……」

「つべこべ言わず、早くやってくれ」

じれったそうな口調で言うと、老人が両手でリラの髪を鷲摑《わしづか》みにした。そして、その手に力を込めてリラを力ずくで自分の足元に跪《ひざまず》かせ、太くて長い男性器の先端を、ふっくらとした唇に押しつけた。

リラにできたのは口を大きく開いて、巨大なそれを受け入れることだけだった。

口の中の男性器は本当に大きくて、リラは顎《あご》が痛くなるほど大きく口を広げなくてはならなかった。リラの口に男性器を押し込むと、老人は髪を摑んだまま、リラの顔を前後に打ち振り始めた。唾液《だえき》に濡《ぬ》れた男性器がすぼめた唇を擦《こす》りながら、リラの口から出たり入ったりを繰り返した。

最初、老人はリラの顔をゆっくりと動かしていた。けれど、感情の高ぶりとともに、その行為は刻々と乱暴になっていった。

「いいよ、リラ……最高だ……ああっ、最高だ……」

頭上から老人の声が聞こえた。

男性器の先端が喉《のど》に激突するたびに、胃が痙攣《けいれん》して吐き気が込み上げた。塞がれた口から唾液が溢《あふ》れ、温かなそれがリラの腿《もも》に絶え間なく滴り落ちていた。

20

全裸で床に仁王立ちになり、田嶋誠一郎は十分近くにわたってリラの髪を両手で鷲摑みにして口を犯し続けた。それはリラにとって、拷問のような時間だった。

やがて老人がゆっくりとリラの口から男性器を引き抜いた。

口から男性器が引き抜かれた瞬間、リラは口の周りの空気を胸いっぱいに吸い込んだ。

呼吸を繰り返すたびに、ぼんやりとしていた頭が少しずつはっきりとしていった。

リラを見下ろした老人が、ベッドに仰向《あおむ》けになるようにと告げた。見上げると、老人の大きな顔は興奮で真っ赤に染まっていた。

老人の言葉に従って、リラは喘《あえ》ぐような呼吸をしながらも、脚をふらつかせてベッドに歩み寄った。そして、ふわりとした羽毛の掛け布団をまくり上げ、真っ白なシーツの上に倒れ込むかのように仰向けに裸の体を横たえた。

すぐに老人がリラに近づいて来た。その股間では今も、硬直を保ったままの男性器が揺れていた。

老人はリラの上に身を屈《かが》めると、両手でリラの左右の足首をがっちりと摑み、二本の脚を大きく広げさせた。

リラは思わず身を強《こわ》ばらせた。もちろん、老人が何をするつもりなのかは、経験のないリラにもよくわかっていた。

すぐに老人がその脂肪の層に覆われた巨体を、リラの体に重ね合わせてきた。その瞬間、息が止まるほどの圧力をリラは感じた。以前、彼から、体重は百二十キロを超えていると聞かされたことがあった。

「重いっ！　社長さん、重いよっ！」

老人に押し潰《つぶ》されてリラは呻くように訴えた。

けれど、老人はリラの苦痛などお構いなしに、いまだに強い硬直を保っている男性器をリラの二本の脚のあいだにあてがい、力ずくでそれを押し込み始めた。

男性器の挿入をリラが実際に受けるのは初めてだった。

「あっ！　いやっ！　やめて、社長さんっ！　痛いっ！　痛いっ！」

悲鳴を上げながら、リラは華奢《きゃしゃ》な体をしゃにむに捩《よじ》り、懸命にシーツを蹴《け》って老人の下から何とかして這《は》い出そうとした。

けれど、老人はまったく手加減なしにリラの体をベッドに押しつけ、いきり立った男性器を強引に押し込み続けた。

リラは目を閉じ、歯を食いしばって悶絶《もんぜつ》を続けた。できることはほかになかった。

男性器が肉体を押し広げ、少しずつ、奥に進んでいるのをリラは確かに感じた。

ずずずっ……ずずずっ……ずずずっ……。

辛《つら》かった。いつの間にか、リラの体は噴き出した汗にまみれていた。

喘ぎ悶《もだ》えていたリラの耳に、やがて老人の声が届いた。

「入ったぞ、リラ。奥まで入った」

目を開けると、リラのすぐ前に、醜くて大きな老人の顔があった。

その顔は本当に醜かった。どんな女が見ても、醜いと思うに違いなかった。

かつて、その醜い老人はリラにとっておぞましいだけの存在だった。嫌悪だけではなく、憎悪を覚えたこともあった。早く死ねばいいのにと考えたことさえあった。けれど、今、急に、リラはその男を『愛《いと》おしい』と感じ始めていた。凄《すさ》まじい痛みに苛《さいな》まれながらも、その男と一体になれて嬉しいとも感じ始めていた。

そう。その老人は今では、リラにとって特別な男だった。この世でただひとりの特別な人間だった。

「ああっ、社長さんっ！」

呻くような声をあげると、リラは両手で老人の大きな背中を強く抱き締めた。

もはや殺すことなどできなかった。たとえ母が何を言おうが、この老人を殺すことは絶対にできなかった。

すぐに老人がリラの上で腰を前後に打ち振り始めた。老人が腰を突き出すたびに、硬直した男性器の先端が子宮口に荒々しく激突し、リラに凄まじいまでの衝撃を与えた。

汗にまみれた老人の背をしっかりと抱き締めたまま、リラは目を閉じて声を上げ続けた。いつだったか、母の寝室から聞こえてきたような声だった。浅ましくて淫《みだ》らなその声が、リラ自身にもはっきりと聞こえた。

すぐ目の前にある老人の顔から、リラの顔に何度となく汗の雫《しずく》が滴り落ちた。時折、瞼《まぶた》を開くたびに、老人の顔がリラの目に入った。

老人は激しく腰を動かし続けながらも、充血した小さな目をいっぱいに見開き、怖いほど真剣な顔をしてリラの顔を見つめていた。それはいつもの朗らかな顔とは、似ても似つかなかった。

いったい、どのくらいのあいだ、リラの上で腰を打ち振っていただろう。やがて、老人が巨体を震わせ、「うっ……うぅっ……」という、苦しげにも聞こえる呻《うめ》きを上げて身を強ばらせた。

老人はもう一度、短く「ぐっ」と呻いた。そして、その直後に、その動きがぴたりと、完全に止まった。

老人の全体重を一身に受けてリラは目を開いた。

老人の大きな顔は今もリラの目の前にあった。さっきまでいっぱいに見開かれていた目が、今は完全に閉じられていた。真剣だった顔は眠っているかのようだった。リラの体に深々と挿入されている男性器が、急激に萎《しぼ》んでいくのがはっきりと感じられた。

「社長さん……どうかしたの？」

背筋が冷たくなるのを感じながらも、動かなくなった老人にリラは声をかけた。けれど、返事はなかった。老人はぐったりとしていて、その体にはまったく力が入っていないようだった。

「社長さん。社長さんったら」

リラは再び声をかけた。

だが、やはり老人はまったく反応しなかった。

リラの全身に恐怖が広がった。重たい老人を必死で押しのけ、リラは彼の下から夢中で這い出した。そして、汗にまみれて光っている醜い巨体をゴロリと転がして仰向けにし、ヌルヌルになった体を両手で前後に揺すりながら呼びかけた。

「社長さんっ！　社長さんっ！」

だが、老人がリラの呼びかけに反応することはなかった。

リラは目を閉じている老人の顔の前に、自分の掌《てのひら》を恐る恐る差し出した。

彼は息をしていなかった。

続いてリラは、いくつもの吹き出物ができている老人の左の胸に耳を押し当てた。

心臓の鼓動は感じられなかった。

21

凄まじいまでのパニックが数秒にわたって続いた。だが、その直後にリラは我に返り、保健体育の授業で習ったことを思い出しながら、心肺停止の状態にある老人に必死で蘇《そ》生《せい》を施し始めた。分厚い脂肪層に覆われた老人の胸を両手で何度も圧迫し、その合間に老人の口に自分のそれを合わせ、彼の肺に息を吹き込もうとしたのだ。

「帰ってきて、社長さんっ！　死なないでっ！　帰ってきてっ！　帰ってきてっ！」

心臓マッサージと人工呼吸のあいだに、リラは何度も必死で老人に呼びかけた。

どうしたらいいんだろう？　いったい、どうすればいいんだろう？

老人に蘇生を続けているあいだも、パニックの感情が絶えず込み上げ続けた。ふと顔を上げると、サイドテーブルに老人のスマートフォンが置かれているのが目に入った。

リラはいったん、老人から離れてスマートフォンを手に取った。自室にスマートフォンを取りに行くより、老人のそれを使ったほうが早いとの判断からだった。スマートフォンを立ち上げるには指紋認証をするか、ロックナンバーを入力しなければならなかったが、ロックを解除しなくても緊急通報をすることはできた。

１１９番通報をすると、すぐに男の声が電話に応じた。リラは興奮した口調で、その男に目の前に横たわっている老人の今の状態を告げた。

「すぐに来てくださいっ！　急いでくださいっ！」

叫ぶかのようにリラは言った。

そんなリラに向かって電話の男が、すぐに救急車を向かわせるので、救急隊が到着するまで心臓マッサージと人工呼吸を続けるようにと告げた。

田嶋誠一郎に必死で呼びかけながら、リラは心臓マッサージと人工呼吸を続けた。

「死なないで、社長さんっ！　死なないでっ！　死なないでっ！」

けれど、老人の心臓は相変わらず停止したままだったし、呼吸も戻ってこなかった。

救急車はいつまで経っても来なかった。いや、いつまで経っても来ないようにリラには感じられた。だが、やがて、微《かす》かなサイレンの音がリラの耳に届いた。その音は少しずつ、少しずつ、大きくなっていった。

その時になって初めて、リラは自分が全裸のままだということに気づいた。

素早く辺りを見まわすと、床の上にタオル地の白いバスローブが投げ捨てられていた。

老人が身につけていたものだった。

そのバスローブを拾い上げると、リラは自分には大きすぎるそれを急いで身につけた。

そして、また老人の傍に戻り、心臓マッサージと人工呼吸を繰り返した。いつの間にか、リラの目からは涙が溢《あふ》れていた。

たぶん、わたしのやり方じゃダメなんだ。このまま社長さんは死んじゃうんだ。

そう思うと、強烈な無力感と虚《むな》しさ、それに悲しみが込み上げた。

そうするうちにもサイレンの音はどんどん近づいてきて、家のすぐ前で止まった。直後に、リラは田嶋誠一郎の体に布団をかけてから玄関へと向かって走った。

22.

田嶋誠一郎の容態を確認した隊員のひとりが、別の隊員に「心肺停止です」と告げた。

その心肺停止の状態のまま老人は救急車に運び込まれ、海辺にある総合病院へと搬送されることになった。救急車にリラも乗り込むように求められた。

救急車の中でも救急隊員たちが老人に蘇生を施し続けた。だがやはり、老人の心臓が再び動き出すことはなかった。

救急車に乗る前に、リラは自室で慌ただしく下着を身につけ、地味なワンピースをまとい、小さなバッグに財布とスマートフォンを放り込んだ。その時に壁の時計に目をやると、時刻は午前一時を少しまわっていた。

病院へと向かう救急車の中で、隊員のひとりがリラに何が起きたのかと尋ねた。その後は、心肺停止になっている人物が誰なのかということや、彼とリラとの関係を尋ねた。

羞恥心《しゅうちしん》に苛《さいな》まれながらも、リラは若くて精悍《せいかん》な顔をした隊員にすべてを……自分が老人の愛人であるということや、性行為の最中に彼が突然、動かなくなったのだということも含めて、すべてを正直に話した。主治医から処方された勃《ぼっ》起《き》不全治療薬を、今夜の老人が規定量の五倍も服用したことも話した。

おずおずと語られるリラの言葉を、真剣な表情をした隊員がタブレット型の端末に打ち込んでいった。

隊員はほかにもいろいろな質問をした。老人の主治医の名や、ふだんの健康状態や既往症について、定期的に飲んでいる薬について……けれど、リラはどの質問にも満足に答えられなかった。老人の生年月日も血液型も、自宅の住所さえ知らなかった。

海沿いに建てられた総合病院は、首都圏のそれに比べるとかなりちっぽけに感じられた。救急指定の病院のようだったが、深夜だということもあって、不気味なほどに静まりかえっていた。

救急車が病院に到着すると、田嶋誠一郎はストレッチャーに乗せられて慌ただしくどこかへと運ばれていき、リラはたったひとり、人気《ひとけ》のないロビーに取り残された。

建設されてからかなりの時間が経っているのだろう。狭いロビーは壁も床も椅子も、すべてが薄汚れていて見窄《みすぼ》らしかった。どこからか微かに、消毒薬のにおいがした。

田嶋誠一郎の家族に連絡をするべきなのだろうと思った。けれど、リラは連絡先を知らなかった。

茫然自失《ぼうぜんじしつ》の状態でロビーの椅子に腰掛けていると、急に家政婦の吉原妙子の顔が頭に浮かんだ。その直後に、リラは彼女に電話をかけた。

家政婦は眠っているようで、なかなか電話に出なかった。けれど、十回ほど続いた呼び出し音のあとで、ようやくスマートフォンから『リラちゃん、どうかしたの？』という少し強張《こわば》った声が聞こえた。

その声を耳にした瞬間、リラの目からまた涙が溢れ出した。

「吉原さん、大変なの。大変なことになっちゃったの」

声をわななかせてリラは言った。

『落ち着いて、リラちゃん？　どうしたの？　何があったの？』

吉原妙子が訊《き》いた。彼女の声もまた、少し上ずっていた。

スマートフォンを握り締め、リラは家政婦に今夜の出来事の一部始終を話した。彼女に性的な話をしたのはそれが初めてだったが、リラと老人がそういう行為をしていることは彼女も知っているはずだった。

『わかった。すぐに行くから、そこで待っていて。いいわね、リラちゃん？』

強い口調で言う家政婦の声が聞こえ、その直後に電話が切れた。

病院に来てから、いったいどれくらいがすぎたのだろう。

その日の当直らしき若い男の医師が人気のないロビーにやって来て、「若月リラさんですか?」と事務的な口調で尋ねた。

「はい……」

リラは立ち上がって小声で答えた。

眼鏡をかけた若い医師は「残念ですが」と前置きしてから、「田嶋誠一郎さんはお亡くなりになりました。手を尽くしましたが、蘇生させられませんでした」と言った。

リラは返事をしなかった。涙を流しながら、小さく頷《うなず》いただけだった。

そんなリラに向かって若い医師が、これからここで警察官による事情聴取を受ける必要があるということや、救急車でここに来た時にはすでに老人は亡くなっていたと思われるので、病院では死亡診断書が書けない規則なのだということを話した。

「つまり変死という扱いになります」

医師が言葉を続けていたが、やはりリラは返事をしなかった。すべての言葉がきちんと耳に入ってこなかった。

「若月さん、ここで少しお待ちください。警察官が来るはずです」

そう言って医師が立ち去り、リラはまた薄汚れた狭いロビーにひとりで残された。

長い夜になりそうだった。ここでの事情聴取が終わったら、老人が死んだあの部屋で行われる現場検証に、リラも立ち会わなくてはならないようだった。

母に連絡をしようかとも考えた。けれど、リラはそうしなかった。老人は母に殺されたような気がしていたから。

23.

心細くて不安で、いても立ってもいられなかった。そんなリラの耳に待ちわびていたその声が飛び込んできたのは、さらに十分ほどがすぎた頃だった。

「リラちゃん……」

家政婦の呼びかけに、リラは反射的に立ち上がった。

殺風景なロビーに白いワンピースを身につけた吉原妙子が立っていた。きっと慌ただしくベッドから飛び出し、ここまで車を運転して来たのだろう。髪はボサボサで、顔が浮腫《むく》み、目がわずかに充血していた。

「ああっ、吉原さんっ！」

吉原妙子の姿が視界に入った瞬間、リラの目がまた涙で潤み始めた。

心配そうにこちらを見つめている家政婦に、リラはふらふらと歩み寄り、その体を両手で抱き締めて豊かな胸に顔を埋《うず》めた。

「吉原さん……吉原さん……吉原さん……」

うわ言のように繰り返しながら、リラは涙を溢れさせ続けた。

「大変だったわね、リラちゃん。でも、わたしが来たから、もう大丈夫よ」

吉原妙子が薄手のワンピースの上からリラの背を静かに撫《な》でた。

家政婦の手が背を撫でるたびに、不思議なことに、さっきまでの心細さと不安は薄らいでいき、リラの心は少しずつ、少しずつ落ち着いていった。

そう。大丈夫なのだ。試練の時は去ったのだ。

リラはあの老人が嫌いではなかった。最近は彼といるのを楽しいと感じることも多くなっていた。けれど、彼はやはり支配者だった。リラは結局、彼の性奴隷でしかなかったのだ。

その彼が、今はもういないのだ。

だとしたら、愛人としてのリラの役割はこれで終わりだった。これからはもう、老人の相手をしなくてもいいのだ。乳首を吸われることも、体中を舐《な》めまわされることも、硬直していない男性器を延々と口に押し込まれることも、これからは二度とないのだ。

わたしはまた自由になれるのだ。ほかの女の子と同じ立場に戻れるのだ。

悲しみを押しのけるかのように、体の中に安堵《あんど》感《かん》が広がっていった。

「大丈夫よ、リラちゃん。大丈夫よ」

家政婦がなおもリラの背を撫で続け、リラは彼女の胸から顔を上げ、心配そうにこちらを見つめている彼女に深く頷いてみせた。

「吉原さん……来てくれて、ありがとう」

声を震わせてリラは言った。

「いいのよ。何か温かいものでも飲んで落ち着きましょう。何がいい、あそこで買ってくるわ」

ロビーの片隅の自動販売機を指差して家政婦が尋ねた。

「温かい紅茶……いいですか？」

「わかった。ちょっと待ってて」

そう言うと、家政婦がリラを離れて自動販売機に向かった。

歩いていく家政婦の背中を見つめていると、どういうわけか、急に、母のことが……母とふたりで山の中に死体を埋めた時のことが脳裏に甦《よみがえ》った。

そうなのだ。あの母のせいで、普通なら体験しなくていいようなことを、リラは次々と体験させられているのだ。すべてが母のせいなのだ。

けれど、なぜか、恨む気持ちも、憎む気持ちも湧き上がってこなかった。それどころか、これからはまた母と一緒に暮らせることを、リラは嬉《うれ》しくさえ感じていた。

洗脳。

そう。母は故意に、娘を洗脳しているのだ。

けれど、今、それはそれで構わないとリラは感じていた。
あの母の元に戻りたかった。あの母とまたふたりで暮らしたかった。
今もリラにとって、母はたったひとりの肉親だった。

第三話　籠《かご》の中に再び

1.

二羽のオカメインコ、タローとハナコを連れて実家に戻ったリラは、港区のマンションで再び母とふたりで暮らし始めた。

そこでは今も家政婦の富川陽子が甲斐甲斐《かいがい》しく働いていて、家事のすべてをしてくれたから、リラのするべきことはほとんど何もなかった。

かつては高校の勉強があったが、今はそれもなかった。だから、リラは一日の多くの時間を、自室で本を読んだり、取り留めのない文章を書いたりすることに費やした。

ひとりきりの部屋で本のページに視線を落としていると、田嶋誠一郎のことを頻繁に思い出した。老人の人懐こそうな笑顔や、嬉しそうに頷きながらリラの話を聞いていた顔を思い出して涙ぐみそうになることもあった。時には、自分に体を重ね合わせたまま死んだ時の彼の顔を思い出すこともあった。あの時のことを夢に見て、悲鳴を上げて目覚めたことも二度ほどあった。

あの三ヶ月間の異常な体験は、自分で感じていたより遥《はる》かに深くリラの心身を傷つけていったようだった。

けれど、日が経つにつれて、老人を思い出すことは徐々に少なくなっていった。

家政婦に母は、リラは地方の大学に通っていると言っていたようだった。東京に戻った翌日に、リラは家政婦から「どうして大学を辞めたの？」と訊《き》かれた。

ふたりが顔を合わせるのは久しぶりだったけれど、リラに向けられる家政婦の笑顔は、かつてと変わらず親しげで朗らかだった。

吉原妙子は『リラちゃん』と呼んだ。けれど、富川陽子はかつてと同じようにリラのことを呼び捨てにした。

富川陽子はもともと体が極端に小さかった。けれど、少し見ないあいだに一段と小さくなったように感じられた。もしかしたら、以前よりさらに痩《や》せたのかもしれなかった。

相変わらず、家政婦の化粧は薄く、アクセサリーも何も身につけていないようだった。

「期待していた学校とは違っていたから」

あの時、リラは小柄な家政婦を見下ろして、母があらかじめ用意していたという答えを口にした。

嘘をつくのは好きではなかった。けれど、資産家の老人の愛人をしていたなどと言えるはずがなかった。

「そうだったのね。それで、リラはこれからどうするの？　別の大学に通い直すの？」

家政婦が親しげな口調で尋ねた。

「それが、まだ何も考えていないの。お母さんもしばらくゆっくりしていればいいって言ってくれるから、そうしようかなと思っているの」

リラは答えた。確かに母からは、しばらくのあいだ余計なことを考えずに、のんびりと暮らして疲れを取るようにと言われていた。

その母は、田嶋誠一郎とリラがあの三ヶ月間、どんなふうに暮らしていたかについて何ひとつ尋ねなかった。リラに対する母の振る舞いは以前とまったく変わりがなく、まるであの三ヶ月は存在しなかったかのようだった。

もしかしたら、母はリラに辛《つら》いことを思い出させまいとして、あえてそう振る舞っているのかもしれなかった。

リラだって、あの三ヶ月のことは、もう思い出したくなかったし、このまま忘れてしまいたかった。けれど、リラはあの三ヶ月で確実に変わってしまったのだ。あの老人によって、間違いなく別人にされてしまったのだ。

それなのに……すべての原因を作った母が、傷ついて戻ってきたリラに対して何事もなかったかのように振る舞っているというのは、ずるいことであるような気がした。

何も訊かなくていいから、母にはせめて謝ってほしかった。『辛い思いをさせてごめんね』『大変だったね』と言って欲しかった。

母の口からそんな言葉が少しでも聞けたら、それでリラの気も済んだかもしれなかった。

けれど、母は優しい言葉やねぎらいの言葉を一言もかけてくれなかった。もちろん、謝罪のセリフなど、たった一言も口にしなかった。

その態度はリラの目には、傷ついている娘を気遣ってというより、そのことで自分が責められるのを恐れ、その話題を意識的に避けようとしているだけのように映った。

2.

東京に戻るとすぐに、リラは母に誘われて、母と同じフィットネスクラブに通うようになった。母はそのフィットネスクラブでいつも十キロを走り、その後はクールダウンのためにプールで一キロほどの距離を泳いでいるようだった。

リラをフィットネスクラブに入会させた日、自宅に戻る車の中で、母はリラにも自分と同じメニューを毎日こなすようにと命じた。

「毎日しなきゃいけないの？」

助手席のシートにもたれ、だらしなく脚を投げ出してリラは言った。母から何かを命じられることに、今ではもう心からうんざりしていた。

「そうよ。毎日よ」

あの時、木製のハンドルを操作しながら、母はそうするのが当然だというような顔をして助手席のリラに言った。母は今もあの車に……男の死体を山の中に運んだ忌まわしいレクサスに乗っていた。

「すごく疲れそうで大変」

「そうよ。すごく大変よ」

「でも、やらなきゃならないの？」

「いい、リラ？　これだけは覚えておきなさい」

前方に視線を向けたまま母が言った。「地獄に通じる道は広くて平らで楽だけど、天国にいたる道はとても細くて険しいの。だから、自分に甘い人たちはみんな地獄に向かって行ってしまうの。それと同じで、美しさにいたる道はものすごく険しいの。それで、ほとんどの人は美しくなることを諦《あきら》めてしまうの。でも、そうなったら終わりよ。美しさを維持するためには、一日たりとも気は抜けないの。わたしたちはアスリートと同じなの。よく覚えておきなさい」

母は信者を前にした宣教師のような口ぶりでそう言った。

その言いつけをしかたなく守って、リラは毎日、十キロを走って、一キロの水泳をした。

母の言う通りのことを毎日するのは簡単なことではなかった。母が側にいないときには、手を抜こうかと考えることもあった。けれど、リラがそれをサボることはなかった。

母に対して、リラは毎日のように反感を覚えた。それでも、『美』というものに特化すれば、母の言うことはいつも正しかった。

そう。少なくとも、『美』というものに関しては、母はその道のエキスパートだった。

平日の母はたいてい、午後の早い時刻、一時か二時にフィットネスクラブに向かった。それでリラはわざと時間をずらして、夕方から夜にかけての時間にそこに行った。口うるさい母と顔を合わせるのが鬱陶《うっとう》しかったのだ。けれど、店が休みの週末には、母に誘われて一緒に車で行くこともあった。

フィットネスクラブに通い始めてすぐに、リラには会釈をしたり、挨拶《あいさつ》をしたりするような顔見知りが何人かできた。スタッフたちとも話をするようになった。けれど、そこに何年も通い続けているというのに、母にはそういう人は誰もいないようだった。

フィットネスクラブでの母はいつもツンとしていて、スタッフに挨拶されても笑顔を見せることはまったくなかった。

母は誰に対しても、めったに笑顔を見せない人だった。

一緒にフィットネスクラブに行った時には、リラは母の隣のランニングマシンで十キロを走った。リラはいつも五十分もかからずに十キロを走り終えた。調子がいい日には、それよりもっと早く走り終えられることもあった。

けれど、母が十キロを走るには一時間以上を要した。それでリラはいつも、母が走り終わるのを待っていなければならなかった。

「昔はもっと速く走れたのに……だんだん走るのが辛くなる」

母は悔しそうな顔をして、そんな言葉を頻繁に口にした。

そう。どれほど若々しく見えたとしても、母の肉体は確実に衰えているのだ。どれほどアンチエイジングに力を入れようと、容姿のためにどれほどお金をかけようと、肉体が老い、容姿が衰えていくことを止めることは誰にもできないのだ。

そう考えると、リラは悲しいような、寂しいような気持ちにもなった。

年老いて皺《しわ》だらけの老女になった母の姿。それを想像するのは恐ろしかった。

ランニングマシンで走り終えると、ふたりはいつもプールへと向かった。

母はリラのために、有名スポーツメーカーの水着を何着か用意してくれた。どれもハイレグタイプの水着だった。

それらの水着を身につけると、脚がとても長く見えた。けれど、競泳用の水着はどれも生地が薄くて、体にピッタリと張りついて、裸でいる時と同じように体の線がわかったから、視線を向けられるといつも恥ずかしさを感じた。実際、プールサイドに行くたびに、リラはたくさんの人々の視線が自分に向けられるのを感じた。

けれど、同じタイプの水着を身につけている母は少しも恥ずかしくないようで、プールサイドでの態度は実に堂々としていた。背筋を伸ばしてプールサイドを歩く母の姿は、

『どうぞ、見てください』と言っているかのようだった。

リラと同じように、母の胸は小ぶりだったけれど、ウェストの部分が細くくびれていて、丸いお尻《しり》が小さくて、引き締まった腕や脚がすらりと長かった。離れたところからだと、そんな母の姿は十代の少女のようにも見えた。

「みんなはリラとわたしを姉妹だと思っているかもね」

いつだったか、プールサイドで母が得意げな顔をしてそう言ったことがあった。

あの時、リラは母の顔も見ずに「そうかもね」と素っ気なく答えた。けれど、心の中では、そんなことはないはずだと思っていた。

母は今も美しかった。けれど、今のリラは母よりさらに美しかった。あの家に戻って来てすぐに、リラはそれをはっきりと感じるようになっていた。

プールサイドでは化粧が禁じられていたし、ライトがとても明るかったから、母の目尻や口元には小さな皺が見てとれた。

3.

「もしよかったら、わたしの店で働いてみない？　毎日、家でぼんやりとしていても退屈なだけでしょう？」

母がそんなことを言い出したのは、リラが東京に戻ってから一月半ほどがすぎた頃、もう少しでお盆休みが始まるという頃のことだった。

銀座の店が休みの土曜日の夜だったから、いつものようにあの日も、リラと母は外で食事をしていた。あの夜、ふたりが向かったのは、自宅から歩いて五分ほどのところにあるフランス料理店だった。

そこはフランスで修業をしてきたという四十代半ばのシェフが経営しているこぢんまりとした店で、シェフのほかに働いているのは彼の妻だけだった。シェフの妻はワインに詳しくて、料理ごとにワインを運んできては母のグラスに注ぎ入れ、葡萄《ぶどう》の品種や、生産地や味の特徴などを細かく説明した。

その説明を聞くのが楽しいようで、母はリラがいない三ヶ月のあいだ、頻繁にその店に通っていたようだった。

「お母さんのお店で、わたしが働くの？」

あの晩、濃厚なソースがかけられた白身魚のムニエルを、ナイフで小さく切り分けながらリラは訊《き》いた。リラの傍にはジンジャーエールのグラスが置かれていた。

「無理にとは言わないけど、リラにその気があるなら働かせてあげる」

バルーン型のグラスに注がれた白ワインを一口飲んでから母が答えた。

母のその言葉にリラの気持ちが動いた。

もし、母が『働きなさい』と命令したのなら、リラは反発したはずだった。もう命じられるのは懲り懲りだった。けれど、母は命令したわけではなく、『もしよかったら』

と言ったのだ。

「お給料は、どのくらいもらえるの？」

気のない素振りをしてリラは尋ねた。

実はリラ自身も、どこかでアルバイトをしようかと考えていた。家でぶらぶらとしていて、母に小遣いをもらっているということに、何となく居心地の悪さや、肩身の狭さのようなものを感じ始めていたから。

母は少し思案した末に、「そうね」と言ってリラの時給を口にした。それはファミリーレストランのウェイトレスや、コンビニエンスストアの販売員の数倍もの高給だった。

「そんなにもらえるの？」

「そうよ。こう見えてもわたし、すごく気前がいい経営者なのよ」

グラスの脚をほっそりとした指で摑《つか》み、テーブルの上で静かにまわしながら、母が少し自慢げに言った。バルーン型のグラスの中で黄金色のワインが揺れた。「でも、今言ったのは基本給で、自分のお客さんを店に連れてきたり、お客さんに高い飲み物を注文させたりした時には、その基本給に歩合給が加算されるの。だから、お店の女の子たちのほとんどが、基本給より高い歩合給をもらっているのよ」

「わたしにできるのかな？」

リラは訊いた。今の今まで、母の店で働くことを考えたことは一度もなかった。

「リラだったらできると思ったから提案したの」

キッパリとした口調で母が言った。「だって、こんなに若くて、こんなに綺麗《きれい》で、こんなに可愛らしくて、こんなに魅力的なんだもん。何も言わずにお客さんの前に座っているだけで、リラだったら絶対に仕事になるわ」

母の言葉はリラをひどく驚かせた。母からこんなにまで褒められたのは、たぶん、これが初めてだった。

「だったら、お母さんのところで働かせてもらおうかな」

ためらいがちにリラが答え、「じゃあ、決まりね」と言って、母が嬉《うれ》しそうに笑った。

4.

お盆休みが終わった最初の月曜日の夜から、リラは銀座にある母の店でホステスとして働き始めた。

店でのリラは『ミチル』と名乗ることになった。母がつけた源氏名で、店では母もリラをミチルと呼んだ。母によれば、現在、店に在籍している十数人のホステスの中ではリラが最年少のようだった。

母はリラが自分の娘だということを、店で母の補佐役として働いているヒトミというホステスには教えていた。けれど、ほかのホステスたちには知らせないことにした。

「わたしの娘だと知られたら、リラが働きにくくなるだろうし、ほかの子たちも気を遣うんじゃないかと思うの」という考えからだった。

ほかのホステスと同じように、店ではリラも母を『ママ』と呼ぶようにと言われていた。

リラが母を『ママ』と呼んでいたのは小学校の低学年の頃までだったから、初めはその言葉を口にするのが気恥ずかしかった。けれど、その違和感はすぐになくなった。

母の許可を得た上で、リラは家政婦の富川陽子に母の店で働くことを伝えた。それを聞いた家政婦は、整った顔を心配そうに歪《ゆが》めて、「リラにできるのかしら?」と言った。

「ダメだったらすぐに辞めるから、心配しないで」

リラは家政婦に言った。自分に向かないようなら、すぐに辞めるつもりでいたのだ。

母の店での勤務を始めたリラは、毎日、午後の遅い時刻に地下鉄を乗り継いでひとりで店に向かった。店の営業が終わってからも母は客と別の店に飲みに行くことが少なくなかったから、帰りも母と一緒ということはめったになかった。

タクシーで店に向かう母は、自宅を出る時すでに、いますぐにでも客を相手に働ける恰好《かっこう》をしていた。けれど、リラは家を出る時には薄くしか化粧をしなかったし、Tシャツやタンクトップ、デニムのミニスカートやショートパンツというラフな恰好だったから、地下鉄に乗っているあいだは、リラがホステスだと思う人は、まずいないはずだった。

店に着くとすぐに、リラは更衣室で母が用意した衣類に着替えた。丈が極端に短くて、体に張りつくようにフィットしていて、ソファに座ると今にも下着が見えてしまいそうなスーツやワンピースだった。その時に鏡の前で濃密な化粧を施し、たくさんのアクセサリーを身につけ、どぎついほど強い香りの香水を全身に吹きつけた。踵《かかと》の高いサンダルやパンプスも、その時に履いた。

かつて、母はリラに、化粧をするのは蝶《ちょう》になってからだと言った。あの家から自宅に戻ってきた時に、化粧が濃すぎると言ったこともあった。

けれど、今はもう、そんなことは言わなかった。それどころか、化粧をしているリラのすぐ脇で、アイラインの引き方や、ルージュの塗り方、チークの入れ方などを指導することさえあった。

リラがその店で働くと決めた直後に、母はリラを行きつけのネイルサロンに連れて行き、リラの爪を派手なジェルネイルで彩らせていた。

準備がすべて終わると、リラはいつも更衣室の鏡に自分の姿を映した。

ああっ、なんて素敵な女の子なんだろう。

リラはいつもそう思った。

鏡に映っていたのは、まさに蝶だった。たとえようもないほどに美しくて、息を呑《の》むほど官能的で、若くて健康的な蝶だった。

家にいる時の母は、リラにさまざまなことを求めた。けれど、店では多くのことを求めなかった。

母がリラに求めたのは、客の前ではいつも笑顔でいるということと、自分の話はせずに客の話に耳を傾けること、それに、どんな時でも背筋を伸ばして姿勢よくしているという三つのことだけだった。

客に酒を勧められても未成年だからと言って断るようにと、母には強く言われていた。客が高価な飲み物を注文すればホステスの給与には歩合給が加算されたが、リラは客に酒を勧める必要はないとも言われていた。

店でのリラは母に言われた通り、背筋を伸ばして浅くソファに腰掛け、笑顔で客の話に耳を傾けることのほかには、ほとんど何もしなかった。客のグラスが空になれば、酒を注ぎ入れるくらいのことはしたが、それだけだった。

リラにも酒を飲むように求める客もいた。けれど、リラはいつも「未成年ですから」と言ってそれを断っていた。店が閉店してから、食事に行かないかと誘われることもあった。ほかのホステスや母はそういう誘いに応じていたが、リラはそれも断っていた。

客と対面している時にはいつも緊張した。トイレの個室でひとりになるたびに、その緊張をほぐすために、リラは深呼吸を何度も繰り返した。店の中にはいつも冷房が効いていて、薄着のホステスたちはみんな体が冷え切っていた。

客の相手をするのは苦痛だったが、店の中に母がいると思うと心強かった。自宅では何もしなかったが、店での母はびっくりするほどよく働いていたし、客の前で笑みを絶やすこともなかった。

母は店の中にもたくさんの花瓶やコンポートを置き、そこに花と果物を飾っていた。

自分が客商売に向いていると思ったことは一度もなかった。けれど、もしかしたら、リラは男たちの話し相手をするという仕事に向いていたのかもしれなかった。

銀座の店で働き始めたその日から、リラは自分がそこに座って微笑んでいるだけで、客たちを充分に喜ばせているのだということをはっきりと感じた。

そう。リラが相手をしている客たちは、誰もとても嬉しそうだったし、楽しそうだった。彼らは相槌《あいづち》を打っているだけのリラに、実に多くのことを話した。

母の店に通って来る客たちのほとんどが男だった。その多くが会社経営者や医師や大企業の幹部など、社会的、経済的に成功している者たちのようだった。テレビを見ないリラにはわからなかったが、芸能人やマスコミ関係者、政治家やスポーツ選手も少なくないようだった。

客たちの中には、若い男もいないわけではなかった。けれど、その大半が五十代から六十代で、七十代や八十代の老人も少なくなかった。

酔っ払った男たちの中には、リラの体に触ろうとする者もいた。そんな時、近くに母や、母の補佐役のヒトミがいれば、やんわりとそれをやめさせてくれた。けれど、そうでない時、リラにできたのは、身を硬くして客がそれをやめるのを待つことだけだった。かつてのリラは、好きでもない男に触られることになど耐えられなかっただろう。けれど、今はそうではなかった。リラはもはや、かつてのリラではないのだ。あの頃の無垢《むく》な少女は、もはやどこにもいないのだ。

客が自分を触っている時、リラは田嶋誠一郎のことを思い出した。そして、田嶋がリラにしたさまざまなことに比べれば、太腿《ふともも》を撫《な》でられたり、尻《しり》を触られたりするのは、大騒ぎをするほどのことではないと思おうとした。

5.

リラが店での勤務を始める前に、母はミチルという少女がどんな人生を歩んできたのかということを万年筆で紙に書き出し、それをリラに覚えさせた。客に訊《き》かれた時に、首尾一貫した返答ができるようにという配慮からだった。

自分の店で働いているホステスのほとんどに、母は同じようなものを渡して暗記させているようだった。

「これ、お母さんがひとりで考えたの？」

母から渡された数枚の紙片に視線を落としながらリラは尋ねた。子供っぽい字を書くリラとは違い、母はとても美しい大人びた文字を書く人だった。

「そうよ。ミチルがどういう女の子なのかをしっかりと覚えて、お客さんに生い立ちや家族構成を訊かれた時に答えがチグハグにならないようにしなさい」

母が言い、リラはすぐにミチルという少女の十九年の人生を暗記するだけでなく、その少女の気持ちになろうとした。

母が創作したミチルの人生は、平坦《へいたん》なものではなかった。けれど、波乱万丈というほどのものでもなかった。

小説家がするように、母が考え出したミチルという架空の少女は、リラと同じ十九歳で、誕生日も血液型も身長も体重もスリーサイズもリラと同じだった。

ミチルは都内の出身で、都内の分譲マンションに両親とひとつ年下の妹の四人で暮らしていた。父は中小企業に勤務するサラリーマンで、母は自宅近くのスーパーマーケットでパートタイムの従業員として働いているという設定だった。

ミチルが通っていた高校は進学校で、ほとんどの生徒が大学に進学した。だから、ミチルもそうするつもりだったし、両親もそれを望んでいた。

けれど、ミチルが高校三年生になったばかりの時に、まだ四十五歳だった父が心不全で急死し、人生が大きく変わった。

母は残業も休日出勤も厭《いと》わず、身を粉にして働いた。けれど、パートタイム従業員としての報酬はたかが知れていた。父は娘たちの学費のために貯金をしていたようだが、マンションや車のローンもあったから、その残高はたいした額ではなかった。

ミチルも勉強は嫌いではなかったが、ひとつ年下の妹はミチルよりずっと出来がよくて、学校での成績はいつも学年でトップクラスだった。妹には将来、獣医師になりたいという夢があった。高校二年生の妹は、来春には都内にある大学の獣医学部を受験することになっていた。

両親は妹の学費を、銀行から借りて工面するつもりだったらしい。けれど、父が死んだことによって、それは不可能になってしまった。

妹は獣医師になるのは諦《あきら》めると言った。けれど、妹思いのミチルは、妹の夢を叶《かな》えるために大学進学を断念し、高校を卒業後に都内の文具メーカーに就職した。

母もミチルも一生懸命に働いた。けれど、高卒の新入社員が手にできる給料と、母がスーパーマーケットからもらう報酬だけでは、獣医学部の高額な学費は払えそうもなかった。それでミチルは悩んだ末に文具メーカーを退職し、銀座の店で働き始めた。

夏休みにファミリーレストランでウェイトレスのアルバイトをしたことはあったけれど、夜の店で働くのはそれが初めてだった。ミチルの母は心配そうな顔をしたけれど、ミチルはためらわなかった。

高校生だった時、ミチルにはクラスメイトの恋人がいた。だが、今はいない。好きな人もいない。性体験はない。今も実家から店に通っている。休みの日には母と一緒に家事や買い物をしている。

ミチルの楽しみは小説を読むことで、将来の夢は小説家になること……というのが母の考えたミチルという少女の十九年だった。

「ミチルはすごく綺麗《きれい》だし、自分が綺麗だと知っているの。だけど、彼女はわたしたちとは違って、美というものにはあまり関心を持っていないのよ。ミチルのお母さんは、大切なのは外見ではなく、心の美しさだという考えの人なの。だから、ミチルは美しくなるための努力を、特にはしていないの。何もしていないけど、生まれつき美しいの」

母から渡された紙片に視線を落としているリラに母が言った。「リラ、このことはよく覚えておくのよ。美にほとんど関心がないから、ミチルはお客さんに容姿を褒められると戸惑うのよ。だから、リラもそんなふうに振る舞うのよ。ダイエットを続けていることや、体を鍛えていることは、絶対に言っちゃダメよ。いいわね？」

母の言葉に頷《うなず》きながらも、リラは心の中では別のことを思っていた。

そう。『ミチルはいいな』と、リラは考えていたのだ。わたしもミチルになりたかったな。わたしにもミチルみたいなお母さんが欲しかったな、と。

ミチルという十九歳の少女の人生は、確かに平坦なものではなく、それなりの苦労があるのだろうと想像できた。けれど、リラがしてきた苦労に比べたら、ミチルのそれは取るに足らないものに思われた。

6.

店の常連客のひとりに、立花涼介《たちばなりょうすけ》という男がいた。

立花はプロ野球で活躍した元選手で、今は新宿《しんじゅく》区内の繁華街でスポーツバーを経営しているらしかった。テレビを見ないリラは彼を見たことがなかったが、本業の傍ら、立花はテレビやラジオで野球解説の仕事をしたり、バラエティ番組に出演して、タレントのようなことをしたりと、多岐にわたって活動しているということだった。

四十五歳の立花涼介は、切れ長の目をしたハンサムな男で、真っ白な歯を覗《のぞ》かせて爽《さわ》やかに笑う人物だった。性格は明るくて、剽軽《ひょうきん》で、くだらない冗談を頻繁に口にして、同席したホステスたちをいつも笑わせていた。身長が百九十センチ近くある彼は、プロ野球選手だった頃は怪力の強打者だったようで、二の腕はリラの太腿より遥《はる》かに太かった。

「最近は腹が出てきて困るよ」というようなことを、立花はリラに向かって何度か口にしていた。だが、見た目はそんなことはなく、今も現役のプロレスラーのように引き締まった体つきをしていた。彼はよく日に焼けていて健康そうだった。

その立花涼介が店を訪れるたびに必ず、母はリラに彼の隣に腰掛けるようにと言い、彼が店を出るまでずっと相手を続けるようにと命じた。

「どうして、いつもわたしに立花さんの相手をさせるの？」

ある晩、タクシーで自宅に戻って来た母にリラは尋ねた。ひとりの客の相手を、こんなにも長時間にわたって続けさせられることは、それまでには一度もなかったから。

店でのリラは母に対して必ず敬語を使っていた。だが、自宅に戻るといつも通りの口調になった。もちろん、自宅で母を『ママ』と呼ぶことはしなかった。

「立花さん、リラのことをすごく気に入っているみたいなの。立花さんは店にとってとても大事なお客さんだから、リラも頑張りなさい。いいわね？」

店での母はリラに、ほかのホステスに言う時と同じ穏やかな口調で話した。けれど、自宅では以前と同じように命令口調になった。

帰宅したばかりの母の顔には濃密な化粧が施され、体からは香水の香りが強く立ち上っていた。だが、リラのほうはすでに入浴を終え、半袖《はんそで》のパジャマ姿だった。

「ほかの女の人にも相手をしてもらってよ。みんなもそれを望んでるんじゃない？」

リラは言った。実際、店のホステスたちの多くが、高価な酒をどんどん注文してくれる立花の相手をしたがっていた。

「どの女の子に、どのお客さんの相手をさせるかは、経営者であるわたしが決めることなの。口出しするのはやめなさい」

アイラインに縁取られた目でリラを睨《にら》みつけて母が言った。

「それはわかっているけど……実はわたし、立花さんがあんまり好きじゃないの。というより……嫌いなの。だから、できることなら、あの人の相手はしたくないの」

縋《すが》るような口調になってリラは言った。

「立花さんのどこが嫌いなの？　すごく気前がよくて、明るくて元気で、いい人じゃない？　あの人、女性にすごくモテるのよ」

少し不思議そうな顔をして母が尋ねた。

「お母さん、本当に、あの人のことをいい人だと思っているの？」

「思っているわよ」

母は言ったが、その顔を見れば、それが本心ではないことはリラにもわかった。

「本当はお母さんにもわかっていると思うけど、立花さんって、すごくいい気になってるのよ。自分がかっこよくて、お金持ちで、有名人だっていうことを鼻にかけているのよ。それに、わたしたちのことを見下してるわ。だから、わたし、あの人が嫌いなの。ただ、あの人が大嫌いなの。お店のほかの女の人たちも、みんなそう思ってるはずよ。あの人がお金をばら撒《ま》くから、いい顔をしているだけなのよ」

続けざまにリラは立花の悪口を言った。

そう。初めて会った時から、リラは立花涼介という人間が大嫌いだった。彼の態度のすべてが、口にすることのすべてが、リラの気に入らなかったのだ。

まだ十九年しか生きていないリラは、それほどたくさんの人を見てきたわけではなかった。それでも、リラは自分が立花涼介を心から嫌っているということをはっきりと感じていた。あの男と話しているよりは、田嶋誠一郎という醜い老人と話していた時のほうが遥かに楽しかった。

「リラ、あなたはホステスなのよ。お客さんの相手をして、お客さんを楽しませるのが仕事なの。たとえそう思っていたとしても、お客さんの悪口はやめなさい。それから、あの店ではわたしの言う通りにしなさい。わかったわね？」

強い口調で母が言い、リラは唇を尖《とが》らせて挑むかのように母を見つめた。

7.

その後も立花涼介が店を訪れるたびに、リラはその相手を母に命じられた。

リラと話している時の立花は、いつも楽しそうだったし、嬉《うれ》しそうだった。リラが何も求めていないのに、店に来るたびに彼は高価なワインやウィスキーを惜しげもなく何本も注文した。何本ものシャンパーニュを開けさせ、それを店にいるすべての客たちとホステスたちに振る舞うことも多かった。

立花涼介はとてもよく喋《しゃべ》る男で、リラが少しも興味を持てないような話を次から次へと口にした。

自分がどれほど有名かということ……どれほど金を持っているかということ……プロ野球選手だった時にはどれほどすごい選手だったかということ……どんな有名人と親し

くしているかということ……女たちにどれほどモテるかということや、過去にどんな美女たちと付き合ってきたのかということ……高級車を何台所有しているかということ……今はどれほど立派で豪華なマンションに暮らしているのかということ……スポーツバーの経営がどれほどうまくいっているかということ……自分がどれほどの美食家で、ワインにどれほど精通しているかということ……彼が口にするのは自慢話ばかりだった。

立花涼介は長く都内に暮らしていたが、三人目の妻だったタレントと離婚をした時に湘南《しょうなん》海岸沿いのマンションに引っ越し、今はその最上階の海を一望できる部屋にひとりで暮らしているらしかった。今は、恋人はいないということだった。けれど、少し前には十代のタレントと一緒に暮らしていたと得意げな顔をして言った。

リラにとってはどうでもいいそんな話を、何時間にもわたって聞かされ続けるのは苦痛以外の何ものでもなかった。けれど、リラはそれを努めて顔に出さないようにし、冷房の寒さに凍えながらも笑みを浮かべて頷き続けた。

男の話を聞き流しながら頷き続けている時、リラは頻繁に田嶋誠一郎のことを、懐かしさや愛《いと》おしさ、そして、突き刺さるような胸の痛みとともに思い出した。

老人とふたりでいる時、話をしていたのはリラばかりで、彼はいつも人懐こい笑みを浮かべて頷きながら黙って聞いていてくれた。そんな老人にリラは、彼にとってはまったく関心がないようなことを夢中で喋り続けていたものだった。

田嶋誠一郎のことを、母はとんでもなく悪いやつなのだと言っていた。けれど、リラにとっての彼は、優しくて朗らかで、包容力のあるおじいさんにほかならなかった。

東京に戻ってきてから、リラは何度も老人を思い出して涙ぐんだ。そして、田嶋誠一郎とすごした時間をもっと大切にするべきだったのだと何度となく思った。

立花涼介のほうはリラに嫌われていることになど、少しも気づいていないようだった。自己中心的な彼が考えているのは自分のことだけで、他人の気持ちを思いやることなどまったくできないのだろう。

立花のそんなところもリラは大嫌いだった。だから、彼の告白を耳にした時には、ひどく驚いたし、激しく戸惑いもした。

そう。あろうことか、ある晩、立花涼介がリラを抱き寄せて、自分の恋人にならないかと耳元で囁《ささや》いたのだ。この店を辞めて、自分とふたりで暮らさないかと言ったのだ。

「俺と一緒にいたら、すごく楽しいぞ。後悔なんか、絶対にさせないよ」

得意げな顔をして立花涼介が言った。彼はいつも自信満々だった。

「立花さん、あの……少しだけ考えさせてください」

困ったような顔をして、リラは立花に言った。

「いいよ、ミチル。ゆっくり考えてくれ。いい答えを待ってるよ」

満面の笑みを浮かべて彼が言い、リラは戸惑い続けながらも笑顔で頷《うなず》いた。

考えさせて欲しいとリラは言った。けれど、リラの心は決まっていた。こんな男の恋人になるぐらいなら、死んだほうがマシだった。

8．

気持ちは決まっていたけれど、その晩、リラは自宅に戻ってきた母に、立花涼介から自分の恋人になってほしいと言われたことを報告した。

「やっぱりね」

リラの話を聞いた母が、平然とした顔をしてそう言った。

「やっぱりって……お母さん、あの人の気持ちに気づいていたの？」

「そうよ。立花さんがいつか、そう言い出すだろうと思っていたの。リラは間違いなく、立花さんの好きなタイプだから」

やはり顔色ひとつ変えずに母が言った。

「お母さん、もしかして……あの人にそれを言わせるために、わたしにいつも、あの人の相手をさせていたの？」

込み上げる怒りを懸命に抑えてリラは尋ねた。

「リラには謝らなければならないかもしれないけど、実はそうなの。立花さんの気持ちをリラに向けさせるために、わざとリラだけに相手をさせていたのよ」

ほんの少し後ろめたそうな顔をして母が答えた。

「そんな……いったい、何のために……そんなことをさせたの？」

怒りに声が震えるのを覚えながらリラは再び尋ねた。

そんなリラの顔を、母は長いあいだ無言で見つめ続けていた。

帰宅したばかりの母の顔には濃厚な化粧が施されていた。アイラインに縁取られた目は赤くて、その息からはアルコールのにおいが漂っていた。母は勧められた酒を決して断らなかったし、閉店後にほかの飲食店に誘われた時にも断ることはなかった。

「何とか言ってっ！　お母さんにはいったい、どんな魂胆があるのっ！」

黙っている母に向かって、リラはヒステリックに声を張り上げた。

やがて、母がゆっくりと口を開いた。

「リラに立花涼介を……殺してもらおうと思っているの」

鮮やかなルージュに彩られたその口から出た言葉は、リラを震え上がらせた。

9.

立花涼介をなぜ、殺害する必要があるのかを、母はリラに一言も説明しなかった。ただ、急に床に正座をして、磨き上げられたそこに額を擦《こす》りつけただけだった。

「また土下座なの？　土下座さえすれば、わたしがなんでもすると思っているの？　やめてよ。馬鹿馬鹿しい」

冷ややかな口調でリラは言った。

何もかもが馬鹿馬鹿しかった。こんな馬鹿馬鹿しい話は二度としたくなかった。

「お願い、リラ。もう一度……もう一度だけ、わたしの頼みを聞いて。何も訊《き》かずに、わたしの言う通りにして。あの男を殺すためには、リラの力を借りるしかないの」

床に正座したままの母がリラを見上げ、細く描かれた眉《まゆ》のあいだに深い縦皺《たてじわ》を作って哀願した。その顔は同性であるリラの目にも、悩ましげで官能的に映った。

「もうやめてっ！　これ以上、わたしに求めないでっ！　わたしはお母さんの操り人形じゃないのよっ！　わたしにも人格があるのよっ！」

リラは再びヒステリックに声を張り上げた。「立ち上がってよっ！　土下座なんて、二度とわたしに見せないでっ！　お母さんには誇りというものがないのっ！」

「誇りならあるわよ」

挑むような顔でリラを見つめて母が言った。その顔からは、さっきまでの悩ましげな表情が完全に消えていた。「誇りがあるからこそ、こうして土下座をしているの。誇りがあるからこそ、恥を忍んでこうしてお前にお願いをしているの」

「どういうこと？　わたしには、お母さんの言っていることがさっぱりわからない」

首を左右に振り動かし、小さな声でリラは言った。どういうわけか、さっきまでの凄《すさ》まじいまでの怒りが、空気が抜けた風船のように急激に萎《しぼ》んでいくのが感じられた。

「本当に誇りのある人間は、目的のためにならどんなことでもできるっていうことよ」

　リラの目を真っすぐに見つめて母が言った。その顔は怖いほどに真剣だった。

「なぜ、立花さんを殺す必要があるの？　それだけ説明してちょうだい」

「立花涼介という男は殺されるべきなの。死ぬべき人間なの。その理由は……リラが目的を果たした時に説明するわ。その時にはちゃんと説明する。約束する。だから……だから今は何も訊かないで」

　床に正座したまま母は言うと、もう一度、その額をひんやりとした床に擦りつけた。

「ずるいよ、お母さん……ずるいよ……ずるいよ……」

　呻《うめ》くかのように、リラは繰り返した。だがすでに、心の中では、自分があの男を殺害することになるのだろうと思っていた。

　これまでずっとそうだったし、これからもきっとそうなのだ。

　そう考えると、諦《あきら》めにも似た無力感がリラの胸に広がっていった。

　運命なんだ。

　土下座を続けている母を見下ろしてリラは思った。これが毒母の娘として生まれてしまったわたしの定めなのだ、と。

　体からすべての力が抜けていき、『もう、どうでもいいや』という気持ちが、リラの華奢《きやしや》な全身を支配し始めていた。

　そう。どうでもいいのだ。あの無垢《むく》な少女はどこにもいないのだから……。

10

湘南地区にある立花涼介のマンションに引っ越すためにリラが家を出たのは、八月の最後の日曜日の朝のことだった。

「リラ、しっかりやってね」

マンションのエントランスホールの外に立ったリラに母が言った。

日曜日なので母の顔には化粧っけがなかったし、その体からは香水もにおわなかった。けれど、リラのほうは入念な化粧を施し、いくつものアクセサリーを身につけ、オーデコロンをたっぷりとつけていた。

連日の猛暑が続いていた。冷房の効いたエントランスホールを出た瞬間、凄まじいまでの熱気がリラの全身を包み込んだ。八月も下旬だというのに、照りつける朝日は暴力的なまでに荒々しかった。

「お母さんの言いなりになるのは、これが最後よ。今後はお母さんがどんなことを頼んでも、わたしは絶対にやらないわよ。それでいいわね？」

母に挑みかかるかのような視線を向けて、冷ややかな口調でリラは言った。田嶋誠一郎を殺害するために母が入手した毒薬を、リラは今回も母から渡されていた。

リラは左手にスーツケースを持ち、右手には二羽のオカメインコの入った大きな鳥籠《とりかご》たようになっていた。その鳥籠の中で、お喋《しゃべ》りのハナコがさっきから絶え間なく喋り続けていた。最近のハナコは、母が勝手に教え込んだ『レイコサン、キレイ』という言葉を喋るようになっていた。

リラは白いタンクトップに、マイクロミニ丈の黒いスカートという恰好《かっこう》をしていた。足元はとても踵《かかと》の高い黒のストラップサンダルで、骨張ったその肩にイタリアの高級ブランドの革製のショルダーバッグを掛けていた。

タンクトップの裾《すそ》の部分から、細くくびれたウェストと、臍《へそ》に嵌《は》めた三連の白真珠のピアスが覗《のぞ》いていた。東京に戻って来てすぐにリラは母に勧められて、母と通っているエステティックサロンで臍にピアスの穴を開けてもらっていた。

「ええ。これが最後。もう二度と、リラに無茶なことは頼まない。約束する」

母が言った。その額では早くも汗が光り始めていた。

母の言葉にリラが頷《うなず》いたちょうどその時、予約しておいたタクシーが姿を現した。ミニバン型のタクシーだった。

ふたりの前でタクシーが停止し、すぐに女性運転手が車から降りた。大柄な中年の運転手だった。運転手はリラが何も言わないのに、「お荷物をお預かりします」と言って、母とリラが手にしていたふたつのスーツケースを手際よく車に積み込んでくれた。

その間にリラはタクシーの後部座席に乗り込み、オカメインコの鳥籠を太腿《ふともも》の上にそっと置いた。タクシーの中には冷房が効いていて快適だった。

スーツケースを積み終えた運転手が車に戻り、「出発していいですか?」とリラに尋ねた。予約する時に伝えていたから、彼女に行き先を告げる必要はなかった。

「はい。よろしくお願いします」

リラが答え、運転手がエンジンをかけた。

窓の向こうで母が何かを言った。ルージュのない唇が動くのが見えた。

だが、リラは窓を開けることはしなかった。

「あの……何かおっしゃっているみたいですけど、発車してもよろしいんですか?」

母のほうに視線を向けた運転手が遠慮がちに尋ねた。

「はい。行ってください」

リラが答え、すぐに車が動き始めた。

母が頭上で手を振っていた。視界の片隅にそれが見えたが、リラが母に顔を向けることはなかった。

リラの膝《ひざ》の上の鳥籠の中では、ハナコが相変わらず、『レイコサン、キレイ』と繰り返していた。その甲高い声が、密閉された車内にやかましく響き渡っていた。

「この子、よく喋るんです。うるさくてすみません」

ルームミラーに映っている運転手の顔を見つめてリラは謝罪した。

「気になさらないでください。賑《にぎ》やかなほうが楽しい道中になりますよ」

穏やかな口調で運転手が言い、リラは反射的に顔を俯《うつむ》かせた。どういうわけか、急に涙が込み上げてきたのだ。

11

リラの乗ったタクシーは、一時間足らずで目的地に到着した。

立花涼介が暮らしているのは、湘南海岸の目の前に建つ真新しいマンションだった。彼の部屋は十三階建てのそのマンションの最上階の角部屋のようだった。

立花はここからタクシーで、自身が経営する新宿のスポーツバーに通っていた。だが、実際の運営は頼りになる店員たちに任せてあって、オーナーである彼は気が向いた時にしか店に顔を出さず、暇さえあればゴルフやサーフィンに勤《いそ》しんでいるらしかった。

「すごくゴージャスなマンションですね」

マンションのロータリーにタクシーを停めた運転手が、リラを振り返って笑顔で言った。ロータリーの中央には白い噴水があって、勢いよく水を噴き上げていた。

「そうですね」

すぐ傍に聳《そび》えるマンションを見上げてリラは答えた。

その白いマンションは確かにとても大きくて、とても豪華だった。まるで高級リゾートホテルのようだった。立花によれば、そのマンションの一階と東側にある庭には、それぞれ二十五メートルプールがあるということだった。室内のプールにはサウナもあって、二十四時間利用できるらしかった。けれど、リラの目には巨大な建造物は、自分を閉じ込めておくための鳥籠のように映った。

タクシーが停止するとすぐに、エントランスホールの自動ドアが開き、そこから立花涼介が姿を現した。そこでリラを待っていたらしかった。立花は満面の笑みでタクシーに歩み寄り、女性運転手に数枚の紙幣を手渡した。

「長い道のりをありがとうございました。お釣りは結構です」

立花がそのハンサムな顔に、爽《さわ》やかな笑みを浮かべて運転手に言った。

「いいんですか？　ありがとうございます」

「どういたしまして」

歯切れのいい口調でそう言うと、立花はリラが持参した大きなスーツケースをタクシーの後部から取り出し、ふたつのそれを左右の手で軽々と持ち上げた。

「その子たちがタローとハナコだね。さあ、行こうか、ミチル」

鳥籠を持って車から降りたリラに、立花涼介が親しげな口調で言った。彼はリラが本名を名乗ったあとも、店での源氏名で呼び続けることにしているようだった。

男の言葉に頷くと、リラは運転手に礼を言ってから男の大きな背中を追った。きょうの彼は白いポロシャツに、チェックの洒落《しゃれ》たハーフパンツという恰好だった。

マンションのエントランスホールは清潔で、明るくて、広々としていて、一流ホテルのロビーのようだった。床は鏡のように磨き上げられた大理石だった。冷房の効いたホールにはフロントカウンターがあり、そこに制服を着た女がふたり腰掛けていた。

「岩崎《いわさき》さん、花田《はなだ》さん、この子は僕の恋人の若月さん。きょうから一緒に住むんだ。この先、末長くよろしくね」

立花が爽やかな笑みを浮かべ、歯切れのいい口調で受付の女たちに言った。「そうだな。君たちは彼女を、若月さんって呼んであげてください。僕にとってはとても大切な人だから、ふたりとも、くれぐれもこの子をよろしくお願いしますね」

男の言葉を耳にした女たちが、口々に「よろしくお願いいたします」と言ってリラに笑顔で会釈をした。リラも反射的に頭を下げたが、受付の女に紹介されたのは予想外で戸惑っていた。

「さっ、ミチル、部屋に行こう」

両手にスーツケースを提げた立花が、二台並んだエレベーターに向かって歩き始め、リラはまたしても彼の背中を追った。手にした鳥籠が揺れ、二羽のオカメインコがバタバタと羽ばたいた。

すぐにエレベーターがやって来て、ふたりはそこに乗り込んだ。ドアと反対側の壁はガラス張りになっていて、上昇を始めるとすぐに夏の終わりの太陽に照らされた湘南の海が見え始めた。

「気に入ったかい、ミチル？」

「ええ。素敵です」

エレベーターが上昇するにしたがって沈んでいく海を見つめてリラは言った。

ふたりが乗ったエレベーターは最上階の十三階で停止し、銀色の扉がゆっくりと開いた。扉の先には長く真っすぐな廊下が延びていた。

「さあ、きょうからここがミチルの家だよ」

長い廊下の突き当たりのドアの前で足を止めた男が言った。その顔には相変わらず、爽やかな笑みが張りついていた。

12.

立花涼介の住んでいる部屋が素晴らしいということは、彼から飽きるほど聞かされていた。それにもかかわらず、その部屋に初めて足を踏み入れた瞬間、リラは息を呑《の》まずにはいられなかった。

立花涼介の部屋は4LDKのようだったが、百五十平方メートル以上の広さがあったから、それぞれの部屋が驚くほどに広々としていた。リラの母が借りている港区内の4LDKもかなり豪華だった。だが、立花涼介のそれに比べると、母の部屋はこぢんまりしているという印象だった。

それぞれの部屋には大きな窓がいくつかあって、南を向いた窓の向こうには、そのすぐ目の前に真夏の太陽に輝く湘南の海が広がっていた。左前方には江《え》の島《しま》が見えた。右手には平塚《ひらつか》から大磯《おおいそ》にいたる海岸線が一望できた。夏の終わりのビーチに並んだカラフルなパラソルや、水着姿で戯れている人々の姿も見えた。

　窓を開けると仄《ほの》かな潮のにおいが鼻に飛び込んできた。日本海側のあの家で暮らしていた時にも、リラは潮の香りを毎日のように感じた。けれど、あそこで嗅《か》いだ香りと、今、ここで嗅ぐ香りは少し違っているように思われた。

　マンションの窓のすぐ下には、湘南海岸道路が左右に延びていて、そこをたくさんの車が絶えず行き交っていた。この季節にはその道路は、いつも混雑しているようだった。サーフボードを抱えた水着の男たちや、派手なビキニの水着で歩道を歩いている女たちの姿も目に入った。

「リゾートホテルに来ているみたいだろう？」

　リラに部屋を案内しながら、得意げな顔をして男が言った。

「はい。素敵です」

「ここをミチルの部屋にするつもりなんだ。どう思う？」

　リラの顔を覗《のぞ》き込むようにして見下ろした彼が訊《き》いた。彼は身長が百九十センチもあったから、並んで立つと見上げるような感じになった。

「嬉《うれ》しいです」

　リラは笑顔で答えた。けれど、心は喜びとは対極に位置していた。

「きょうから仲良くやろうな」

男が言った。その直後に、男の顔から笑みが消え、好色な表情が浮かび上がった。

「それじゃあ、まずは愛し合おう。ミチルのすべてを見せてくれ」

男がいきなりその太い腕をリラに伸ばした。そして、リラを自分のほうに力ずくで抱き寄せ、長身を屈《かが》めるようにしてリラに唇を合わせながら、タンクトップの上から小ぶりな乳房を荒々しく揉《も》みしだいた。

13.

長く執拗《しつよう》なキスをようやく終えると、男は戸惑っているリラを軽々と抱き上げた。

「あっ、立花さん。どうする気ですか？」

男に抱き上げられたままリラは訊いた。だが、男はそれに答えず、抱き上げたリラを部屋の片隅に置かれていた天蓋《てんがい》付きの巨大なベッドへと運び、掛け布団を乱暴に床に払い落としてから、リラの体をベッドの上に物のように放り出した。

驚いたことに、そのベッドの天蓋には大きな鏡が張りつけられていて、そこに仰向《あおむ》けになったリラの姿が映っていた。乱暴に投げ出されたことによってタイトなスカートがまくれ上がり、裾《すそ》の部分から白い下着が覗いていた。

「待って、立花さん。ちょっと待ってください」

スカートの裾を押さえ、ベッドに上半身を起こしながらリラは言った。

彼と体の関係を持つことになるとは承知していた。けれど、今はここに着いたばかりで、心の準備ができていなかった。

男はリラの訴えを無視して覆い被《かぶ》さってきた。そして、ものすごい力でリラをベッドに押さえ込み、再び唇を荒々しく重ね合わせながら、その太い指で胸を執拗に揉みしだいた。

男の口の中にくぐもった呻《うめ》きを漏らして、リラは身を悶《もだ》えさせた。その姿と自分に覆い被さっている男の後ろ姿が、頭上に張りつけられた鏡に映し出されていた。

体重がリラの倍以上もあるという男は怪力の持ち主だった。リラは必死で抗《あらが》おうとしたが、男の下から抜け出すどころか、身動きすることさえ簡単ではなかった。

「ミチル、動くな。そこにそのままでいろ」

そう命じると、男がリラをベッドに残して素早く立ち上がった。

「立花さん、わたし……」

「動くな。言われた通りにしろ」

男が強い口調で再び命じた。そして、ベッドの下に腕を伸ばし、ジャラジャラという音を立てながら、黒い革製のベルトに連結された鉄の鎖を取り出した。

リラは激しく動揺した。鎖と黒革のベルトを目にした瞬間に、男が何をするつもりなのかを予想してしまったのだ。

そう。その天蓋付きのベッドの四隅の四本の柱には、そのすべてに革製のベルトに繫《つな》がれた太い鎖が……おそらくはこのベッドに女を拘束するためのおぞましい器具が、あらかじめ取りつけられていたのだ。

リラの予想通り、すぐに男がリラの右手首にその革製のベルトを巻きつけた。幅が十センチ近くもある硬くて頑丈なベルトで、きつく嵌《は》められたことによって血流が遮られた。

続いて男はリラの左の手首を摑《つか》み、そこにもベルトを嵌めようとした。

「いやっ、立花さん。やめてくださいっ！」

リラは必死で訴えながら、男の手を払いのけた。

「おとなしくしろっ、ミチルっ！」

切長の目を吊《つ》り上げ、鬼のような形相になった男が命じた。

「いやっ！　いやっ！」

リラはさらに抗った。その瞬間、男がいきなり右手を振り上げ、その分厚い掌《てのひら》でリラの左の頰をしたたかに打ち据えた。

その一撃でリラは意識を失いかけ、朦朧《もうろう》となって抵抗をやめた。その隙に、男はリラの左手首に革製のベルトを易々と嵌め、その後は左右の足首にも同じことをした。

朦朧としていたリラにできることは何ひとつなかった。左の耳ではキーンという甲高い音が鳴り響いていて、その音のほかにはほとんど何も聞こえなかった。張られた時に口のどこかが切れたようで、舌の上に血の味が広がっていった。

四肢にベルトを嵌める男の手つきは、とても慣れたものだった。それを見ただけでも、これまでもほかの誰かに同じことをしていたということは明らかだった。

そう。リラ以前にも、この天蓋付きのベッドでこの鎖に繋がれた女がいたのだ。おそらく、立花涼介という男は、これまでにもこんなことを何度となくしてきたのだ。

リラの四肢に幅の広い黒革製のベルトを嵌め終えると、男がそこに連結された鎖の長さを調節して、手足をまったく曲げることができないようにした。

男の手によって、リラはたちまちにして、手足をいっぱいに広げた大の字の姿勢で、ベッドに仰向けに磔《はりつけ》にされてしまった。

「気分はどうだ、ミチル？」

リラを磔にするという作業を終えた男が、満足げな笑みを浮かべて訊いた。

鏡に映っているリラの姿は、あまりにも無防備だった。二本の脚を左右に大きく広げているために、タイトなスカートが腰骨の付近までまくれ上がり、白いレースのショーツが丸見えになっていた。強く張られた左の頬が真っ赤になっているのが見えた。

「さて、ミチルの体を見せてもらうことにしよう。あの店で働いている時から、素っ裸になったお前を見てみたいと、俺はずっと思っていたんだ」

笑いながら言うと、男が部屋の片隅に向かい、そこにあったガラス戸棚の引き出しから鋏《はさみ》を取り出した。裁縫に使う大きな羅紗《らしゃ》切り鋏《ばさみ》だった。

「やめてください。お願いです。やめてください」

男の手にした鋏を目にした瞬間、強烈な恐怖が全身に広がった。体を傷つけられるのではないかと思ったのだ。

鋏を手にした男が歩み寄り、リラは必死で身を悶えさせた。四肢に嵌められたベルトに繋げられている太い鎖が、ガチャガチャという音を立ててやかましく鳴った。

男はベッドのすぐ傍に立つと、手にした鋏をリラのスカートの裾に宛てがい、臍《へそ》の方向に向かってゆっくりと動かし始めた。分厚い木綿の布が切断される音が聞こえた。ひんやりとした鋏が腹部の皮膚に触れた。

「やめてください、立花さん……やめて……やめて……」

リラはなおも身悶えを続けながら懸命に訴えた。

「気にするな、ミチル。スカートなんか、俺がいくらでも買ってやる。この何十倍も高い、シャネルのやつを買ってやる」

男が言った。興奮に歪《ゆが》んだその顔は、リラが知っている彼の顔とは別人のようだった。

黒い木綿のスカートをウェストの部分まで切り裂くと、男が縦に切断されたそれをゆっくりと左右に広げた。

白く小さなレースのショーツがあらわになった。薄い生地の向こうに、脱毛を免れたわずかばかりの性毛が押し潰《つぶ》されているのが透けて見えた。

「ミチルはいつもこんな可愛いパンツを穿《は》いているのか？　そそられるなあ」

嬉しそうに言うと、今度は男が白いタンクトップに鋏を近づけ、まず両肩の部分の布を切断してから、タンクトップの裾から襟元までを真っすぐに切り裂き、それをまた静かに左右に広げた。

今度はショーツとお揃いで買った白いブラジャーが剝《む》き出しになった。レースで美しく彩られた、ストラップレスの洒落《しゃれ》たブラジャーだった。

そのブラジャーに男が大きな手を伸ばし、カップの上から乳房をゆっくりと揉みしだき始めた。

「感じるか、ミチル？」

強烈な羞恥心《しゅうちしん》が込み上げ、リラはさらに激しく身悶えした。

14.

しばらく乳房を揉みしだいてから、立花涼介がブラジャーに鋏を近づけた。ふたつのカップを繋ぐ部分には丈夫な素材が使われていたが、鋭い刃がそれを切断するのは簡単なことだった。

切断されたふたつのカップを男がまた静かに左右に広げ、天井の鏡に剝き出しになったリラの胸が映し出された。

リラの乳房は元々が、思春期を迎える前の少女のように小ぶりだった。だが、仰向けになっていることによって、今はほとんど消滅しかけていて、少年の胸のようにも見えた。乳房の両脇には肋骨《ろっこつ》の一本一本がくっきりと浮き上がり、腹部はえぐれるほどにへこんでいた。リラの臍では白い三連の真珠のピアスが光っていた。

ブラジャーに続いて男がショーツに鋏を近づけ、その左右の細い部分を切断し始めた。まずは左側を。続いて右側を。

田嶋誠一郎にはいつも下着を脱がされていた。そういう時にも、リラはとても強い恥じらいを感じた。けれど、今、リラに襲いかかっている凄《すさ》まじいまでの羞恥に比べれば、あの時の恥ずかしさは何ということはないものだったような気さえした。

「いいぞ、ミチル。いい眺めだ」

切断した衣類と下着をリラの体の下から引き抜くと、男がベッドの脇に立ち、全裸になったリラの姿を値踏みでもするかのように見つめた。「それにしても、ミチルは素敵な体をしているんだな。今までたくさんの女と付き合ってきたけど、こんなに綺麗《きれい》な体の女は見たことがないよ。あんまり素敵だから、ちゃんと写真に撮っておこう」

リラの裸体を見つめ続けながら、男がポケットからスマートフォンを取り出した。

「いやっ。写真はいやっ」

リラは訴えた。けれど、その訴えには意味がないということは、今ではリラにもわかり始めていた。

男はスマートフォンをリラに向け、立て続けに何枚もの写真を撮った。

静かな室内にシャッター音が響くたびに、リラは羞恥心に身を震わせた。あろうことか、男は大きく開かされたリラの脚のほうにまわり、そこからも何枚もの写真を撮影した。

けれど、四肢の自由を奪われたリラにできることは、唇を噛《か》み締めて涙ぐむことだけだった。

男はリラを恋人だと言った。けれど、いまのリラはまさしく性の奴隷だった。

そして、リラは母を恨んだ。今では心の底から、母のことを憎いと思っていた。

15.

試練はさらに続いた。

男はその部屋のクロゼットに、おぞましい器具の数々を保管していた。女を喘《あえ》ぎ悶《もだ》えさせるという、ただひとつの目的のために製造された、極めてグロテスクで忌まわしい器具の数々だった。

金属製のトレイにその器具のいくつかを載せてベッドに歩み寄ると、男がトレイからゴルフボールほどの大きさの球体を手に取った。黒くて太いゴムバンドが取りつけられた真っ赤な球体で、そこに無数の穴が空けられていた。

大の字の姿勢で拘束されたリラの口に、男はその赤い球体を無理やり押し込み、ゴムバンドを後頭部にまわしてがっちりと固定した。その球体には呼吸をするための穴がいくつも空けられていたが、それを口に押し込まれたことによって声を上げるどころか、唾液《だえき》を嚥下《えんか》することもできなくなってしまった。

続いて、男が巨大な合成樹脂製の器具を摑《つか》み上げた。女性の局部に挿入するために作られた器具で、リラの手首ほどの太さがあった。

男がリラの股間《こかん》にその器具を宛てがい、力を込めて押し込み始めた。

「むうっ……うむっ……むううっ……」

口に押し込まれた球体の隙間から呻《うめ》きを上げながら、リラは身を悶えさせた。そうするうちに、太い器具がリラの中に深々と沈み込んだ。

天蓋《てんがい》に取りつけられた大きな鏡に、股間にその器具を突き立てているリラが映っていた。その姿はあまりにも屈辱的だった。

すぐに男が器具のスイッチをオンにした。その瞬間、リラの体の中で強い振動が始まり、強烈な刺激が肉体を一直線に走り抜けた。

その刺激を受けて、リラは骨張った体を右へ左へと激しくよじり、口に押し込まれた赤い球体の隙間からくぐもった呻きを絶え間なく漏らした。体をよじるたびに、皮下脂肪のほとんどない腕や腿《もも》や腹部に筋肉がくっきりと浮き上がった。

男はしばらくのあいだ、淫靡《いんび》な笑みを浮かべてリラを見下ろしていた。だが、やがて小瓶を手に取り、喘ぎ悶え続けるリラの体にとろりとした透明のオイルを滴らせ始めた。

「ジャスミンのアロマオイルだ。いい香りだろう？」

嬉《うれ》しそうにそう言うと、男がリラの体を撫《な》でまわしながら、甘い香りのするそのオイルを全身に塗り広げていった。

オイルを塗られたことによって、リラの全身はてらてらと妖《あや》しげに光り始めた。

「いい眺めだ。すごいぞ、ミチル。最高だ。最高にエロティックだ」

興奮に顔を赤くした男が喘ぐかのように言いながらリラの股間に手を伸ばし、そこに突き立っている器具を出し入れし始めた。だが、四肢の自由を奪われ、口枷《くちかせ》まで押し込まれたリラにできることは何もなかった。

「ダメだ。もう我慢できない」

そう言うと、男が慌ただしくポロシャツとチェックのハーフパンツを脱ぎ、続いて黒いボクサーショーツを無造作に脱ぎ捨てた。

リラは反射的に顔を背けた。男の股間に巨大な性器がそそり立っていたからだ。

「ミチル、目を逸《そ》らすな。こっちに顔を向けろ」

男が命じ、リラは恐る恐る男に視線を投げかけた。

男はボディビルダーのように逞《たくま》しい体をしていた。日焼けした皮膚の下には脂肪のようなものがほとんどなく、筋肉の鎧《よろい》に覆われていると言ってもいいほどだった。

次の瞬間、男がリラに覆い被《かぶ》さってきた。男はリラの股間で振動を続けている器具を引き抜き、代わりに、巨大な性器をリラの中に勢いよく押し込んできた。

硬直した男性器でリラの子宮を何度も繰り返し突き上げながら、男はリラの口に押し込まれていた口枷を取り出した。

「ミチルには口も使ってもらうからな」

真下にあるリラの顔を見つめ、腰を打ち振りながら男が言った。

その言葉通り、射精の直前に、男はリラの中から男性器を引き抜いた。そして、自分は素早く中腰になって巨大な男性器をリラの口に押し込んだ。

すぐに男性器が痙攣《けいれん》するような動きを始めた。男性器は痙攣のたびに多量の体液をリラの舌の上に放出していった。

「さあ、ミチル。口の中のものを飲み干すんだ」

男の声が聞こえた。

これで終わりだ。

どろどろとした体液を飲み込みながら、リラはそう思っていた。けれど、それは間違いだった。

その後の男はリラの股間に再び、さっきまで使っていた電動の器具を深く押し込んでスイッチを入れた。そして、どこからか取り出した真っ赤な蠟燭《ろうそく》に火を灯《とも》し、嬉しそうな笑みを浮かべながら、熱く溶けた蠟の雫《しずく》をリラの体のいたるところに滴らせた。

そのことによって、リラの体は凝固した真っ赤な蠟にたちまちにして覆い尽くされてしまった。

すべてが終わって四肢の拘束を解かれた時には、リラは消耗しきり、立ち上がることどころか、喋《しゃべ》ることさえままならない状態だった。

ベッドにぐったりと身を横たえたまま、リラは天蓋に張りつけられた鏡に映っている女を見つめた。鏡の中の女は本当に疲れ切った顔をしていた。張られた頬が一段と腫《は》れ上がっていた。左の耳は今もよく聞こえないままだった。

そして、リラは完全に悟った。自分は恋人などではなく、彼の旺盛《おうせい》な性欲の捌《は》け口でしかないのだ、ということを。

16.

そんなふうにして、立花涼介とリラとの暮らしが幕を開けた。

田嶋誠一郎の愛人だった頃も、リラは籠《かご》の中の鳥だった。立花涼介との暮らしでもそれは変わらなかったけれど、彼との日々を続けていくうちに、『あの頃はよかった』とリラは思うようになっていった。

田嶋誠一郎はリラの元を訪れるたびに、リラを全裸にし、その全身を執拗《しつよう》に舐《な》めまわした。さらには、リラの左右の乳首を吸い、乳房を揉《も》みしだき、硬直していない性器をリラの口に延々と含ませた。

それは確かに屈辱的なことだった。けれど、あの行為を別にすれば田嶋誠一郎と一緒にいるのは、それほど悪いものではなかったような気がした。

あの家に老人がやって来るたびに、リラはここ数日の出来事を彼に夢中で話したものだった。読んだばかりの本のストーリーを最初から最後まで話して聞かせるようなことも頻繁にしたたし、その本を手に取って老人に読み聞かせることも少なくなかった。

実用書は読むけれど、小説にはまったく興味がないという老人にとって、それは少しも楽しいことではなかったのかもしれなかった。けれど、彼は嫌そうな素振りは見せず、いつもリラの話を嬉しそうな顔をして聞いていた。それどころか、老人のほうから、小説を朗読してくれないかと求められたこともあった。

田嶋誠一郎は間違いなく成功者だったたし、多額の資産を有していた。けれど、彼の口からそれを自慢するような話が出たことは、ただの一度もなかった。

老人は交際範囲が実に広くて、たくさんの人たちと付き合っていた。会社の部下も数多くいた。けれど、彼が誰かの悪口を口にしたことはまったくなかった。彼の口から出るのは、周りにいる人たちへの褒め言葉ばかりだった。

田嶋誠一郎はリラに優しかった。だが、家政婦の吉原妙子にも優しかったたし、リラの家に老人を送ってくる運転手にも優しかった。

彼は地元の政財界の有力者であり、名士でもあるようだったが、彼が誰かに対して威張ったような態度を取ることや、見下したような態度を見せたことは一度もなかった。それどころか、リラと一緒に行くホテルや飲食店では、老人はいつも礼儀正しく、腰が低く、周りの人々に礼の言葉ばかりを口にしていたものだった。

立花涼介もまた成功者だったし、多額の資産を有しているようだった。けれど、彼は田嶋誠一郎とは対照的に、かつても今も、絶えずリラにそれをひけらかしていた。

さらに、立花涼介は人の悪口ばかり言っていた。自分が経営しているスポーツバーの従業員たちの悪口、野球解説の仕事で会う人たちの悪口、同じマンションに暮らす人々の悪口、かつてのチームメイトたちの悪口、妻や恋人だった女たちやその家族への悪口……彼の口から人をけなす言葉が出ない日はないと言ってもいいほどだった。

リラとの性行為の時、男はしばしば三脚を立て、そこにカメラを取りつけて動画撮影をした。そして、行為のあとでは、リラに自分と一緒にそれを見るようにと強要した。それには何とか耐えられた。だが、耐えられなかったのは、妻や恋人だった女たちとの性行為を撮影した動画を自分と一緒に見るように求めることだった。

それらの動画を眺めながら、男は『この女はフェラのテクニックが抜群だったな』とか、『この子はすごく締まりがよかったんだ』とか、『顔は綺麗《きれい》だったけど、この女とのセックスはつまらなかったな』とか、『最初の妻なんだけど、この女は感度が悪かった』とか、『この女はバックから突かれるのが大好きだったんだ』などというえげつないことを、とても得意げな顔をしてリラに言って聞かせた。

それらの言葉を耳にするたびに、男に対するリラの嫌悪感は強まっていった。

リラはその家の中にも花や果物を飾ろうとした。けれど、男は「勝手なことをするな」と言って、それを決して許さなかった。

17.

解説者やタレントとしてテレビやラジオに出演している時の立花は、明るく爽《さわ》やかで歯切れよく喋り、冗談も巧みだったから、多くの人が親しみを感じているようだった。

リラも彼が出演しているテレビを見たことがあったが、そこに映っている立花はリラの知っている陰険な同居人とはまったくの別人だった。

そう。リラとふたりでいる時の立花涼介は極めて陰険で、とてつもなく横暴な暴君だった。彼はすべてのことを自分の思い通りにしないと気が済まないようで、リラにもさまざまなことを命じた。

家事は女の仕事だと考えている立花涼介は、リラに家の掃除と、自分の衣類の洗濯をするように求めた。買い物や食事の支度もさせた。

実家にいた頃も田嶋誠一郎の愛人をしていた頃も、そういうことはすべて家政婦がやってくれていたから、家事をしなければならないことにリラはひどく戸惑った。リラはこれまで、掃除機を使ったことも、洗濯機を動かしたこともほとんどなかったのだ。

けれど、リラは口答えすることなく、それらの家事を淡々とこなした。母の言いつけに従い続けていたリラには、『言われたことを守る』という癖がついていたのだ。

リラは料理をしたことがなかった。それでも、インターネットで公開されているレシピを参考にしながら、立花が自宅にいる時には毎日、長い時間をかけて料理を作った。彼は肉が好きだったから、肉料理が多かったが、健康のことを考えてなるべくたくさんの野菜を使うように心がけた。

一生懸命に作った料理だったから、できれば褒めてもらいたかった。『美味《おい》しいよ、ミチル』と一言でも口にしてもらいたかった。

けれど、リラの料理を口にした男の口から出るのは、『味が薄すぎるな』とか、『肉に火を通しすぎだ』とか、『ほうれん草は嫌いなんだ。覚えておけ』とか、『単純な味だな』などという言葉ばかりだった。あからさまに『まずい』『こんなもの、食えるか』『作り直せ』と言われたことも少なくなかった。

リラはそのたびに謝罪をしたが、それらの言葉を耳にするたびに、彼への憎しみが募っていった。

かつてのリラは人を憎むことを知らなかった。憎む必要がなかったから。けれど、今では、母を憎み、立花涼介という男を憎むようになっていた。

立花涼介には行きつけの飲食店がたくさんあって、時にはそういう店にリラを連れて行くこともあった。田嶋誠一郎と同じように、若く美しい恋人を見せびらかしたいという気持ちもあったようだ。

そういう飲食店でも、立花の態度はいつもとても横柄だった。彼はスタッフの態度が少しでも気に入らないと怒りに顔を歪《ゆが》めて怒鳴りつけるだけでなく、上司や店長を呼びつけて文句を言った。

彼は飲食店だけでなく、百貨店やブランドショップの店員たちに対しても高圧的な態度を取った。それは『嫌な客』の典型だった。

店員たちもきっと、立花を嫌っていたはずだ。鈍感な立花は気づかないようだったが、リラはそれをはっきりと感じていて、彼の隣にいることを『恥ずかしい』と思うようになっていた。立花が嫌われているということは、その隣にいるリラもまた『同類』だと思われて、店員たちに嫌われているに違いなかった。

湘南地区での暮らしが始まって半月ほどがすぎた。

昼間は立花のために甲斐甲斐《かいがい》しく家事をこなし、夜は彼の性欲の捌《は》け口としての務めを果たすという日々が続いていた。それは耐え難い日々だったが、リラは意識して先のことを考えず、『今やるべきこと』に集中しようとした。

そう。未来のことを考えるべきではないのだ。未来のことを考えるから、人は怯《おび》えるし、不安になるのだ。

誰に教えられたわけでもないのに、いつの間にか、リラはそれを学習していた。

18.

立花涼介が帰ってくる日にはいつもそうしているように、夏の終わりのその午後も、リラは近所にあるスーパーマーケットに歩いて買い物に出かけた。

立花は商談があるということで、今朝早く、タクシーに乗って都内へと出かけていたが、夕方には戻って来て自宅で食事をすることになっていた。自宅を出る時に彼が「ステーキが食いたい」と言ったので、これから分厚いフィレ肉を買うつもりだった。

湘南にはきょうも潮の香りが立ち込めていた。リラは日傘をさしていたけれど、エントランスホールを出た瞬間に、全身の皮膚から汗が噴き出した。きょうのリラはショッキングピンクのタンクトップに、小さな尻《しり》に張りつくような、真っ白なデニムのショートパンツという恰好《かっこう》をしていた。足元は派手なピンクのビーチサンダルだった。立花と暮らすようになってからのリラは、いつも朝一番で化粧を施すようになっていた。

九月に入って十日がすぎたというのに、真夏のような暑さが続いていた。きょうも朝から気温が上がっていて、湘南地区でも最高気温は三十度を超えると予想されていた。

それでも、初夏の頃に比べると、街路樹の影は随分と長くなっていた。ビーチで戯れる水着姿の人々の数はめっきり少なくなっていたし、行き交う車の数も減っているように感じられた。

そう。秋はすぐそこまで来ているのだ。

リラはそれをはっきりと感じ取っていた。


その子猫を見つけたのは、スーパーマーケットでの買い物を終えたリラが食料品を詰め込んだ重いエコバッグを提げて、自宅近くの公園を横切っている時だった。

リラは足を止めて、木の下にしゃがんでいる子猫を見つめた。子猫のほうもリラをじっと見つめ返した。

子猫の体は真っ白だったけれど、頭にオタマジャクシのような形の真っ黒な模様があった。やはり真っ黒な尻尾《しっぽ》はとても短かった。

何て小さな猫なんだろう。

子猫を見つめてリラは思った。

そう。子猫は本当に小さくて、小学校の時に教室で飼っていたモルモットほどのサイズしかなかった。

「こんなところで何をしているの？　お母さんはいないの？」

リラは身を屈《かが》めて子猫に話しかけた。その言葉に答えるかのように、子猫が小さな声で「にゃーっ」と鳴いた。

リラは辺りを見まわした。どこかに子猫の親がいるのではないかと思ったのだ。けれど、親猫の姿はどこにもないように思われた。

「迷子になっちゃったの？　それとも、飼い主に捨てられたの？」

リラはまた子猫に話しかけた。すると、子猫がまたリラを見つめて小さな声で鳴いた。

真夏の頃と同じように、辺りには蟬の声が響き渡っていた。何匹ものトンボが飛び交っているのも見えた。木の葉をそよがせて吹き抜ける海風は気持ちよかったけれど、暑い午後だということもあって海辺の公園には人の姿がほとんどなかった。

やがて子猫が立ち上がり、リラに歩み寄ると、体を擦《こす》りつけるような仕草をした。そんな子猫の背にリラはそっと触れた。覚えている限りでは、猫に触るのは初めてだった。短くて白い毛に覆われた子猫の体は、とても骨張っていた。ガリガリと言ってもいいほどだった。

「随分と痩《や》せているのね」

誰にともなくリラは呟《つぶや》いた。それから、「お腹が空《す》いているの？」と子猫に尋ねた。

その言葉を理解したかのように、子猫がまたリラを見上げて小さな声で鳴いた。

どうしよう？

自分も子猫の傍に蹲《うずくま》り、リラはしばらく考えた。そのあいだも、子猫はリラから離れようとはしなかった。

しかたがない。とにかく、連れて帰ろう。

リラは決意した。親のいない子猫をここに残して立ち去るという選択肢はなかった。

すぐそこには湘南海岸道路が走っていたから、公園から出たら車にはねられてしまうかもしれなかった。

「一緒に帰ろう」

リラは子猫をそっと抱き上げた。その瞬間、強い驚きを覚えた。腕の中の子猫の体が、それほどまでに軽く、それほどまでにしなやかだったからだ。子猫の腿《もも》はほっそりとしていたけれど、そこに逞《たくま》しい筋肉が張り詰めているのがはっきりと感じられた。

抱かれても、子猫は抗《あらが》うことはせず、じっとおとなしくしていた。

これからこの子との暮らしが始まるんだ。

ときめきにも似た思いが込み上げ、リラは無意識のうちに笑みを浮かべた。

あのマンションでは届を出せば、犬や猫の飼育が許されることは知っていた。実際、住民たちの半数近くが犬や猫を飼育しているようで、エレベーターの中で犬を連れた人々と乗り合わせることも少なくなかった。

ふと思いつき、リラは予備として持っていた緑色のエコバッグに子猫を入れてみた。子猫はやはり、少しも抗わなかった。

子猫はメスのようだった。

緑色のエコバッグに入れた子猫を十三階の自宅に連れ帰ると、リラはマンションの隣にあるコンビニエンスストアで買ったばかりの缶詰のキャットフードを小皿に出し、自分の部屋でそれを子猫に与えた。

　思った通り、子猫は空腹のようだった。リラがスプーンを使って小皿に出したキャットフードを子猫はほんの数分で平らげ、物足りなそうに皿を舐《な》め始めた。

「そんなにお腹が空いていたのね。だったら、もう少しあげるから、今度はもっとゆっくりと食べてね」

　子猫にそう話しかけながら、リラはまた小皿にキャットフードを載せた。

「名前をつけてあげないとね。女の子だから、可愛い名前を考えてあげるね」

　夢中でキャットフードを食べている子猫に、リラは笑顔で話しかけた。

　そして、リラはまた、子猫との暮らしを思い描いた。未来のことを考えるのは久しぶりだった。

19.

　立花涼介が帰宅したのは、湘南の海が夕日に美しく染まり始めた頃だった。

　靴を脱いでいる男に、リラは公園で子猫を拾って来たことを報告した。

「猫だって？」

　顔を上げた男が、不愉快そうな口調で言った。

「すごく可愛い子猫なんです。女の子です。わたしがちゃんと世話をするから、ここで飼ってもいいですよね？」

男がすんなりと許可してくれるといいな、とリラは思っていた。けれど、男の口から出たのは、「ダメだ」という短い返答だった。

「立花さんには、絶対に迷惑をかけないようにします。毛が飛び散らないように、掃除ももっとマメにします。だから、飼わせてください。お願いします」

両手を顔の前で合わせてリラは懸命に訴えた。

「ダメなものは、ダメなんだ。俺は昔から猫が大嫌いなんだっ！」

立花が怒鳴りつけるかのように言った。

「そんなこと言わないで。お願いします。立花さんには絶対に迷惑をかけません。だから、飼わせてください。お願いします」

リラは必死だった。あの子猫を捨てるなんて、今となっては絶対にできなかった。

「しつこいやつだな。それで、その猫はどこにいるんだ？　見せてみろ」

横柄な口調で立花が尋ね、リラは思わず笑みを浮かべた。彼が子猫を飼うことを許す気になったと思ったのだ。

「わたしの部屋です。来てください」

リラは立花の大きな手を摑《つか》んで自分の部屋に向かった。毎晩のように彼から凌辱《りょうじょく》されている、天蓋《てんがい》付きのベッドが置かれた部屋だった。

「ほらっ、あの子です。すごく可愛いでしょう？」

部屋のドアを開けてリラは白い子猫を指さした。子猫は部屋の片隅のソファの上で眠っていたらしく、リラのほうに顔を向けて大きなあくびをした。

そんな子猫に男が歩み寄り、その首筋を右手で摑んで持ち上げた。驚いた子猫が悲鳴のような声をあげ、四肢を激しくバタつかせた。

「乱暴にしないでくださいっ！」

リラは慌てて男に駆け寄った。

「痛《いて》えっ！　引っ搔《か》きやがった」

叫ぶように男が言った。「畜生っ。許せねえっ」

男は子猫の首筋を鷲摑《わしづか》みにしたまま窓に歩み寄った。そして、その窓を開けてベランダに出ると、野球のボールを投げるかのように子猫を外に投げ飛ばした。

十三階の窓から投げられた白い子猫は、放物線を描いて宙を飛び、敷地に植えられていたヒマラヤシーダーの枝にぶつかった。そして、小さな声を上げたあとで、その下にあるツツジの植え込みに落ち、その中に姿を消した。

「いやーっ！」

今度はリラが悲鳴を上げた。

リラは夢中で玄関を飛び出し、エレベーターのボタンを押した。ほっそりとしたその指が猛烈に震えていた。

エレベーターを待つあいだに、階段を使うべきかと考えた。だが、すぐにエレベーターが来たので飛び乗った。

死なないで。生きていて。

下降するエレベーターの中でリラは祈った。もし、子猫が無事なら、もう何も望まないとさえ思った。けれど、その願いが叶《かな》わないことも知っていた。十三階から投げ落とされて、死なずに済むはずがなかった。

一階に着いたエレベーターから飛び出すと、リラはヒマラヤシーダーの下にあるツツジの植え込みに向かって走った。そして、ツツジの枝が剝《む》き出しの脚を傷つけるのも厭《いと》わずに植え込みを掻き分け、子猫が落下したと思われるところに進んだ。

「猫ちゃん、いるの？　いたら返事をしてっ！」

叫ぶように言いながら、リラは植え込みの中に頭を突っ込み、その根元の辺りを必死で見まわした。

そこに白い子猫がいた。ひどく怯《おび》えた顔をして、ツツジの根元に蹲っていた。

「ああっ、猫ちゃんっ！　大丈夫？　怪我をしてるの？」

植え込みをさらに掻き分けてリラは進み、怯えて蹲っている子猫に手を伸ばした。

子猫は逃げようとした。けれど、その前にリラの手が子猫をしっかりと捕まえた。

「大丈夫？　怪我はない？」

リラは猫の全身を撫《な》でまわした。

にわかには信じ難いことだったが、十三階から投げ落とされたにもかかわらず、子猫の体に目立った怪我はないようで、脚も折れてはいないように感じられた。

こんもりと茂ったヒマラヤシーダーの枝と、ツツジの植え込みがクッションの役を果たしてくれたのだろう。いや……もしかしたら、かわいそうな境遇にあるリラに、神が同情してくれたのかもしれなかった。

「大丈夫なのね？　怪我はないのよね？　ひどいことをさせて、ごめんね。ごめんね」

強い安堵《あんど》感《かん》に包まれながら、リラは子猫の小さな体を強く抱き締めた。

子猫を抱いて十三階の部屋に戻ったリラは、子猫を抱き締めたまま、飼うことを許してもらえないならここから出て行くと立花涼介に宣言した。子猫が生きていたことに、男は驚いているようだった。

「出て行く？　そんな勝手が許されると思うのか？」

ムッとした顔をして男が言った。

「許してもらえなくても構いません。この子を飼えないなら出て行きます」

挑むような視線を男に向けてリラは言った。

リラは人に強く言われると、嫌なことでも受け入れてしまうような性格だった。けれど、これだけは譲れなかった。この一線だけは絶対に、絶対に退くことはできなかった。

リラの強い決意を感じ取ったらしい男が、込み上げる怒りに顔を歪《ゆが》めた。

「勝手にしろっ！　その代わり、お前の部屋からは絶対に出すなっ！　それが条件だ。いいな？　わかったな？」

吐き捨てるかのように男が言った。

20.

リラは子猫に『アガサ』という名前をつけた。最近、お気に入りの、イギリスの推理小説作家のアガサ・クリスティから取った名前だった。

アガサを拾った翌日に、リラは近くにある動物病院に向かい、そこで女性の獣医師に健康診断をしてもらった。

「実は、きのう、目を離した隙に、十三階のベランダから落っこちちゃったんです」

リラは獣医師にそう伝えた。同居人が窓から投げ捨てたとは言えなかったから。

それを聞いた獣医師は、マニキュアのない細い指でアガサの体を時間をかけて触診した。だが、やはり、外傷は見つからなかったし、骨折もしていないようだった。

アガサの体重は七百五十グラムほどで、生後二ヶ月ちょっとなのではないかと獣医師は推測した。

「二ヶ月ということは……七夕の頃に生まれたということですね？」

「そのくらいだと思います。七夕生まれなんて、ロマンティックですね」

若い獣医師が穏やかな口調で言った。まだ二十代なのだろう。メタルフレームの眼鏡をかけた獣医師は、優しそうな顔をした美しい女性だった。

その後はアガサにワクチンの注射もしてもらった。ノミがいたようなので、その駆除剤も首の後ろに垂らしてもらった。

「猫を飼うのは初めてなんです」

「大丈夫ですよ。誰でも、最初は初めてですから。何か困ったことがあったら、いつでも電話をしてください」

獣医師が穏やかに微笑み、思わずリラも笑った。

誰かから、こんなに優しくされたのは、久しぶりのような気がした。緊急時のためにと、獣医師は自分の携帯電話の番号も教えてくれた。

動物病院に行った日に、リラは近くのホームセンターに向かった。そして、そこで子猫用のキャットフードと、食器やベッドやバスケット、爪研ぎの道具、さらには猫のおもちゃをいくつか購入した。爪切りも買ったし、歯ブラシも買った。ピンクのハートがついた可愛らしい首輪も買った。

それらを選ぶのは楽しかった。それほど楽しい気分になるのも久しぶりの気がした。

アガサが来るまで、リラはオカメインコの鳥籠《とりかご》を自分の部屋に置いていた。けれど、リラは立花に頼んで、鳥籠をリビングルームに置かせてもらうことにした。アガサを目にしたオカメインコたちがひどく怯えた様子を見せたし、アガサもオカメインコに興味津々で、今にも飛びかかって行きそうだったからだ。

立花は不愉快な顔をしたが、「勝手にしろ」と言っただけだった。彼は猫だけでなく、動物全般が好きではないようだった。いや、もしかしたら、彼は動物だけでなく、自分以外のすべてが嫌いなのかもしれなかった。

アガサが来てからも、立花涼介は毎晩のようにリラを凌辱《りょうじょく》し続けた。

サディストに違いない彼は、ベッドの四隅の柱に鎖で繋《つな》がれたあの忌まわしい器具を使って、ほとんど毎晩、リラをベッドに仰向《あおむ》けに、あるいは俯《うつぶ》せに、大の字の姿勢で拘束した。そして、リラの股間《こかん》におぞましい器具を深く突き入れてから、リラの体に溶けた蠟《ろう》の雫《しずく》を滴らせたり、SM行為用の鞭《むち》でしたたかに打ち据えたりした。

立花はリラの肛門《こうもん》に男性器を挿入しようとしたこともあった。けれど、どうしても肛門への挿入が難しいとわかってからは、『アナルプラグ』という専用の器具を挿入し、男性器を受け入れることができるように、リラの肛門を少しずつ広げようとしていた。

「半月もすれば、ミチルにもアナルセックスができるようになるはずだ。その日が来るのが楽しみだ」

四肢を拘束されたまま肛門にアナルプラグの挿入を受けているリラを見下ろし、男が満足げな口調で言った。

排便のための器官に男性器を挿入されるなんて、想像するだけでもおぞましかった。

それでも、リラは耐える決意をしていた。

アガサを守るためになら、どんなことにも耐えられると思った。

そのリラの心が壊れたのは、アガサが来てから一週間ほどがすぎた日のことだった。

21.

朝から雨が降り続いていたその日、買い物から戻ったリラがリビングルームに行くと、立花涼介がビールを飲みながらテレビのボクシング中継を見ていた。

その画面を目にした瞬間、リラは急に母のことを思い出した。リラも一度、母が通っていたキックボクシングのジムに見学に行き、その練習を見たことがあったからだ。

ほっそりとした見かけによらず、母は反射神経が抜群で、鋭いパンチやキックを次々と繰り出していた。その姿はかっこよかったし、とても美しくもあった。

「戻りました」

男にそう言いながら、リラは窓辺に吊《つ》るされた鳥籠に視線を向けた。

出かける時には確かに鳥籠の中にいたはずの二羽の小鳥の姿が消えていた。

「立花さん、タローとハナコは？　あの子たち、どこにいるの？」

不安な気持ちが湧き上がるのを感じながらリラは尋ねた。

「ああ、あの鳥たちなら、外に出してやった。キーキーとうるさいし、臭いから、逃がしてやったんだ」

テレビに視線を向けたまま、男が平然とした口調で答えた。「籠から出してやったら、あいつら、嬉《うれ》しそうに飛んで行ったぞ。自由になれて、よかったんじゃないか」

その言葉はリラを震撼《しんかん》させた。

パニックに陥りかけながら、リラは夢中でベランダに飛び出し、必死になって辺りを見まわした。けれど、ついさっきまで鳥籠の中にいた黄色い鳥たちの姿は、もはやどこにも見当たらなかった。

時刻はまだ五時前だったが、空を雨雲が覆っているということもあって、辺りは早くも薄暗くなり始めていた。雨も少しずつ強くなっているようだった。

「何てことをしたのっ！　あの子たち、自分じゃ食べ物を探せないのよっ！　外にはカラスや猫もいるし……早く見つけないと死んじゃうわっ！」

叫ぶかのようにリラは言った。その大きな目が涙で潤んでいた。

けれど、男は返事をしなかった。リラに顔を向けることもなかった。

絶対に許せなかった。けれど、今はタローとハナコを見つけることが先決だった。

「探してくる」

そう言い残して、リラは玄関へと向かった。

「見つかるわけないとは思うけど、せいぜい頑張ってこいよ」

背後から嘲《あざけ》っているかのような男の声が聞こえた。


マンションを出たリラは、片手でビニール傘をさし、もう片方の手には大きな鳥籠を下げて、「タローっ!」「ハナコーっ!」と鳥たちの名を呼びながら、近所を当てもなく歩きまわった。

雨がまた強くなっていた。気温も下がっているようだった。あのタローとハナコが、この冷たい雨に濡《ぬ》れているかと思うと、頭がおかしくなってしまいそうだった。

気がつくと、リラは涙を流していた。けれど、両手が塞《ふさ》がっているので、涙を拭《ぬぐ》うことはできなかった。空っぽの鳥籠を下げ、泣きながら歩いているリラの姿を、行き交う人々が少し不思議そうに見つめていた。

歩き続けているうちに、辺りはどんどん暗くなっていった。そして、リラの中で立花涼介への憎しみがどんどん強くなっていった。

やがて、辺りがすっかり暗くなった。こんなに暗くては、たとえ今もまだ生きていたとしても、小鳥たちを見つけることはできそうになかった。

朝になったら、もう一度、探そう。明るくなったら、見つけられるかもしれない。

リラはそう思ったけれど、心の中には絶望感が広がっていった。アガサがベランダから投げ出された時には、神がリラの味方をしてくれた。けれど、今度は味方をしてくれないのかもしれなかった。

雨はさらに強くなっていた。リラは長袖《ながそで》のTシャツに、擦り切れたデニムのミニスカートという恰好《かっこう》をしていたが、傘から滴る雫でTシャツがすっかり湿っていた。剝《む》き出しの脚も雨に濡れ、そこに鳥肌が立っていた。

男が憎かった。殺してやりたいとさえ思った。

そして……リラはついに決意した。

22.

自宅に戻ると、夕食を作るために、リラは涙ぐみながらキッチンに立った。

立花涼介もやりすぎだったと感じたようで、キッチンにやってくると、リラに「悪かったな」と小声で言った。

リラは涙を拭って頷《うなず》いたが、男に顔を向けはしなかった。

そんなリラに向かって、男が言葉を続けた。

「ミチル、仲直りをしよう。そうだ。お詫《わ》びに同じインコを買ってやる。もっと可愛いやつを買ってやる。それでいいだろう?」

リラは男に視線を向け、顔を歪《ゆが》めるようにして微笑んだ。

けれど、仲直りをするつもりなどなかった。オカメインコは買えたとしても、それはタローでもハナコでもないのだから。

その晩、男のグラスにリラはビールを注ぎ入れた。そのグラスには母から手渡された薬物が入っていた。

ためらいはなかった。その男は死ぬべき人間だった。

ビールが大好きな男は、グラスを手に取るとすぐにそこに口をつけ、喉《のど》を鳴らして一気に飲み干した。

「美味《おい》しい？」

男の顔色を窺《うかが》うようにしてリラは尋ねた。

「ああ、うまい。最高だ」

空のグラスをリラに差し出してお代わりを求めた男が満足げに言った。飲み干したビールに薬物が混入されていたことには、少しも気づいていないようだった。

リラは差し出されたグラスにさらにビールを注ぎ入れた。男はそれを半分ほど飲んでから、リラが揚げたトンカツを食べ始めた。

その向かいに座って食事をしながら、リラは食事を続ける男の様子を観察した。母によれば、その薬物は短時間で効果を表すようだった。

雨が続いていた。風も出てきたようで、すぐそこに植えられたヒマラヤシーダーが枝を揺らしているのが、窓の向こうにぼんやりと見えた。

タローとハナコはどうしているんだろう。雨に濡れて震えているのかな？　それとも、もう生きてはいないのかな？

リラは思った。止まったばかりの涙がまた込み上げてきた。


男の体に異変が現れたのは、一杯目のビールを飲んで二十分ほどが経過した時だった。

「どうしたんだろう？　急に胸が苦しくなった」

左の胸を押さえて男が言った。その顔が苦痛に歪んでいた。

「大丈夫ですか？」

心配そうな顔を作ってリラは尋ねた。心臓が猛烈な鼓動を開始した。

「何なんだ、これは？　胸が痛い。それに息苦しい」

ボタンダウンシャツの胸を掻《か》き毟《むし》るようにして男が言った。その顔にはさらなる苦痛の表情が浮かび、脂汗が滲《にじ》み始めていた。

「少し横になりますか？」

リラは訊《き》いた。その声が震えていたが、苦痛に喘《あえ》ぐ男は気づかないようだった。

「そうだな。そうする。横になる」

そう言うと、男が立ち上がりかけた。

けれど、立ち上がることはできず、椅子から転げ落ちるようにして床に崩れ落ちた。

「ダメだ。立てない……救急車を……呼んでくれ……」

床の上で身をよじり、両手で胸を掻き毟りながら男が訴えた。そして、それがリラの耳にした男の最後の言葉になった。

そのあと、男の口からは何度か声が出た。けれど、それらはどれも言葉と呼べるようなものではなかった。

二分か三分のあいだ、男は床の上でのたうっていた。その姿は熱く焼けたトタン屋根の上に落ちた芋虫のようだった。

のたうちながら、男は何度もリラに視線を向けた。リラが救急車を呼ばないことに苛《いら》立《だ》っているようだった。

リラは男に近づき、悶《もだ》え苦しむその姿を無言で見下ろしていた。苦しげに歪んだ男の顔は、いつの間にか、噴き出した汗にまみれていた。

リラは救急車を呼ぶつもりだった。けれど、今はまだ早かった。119番通報をするのは、男が完全に死んでからだった。

やがて、男の顔から表情が消え、苦しげな呻《うめ》き声も聞こえなくなった。代わりに腕と脚が不規則な痙攣《けいれん》を始めた。

だが、その痙攣も徐々に弱くなり、そして、ついに、男の動きが止まった。

リラは床に立ち尽くし、そんな男と壁の時計とを交互に見つめ続けていた。

一分がすぎ、二分がすぎた。そして、三分がすぎ、四分が経過した。静かな部屋に、窓に吹きつける雨の音だけがした。

「立花さん……立花さん……」

男の動きが止まって五分が経過した時、リラは男の脇にしゃがんで声をかけた。

男は返事をしなかった。あれほど苦しげだった男の顔は、今は眠っているかのように穏やかだった。

リラはほっそりとしたその手を、男の口のそばに差し出した。

呼吸は感じられなかった。

続いて、リラは横向きだった男の体を仰向《あおむ》けにすると、筋肉に覆われた左の胸に耳を押しつけた。

男の胸は温かかったけれど、どれほど耳を澄ませても心臓の鼓動は聞こえなかった。

そう。死んだのだ。立花涼介は死んでしまったのだ。

「ごめんね、立花さん。でも、これは自業自得なのよ」

男にそう言うと、リラは立ち上がった。そして、ゴム手袋を嵌《は》めてから、少しだけビールが残ったグラスを手にキッチンに向かい、そこに新しいビールを注いでは、それをシンクに流すということを何度か繰り返した。グラスから薬物が検出されないためにそうしろと、母に言われていたからだった。

グラスをすすぎ終えると、それを持ってリラはリビングルームに戻った。男は今も、さっきとまったく同じ姿勢で床に横たわっていた。

リラはもう一度、男が呼吸していないことを確認した。心臓が動いていないことも、しっかりと確かめた。

「大丈夫。もう生き返らない」

自分に言い聞かせるかのようにリラは言った。そして、スマートフォンを取り出して119番通報をし、電話に出た男に、同居人が食事中に急に倒れたと告げた。

23.

立花涼介が死に、また母とリラの暮らしが始まった。

立花は突然死だったから、田嶋誠一郎の時と同じように警察による検死が行われた。リラの立ち会いの元で、自宅の現場検証も行われた。だが、リラが飲ませた薬物は検出されなかったようで、警察は立花の死因を『急性心不全』と断定した。

リラは自分に疑いがかけられることを心配していた。けれど、その心配は杞憂《きゆう》に終わった。

立花涼介は健康そのものに見えた。けれど、見た目ほどには健康ではなかったようで、高血圧や高脂血症、不整脈や痛風などいくつもの持病を抱えていた。狭心症で入院した経験もあり、今もたくさんの薬を服用していたようだった。

「よくやったわね、リラ。偉いわ」

子猫を連れて自宅に戻ってきたリラを、母がそう言って褒めてくれた。リラのしたことは殺人という凶悪犯罪であり、絶対に褒められるようなことではないはずだった。それでも、母の褒め言葉を耳にした瞬間、リラは強い喜びを覚えた。

小柄な家政婦の富川陽子は、リラに多くのことを尋ねなかった。ただ、「おかえり、リラ」と言って、優しく微笑みかけてくれただけだった。彼女もリラが立花涼介と同棲《どうせい》しているということは知っていた。


秋が深まっていった。長期予報によれば、今年は冬の訪れが早いということだった。

アガサは見る見るうちに大きくなった。そして、以前よりさらにリラに懐き、甘えるようになっていき、夜は必ずリラのベッドで一緒に寝た。

家政婦も猫が好きらしく、アガサを可愛がってくれた。意外なことに、あの母までがアガサを可愛がった。母はコンビニエンスストアで頻繁に猫のおやつを買ってきて、自分の手からアガサに与えていた。

リラはまた、母が経営する銀座の店で、『ミチル』という名で働き始めた。リラのほうから母に、働かせてほしいと言ったのだ。

母はリラの申し出を喜んで受け入れてくれた。

銀座の店でのリラは、以前と同じように、姿勢よく椅子に腰掛け、客の話に笑顔で頷《うなず》いていただけだった。それでも、リラを目当てにやってくる客は少しずつ増えていった。

予定日がすぎても生理が来ないことに気づいたのは、そんなある日のことだった。

こんなことは初めてだった。リラの生理はいつも規則正しく訪れていた。

リラは真っ先に妊娠を疑った。立花涼介の避妊方法はいい加減なものだったから、いつ妊娠してもおかしくないと以前から思っていたのだ。

リラはドラッグストアで妊娠検査薬を購入した。尿をかけるだけで妊娠がわかるという器具だった。

自宅に戻ると、早速トイレでそれを使ってみた。

思った通り、結果は陽性だった。

そのことに、リラはひどく動揺した。

自分もいつかは子供を産むことがあるかもしれない、と思ったことはあった。けれど、それはまだずっと、ずっと先のことだと考えていたのだ。

確かに、リラは激しく動揺してはいた。けれど、『堕胎する』とは、ちらりとも考えなかった。

そう。リラは産むつもりだった。いつか子供を産むのなら、それが今でもいいと思った。

その日のうちに、リラはもう一度、妊娠検査薬をドラッグストアで買ってきた。妊娠が間違いではないことを、しっかりと確かめるためだった。

二度目の結果も、やはり陽性だった。

赤ちゃんが生まれるんだ。わたしはお母さんになるんだ。

そう思うと、とても不思議な気分だった。けれど、母以外の家族ができるのだと思うと嬉《うれ》しかった。母とは違って、その子はリラの味方になってくれるはずだった。そして、アガサと同じように、リラを慕い、懐き、心から頼りにしてくれるはずだった。

24

少し考えた末に、リラは自分が妊娠したらしいことを母に告げた。赤ん坊を育てるには、母の協力が必要だと思ったからだ。母は驚くだろうけれど、自分もシングルマザーなのだから、産むことに反対はしないだろうと思っていた。

「それは間違いないの？」

リラを見つめて母が尋ねた。その顔が強《こわ》ばっていた。

「妊娠検査薬を二回も使ってみたから、間違いないと思う」

「困ったことになったわね」

少しの沈黙のあとで母が言った。その顔に悩ましげにも見える表情が浮かんでいた。

「何が困ったの？　わたし、赤ちゃんを産むつもりよ。だから、お母さんには協力して欲しいの」

「無理よ。それはできないわ」

首を左右に振り動かして母が言った。

「どうして無理なの？　お母さんの孫なのよ。だから、協力して欲しいの」

縋《すが》るような口調でリラは言った。母に頼み事はしたくなかったが、これだけは別だった。

「その子の父親は立花涼介なのよね？」

まだほんの少しの膨らみもないリラの腹部を見つめて母が訊《き》いた。

「そうよ。あの人の子よ」

「だったら、やっぱりダメ。堕《お》ろすしかないわね」

それはあまりにも予想外の言葉で、リラは激しくうろたえた。

「どうしてなの？　立花さんは確かに軽蔑《けいべつ》に値する男だったけれど、この子には関係はないわ。それなのに、どうしてダメなの？」

リラは必死で言った。体が震えるのがわかった。

「でも、ダメなのよ」

「だったら、理由を聞かせて」

リラは目を吊《つ》り上げて母を見つめた。

「それは、あの男が……リラの父親だからよ」

その言葉を耳にした瞬間、リラは頭を殴りつけられたかのような衝撃を覚えた。

「嘘……でしょ？」

絞り出すかのようにリラは尋ねた。涙に目が潤み、母の顔がぼやけて見えた。

「嘘じゃないわ。あの人はリラの父親なの」

真っすぐにリラを見つめて母が言った。

今度はリラが顔を左右に振り動かした。思い出したいわけではないのに、屈辱的な恰《かっ》好《こう》をさせられて立花から凌辱《りょうじょく》されていた時のことが脳裏に次々と甦《よみがえ》った。

そして、リラは思い出した。立花涼介と暮らしている時にあの家で、鏡に映った自分の顔を見て、あの男に似ていると感じたことが何度かあったこと、を。

「あの人は……わたしが自分の娘だと……知っていたの？」

声をひどく詰まらせ、呻《うめ》くかのようにリラは尋ねた。あまりにも動揺していて、正気を保っているのが難しかった。

「ええ。知っていたわ。最初から、リラが自分の娘だと知っていたわ」

母が頷いた。母はリラの顔をじっと見つめ続けていた。

「自分の娘だと知っていたのに……それなのに、わたしを犯したの？　そんなおぞましいことが……できるものなの？」

頬を伝った涙が、リラの顎《あご》の先からぽたぽたと滴り落ちた。

「そういう男なのよ。娘を犯していると思って、きっと興奮したんでしょう」

リラは顔を伏せ、長く息を吐いた。そして、再び顔を上げると、凄《すさ》まじいまでの怒りと憎しみが込み上げるのを感じながら母の顔を見つめ返した。

リラは憎んでいた。実の両親である男と女を心の底から憎悪していた。

リラを見つめて母がなおも言葉を続けた。

「あの男はわたしを弄《もてあそ》んで捨てた悪いやつなの。わたしだけでなく、たくさんの女たちを泣かせてきた最低の男なの。だから、娘であるリラに殺してもらったのよ。娘であるリラに殺させたかったの。それがわたしの復讐《ふくしゅう》だったの」

少し興奮した様子で母がさらに言葉を続けた。

けれど、リラは何も言わなかった。ただ、心の中で『終わりだ』『この人はもう、わたしのお母さんじゃない』と思っていた。

目の前にいるのは、まさしく毒母だった。

それから数日にわたって、リラは自室に引きこもった。もはや、何をする気にもなれなかった。

銀座の店に通うのもやめた。母とは口もききたくなかった。顔も見たくなかった。

自分のせいで娘がこれほど落ち込んでいるというのに、母のほうは相変わらず、これまでとまったく同じ暮らしを続けていた。リラに対する謝罪の言葉のひとつもなかった。

それもまた許せなかった。

家を出ていくことも考えた。けれど、リラはそうしなかった。小柄な家政婦と別れたくなかったからだ。今のリラにとっては、富川陽子だけが心の拠《よ》り所だった。

リラは富川陽子に妊娠していることを告げた。そして、ある理由があって、この子は絶対に堕胎しなくてはならないのだと、涙を溢《あふ》れさせながら言った。

家政婦はその理由を尋ねなかった。ただ、リラの華奢《きゃしゃ》な体を、両手で優しく抱き締めてくれただけだった。

「リラ。これだけは覚えておいて。たとえ何があっても、わたしはリラの味方よ」

リラの体をしっかりと抱き締めた家政婦が言った。

「富川さん……それは本当？」

「ええ。本当よ。わたしは、いつも絶対にリラの味方。誰を裏切ることがあったとしても、リラだけは裏切らない」

その言葉にリラは泣きながら頷《うなず》いた。

そして、その数日後、リラは富川陽子に付き添われて産婦人科の医院に向かった。お腹の胎児を堕胎してもらうためだった。

第四話　青い鳥

1.

薔薇《ばら》の香りのオイルにまみれた肩や背を、しなやかな手が揉《も》みほぐしている。照明を落とした個室で俯《うつぶ》せになり、わたしはその心地よさに身を委《ゆだ》ねている。

静かだ。とても静かだ。耳に入ってくるのは、女の手とわたしの皮膚が擦《こす》れ合う音と、ふたりが呼吸をする音、それに女の衣類が触れ合う音だけ。

このエステティックサロンでは、施術室に環境音楽を流している。わたしも以前はマッサージを受けながら、その音楽を耳にしていたものだった。

けれど今、この個室には音楽がない。わたしが消すように頼んだからだ。

音楽が嫌いなわけではない。けれど、聞きたくもない音楽を聞かされたくないのだ。

土曜日のきょうとあしたは仕事が休みだ。そのことが、わたしをいつもよりさらにくつろいだ気持ちにさせている。

きょうはこれから広瀬《ひろせ》桃子《ももこ》の家に行き、ふたりでお喋《しゃべ》りをする予定だ。それを思うと心が弾む。桃子は今のわたしにとって、たったひとりの友人で、この世でたったひとり、心を許すことのできる存在だから。

「若月様は本当に美しいお体をされているんですね。見るたびに羨《うらや》ましくなります」

エステティシャンの声が聞こえる。

「ありがとう。でも、体はリラのほうが綺麗《きれい》でしょう？」

目を閉じたまま、わたしは尋ねる。

「リラさんも確かにとても美しいお体ですけど、若月様も負けてはいませんよ」

マッサージを続けながらエステティシャンが答える。

「ありがとう」

わたしは答える。けれど、彼女の言葉が嘘だということはわかっている。

確かに、わたしは美しい体をしている。こんなに美しい体の四十代は、そうはいないはずだ。だが、リラはもっと美しい。少し悔しいけれど、それは事実だ。

かつて、このサロンには、リラも一緒に来ていた。本当はきょうもそうするつもりで、わたしはリラを誘った。けれど、リラはその誘いを素っ気なく断った。

無理もない。リラはわたしに利用され、実の父に散々凌辱され、挙げ句の果てに実の父の子を孕《みごも》ってしまったのだ。わたしを恨み、憎むのは当然だろう。

けれど、できることなら許して欲しい。わたしはリラにお金の心配をさせたことはないし、贅沢《ぜいたく》な暮らしをさせてあげているのだから……だから、今までのことは大目に見て欲しい。

リラにはわかって欲しい。わたしが彼女を宝物のように思っていることを。心から愛しているのだということを。

「力加減はいかがでしょう？」

エステティシャンが尋ね、わたしは目を閉じたまま、「ちょうどいいわ」と答える。

きょうはここで彼女にマッサージをしてもらってから、女性の鍼灸師《しんきゅうし》からアンチエイジングの効果があるという数十本の鍼《はり》を顔に打ってもらうことになっている。

そう。わたしは金で若さを買おうとしているのだ。

今のリラには、わたしの気持ちはわからないかもしれない。けれど、リラも歳を取ればわかるようになるはずだ。

美しかった者が、その美しさを失う……それほど恐ろしいことはないのだから。

自分が経済的に恵まれていることはよくわかっている。店の経営状態は良好で、毎月の利益は、前年の同月をずっと上まわり続けている。顧客もどんどん増え続けている。

父と同じように、わたしにも商才があるのだろう。

けれど、今のわたしの姿は、子供の頃になりたいと願っていたものとはまったく違っている。幼い頃のわたしは、太陽のような存在になりたいと望んでいたのだ。

わたしは世界の中心になりたかった。いつも世界の中心で強く輝いていたかった。

今の暮らしには満足できない。このまま、銀座のクラブのオーナーとして、たった一度きりの人生を終わらせたくない。

わたしは……贅沢なのだろうか？

2.

れい子という名は父がつけた。『れい』にはどんな漢字を使おうかと散々迷った末に、ひらがなにしたのだと聞いていた。

「れい子が大きくなったら、自分の好きな漢字を使うといいよ」

小学校に入学したばかりの頃、父がそう言ったことがあった。

玲子、麗子、礼子、令子、禮子、怜子、黎子、鈴子、伶子、励子、岺子……わたしはさまざまな漢字を当てはめてみた。けれど、結局、漢字は使わず、今も『れい子』のままで通している。父がつけてくれた名前を変えたくなかったのだ。

父が亡くなるまで、わたしは幸せな少女時代を送った。けれど、田嶋誠一郎という男のせいで幸せだった家庭は崩壊し、残された母とわたしは苦難の日々を送ることになった。母は看護師として必死で働いてくれたけれど、わたしたちはいつも困窮していた。

その母はわたしが大学生の時に亡くなった。

あの時には心が折れてしまいそうになった。あの時だけでなく、それからのわたしは何度となく挫《くじ》けかけた。

けれど、挫けなかった。挫けるわけにはいかなかった。わたしは特別な存在なのだから。選ばれた者なのだから。

誰にも言ったことはないが、わたしは自分が特別な人間だと思って生きてきた。ほかの人たちとは違う、選ばれた人間なのだ、と。

特別な人間であるこのわたしが、ほかの人たちと同じように歳を取り、衰えていくなど許せないことだった。

そう。わたしは特別な存在なのだから、歳を取ってはいけないのだ。美貌《びぼう》も衰えさせてはならないのだ。

けれど、どれほど特別であろうと、人は衰えるし、いつか、必ず死ぬ。

その動かし難い事実に、わたしは震え上がる。

ああっ、ひとりの人間に与えられた時間は、どうしてこんなにも短いのだろう。

明るく笑って生きている老人たちを見ると不思議な気持ちになる。

あのおじいさんやおばあさんは、どうして笑っていられるのだろう？　もうすぐ、生の時間が終わるということを、どうやって受け入れているのだろう？

わたしには無理だ。自分の生の時間に終わりがあることなど受け入れられない。

でも、どうしても死ななければならないのなら、特別な人間として死にたい。死後、百年がすぎ、二百年が経過しても、大勢の人が覚えているような人間になりたい。

わたしにならそれができるはずだと思って生きてきた。わたしは特別なのだから。

誰よりも美しく、誰よりも賢く生まれついたのだから。

けれど……もしかしたら、その望みは叶《かな》えられないのかもしれない。死んだらすぐに、わたしは忘れられ、リラのほかには思い出してくれる人もいなくなり、そのリラが死んだら、わたしは砂丘の砂の一粒のように……あるいは、森の木の葉の一枚のようになってしまうのかもしれない。

そんなことは受け入れられない。けれど、受け入れる以外にないのかもしれない。

ああっ、心が引き裂かれてしまいそうだ。

わかっている。わたしは自己愛が強いのだ。この自己愛の強さが、わたしを苦しめ続け、追い立て続けているのだ。

みんなはどうやって、地味で平凡な日常を受け入れているのだろう？　人生が短く儚《はかな》いとわかっていながら、深くは考えず、ぼんやりと生きているのだろうか？

そんなふうに生きられたら、人生はどんなに楽だろう。

3.

サロンを出たのは午後三時をまわった頃で、わたしはＬＩＮＥで広瀬桃子に『エステ、終わり。これから行きます』とメッセージを入れた。

そのメッセージはすぐに既読になり、直後に『はーい。待ってます』という返信が届いた。それを目にした瞬間、わたしは思わず微笑んだ。桃子とは今も月に一度以上の頻度で会っていて、最後に会ったのは三週間前の土曜日だった。

わたしはスマートフォンをバッグに戻し、サロンの駐車場に向かって歩いた。

秋の終わりの太陽が背中を暖める。長く伸びたわたしの影が、わたしの前を歩いている。十一月に入ってから晴れた日が続いていて、きょうも朝からよく晴れている。青い空にはほとんど雲がないけれど、吹き抜ける風は少し冷たい。

きょうのわたしは黒いセーターに、白いタイトスカートを穿《は》き、白いフェイクファーのハーフコートを羽織っている。毛皮の見た目や感触は好きだったけれど、動物たちのことを思ってリアルファーは決して身につけない。

右足のパンプスをデッキシューズに履き替えて、レクサスの運転席に乗り込み、桃子の家へと車を走らせ始める。広々とした三車線道路の両側には、プラタナスが立ち並んでいる。プラタナスはどれも、その大きな葉を美しく色づかせている。

ジェルネイルに彩られた指でレクサスの木製のハンドルを握り締めて、わたしは桃子の笑顔を思い浮かべた。

大学の同じクラスにいた広瀬桃子と出会ったのは十八歳の時だった。あの頃の彼女はキャンベル桃子と名乗っていた。桃子の父はアメリカ人なのだ。

高校時代にはチアリーディング部だったという桃子は、健康的に日焼けした、手足の長い少女だった。彼女は目が大きくて、鼻が高くて、彫りの深いエキゾティックな顔立ちをしていた。父は青い目をした金髪の男だったが、桃子の瞳《ひとみ》は濃い茶色で、髪の毛は真っ黒だった。背の高い父の血を受け継いだ桃子は、身長が百七十五センチもあった。

出会ってすぐに、わたしは桃子に好意以上の感情を抱いた。もっとはっきりと言えば、彼女に性的な感情を抱いたのだ。同性にそんな感情を抱いたのは初めてだった。

桃子のほうも、すぐにその気持ちに気づいてくれた。それからのわたしたちは、本当に仲のいい親友として学生時代をすごした。

体を動かすのが好きな彼女は、大学ではテニスのサークルに所属していて、わたしにも入らないかと勧めた。当時のわたしは学費を稼ぐために水商売のアルバイトをしていたからそれは無理だったが、アルバイトが休みの日には、桃子とふたりで食事をしたり、買い物をしたり、美術館や博物館に行ったりしたものだった。

大学ではわたしは男とは付き合わなかった。言い寄ってくる男子学生は数え切れないほどいたけれど、そういう男たちに少しも魅力を感じなかったのだ。けれど、桃子にはあの頃から恋人がいた。同じテニスサークルに所属している広瀬健一《けんいち》という学生だった。

広瀬健一は桃子より背が低く、小太りで、十人並以下の容姿の持ち主だった。そんな彼のどこがいいのか、わたしには理解できなかったけれど、桃子は彼にぞっこんだった。

広瀬健一と桃子が一緒にいるのをキャンパスで見かけると、わたしはいつも嫉妬《しっと》に近い感情を覚えたものだった。

桃子は二十五歳の時に彼と結婚した。その式にはわたしも出席し、ウェディングドレスに身を包んだ彼女に「おめでとう」と言った。

その式で新郎と新婦は永遠の愛を誓った。けれど、夫がギャンブル好きの浪費家だったということもあって、夫婦仲は決してよくなかった。桃子は一度、妊娠したことがあるようだったが、その子は流産してしまったと聞かされている。

わたしは今も桃子が大好きだ。だからこそ、広瀬健一の死体を、リラに手伝わせて処分してあげたのだ。

4.

桃子の自宅は、小さな家がぎっしりと建ち並んだ住宅街にあった。周りの家々と同じように、桃子の家も小さくて、庭も狭かった。その狭い庭に停められた軽自動車に車体を擦《こす》らないように気をつけながら、わたしはレクサスを軽自動車のすぐ脇に停めた。

わたしが右足のデッキシューズをパンプスに履き替えているあいだに玄関のドアが開けられ、そこから笑顔の桃子が姿を現した。桃子は黒い髪を長く伸ばし、エキゾティックなその顔にかなり濃い化粧を施していた。

きょうの桃子は白いセーターに、デニムのショートパンツという恰好《かっこう》だった。元気な彼女は四十一歳になった今も、一年中、ショートパンツ姿ですごしていた。学生の時とは体型が随分と変わってしまったが、脚の長い桃子にはそんな恰好がよく似合っていた。

「れい子、いらっしゃーいっ！」

わたしに手を振りながら、桃子が満面の笑みで言った。

結婚した直後から桃子は太り始め、今は体重が九十キロを超えていると聞いていた。わたしの倍以上だ。けれど、その無邪気な態度は少女のようで可愛らしかった。

「ごめん。ちょっと道が混んじゃって。待った？」

玄関に向かって歩きながらわたしは笑顔で言った。

「大丈夫。さあ、外は寒いから早く入って」

桃子が手招きをし、わたしは「お邪魔します」と言って玄関に足を踏み入れ、後ろ手に玄関のドアを閉めた。

それを待ちかねたかのように、桃子がわたしを強く抱き締め、わたしの唇に自分のそれを重ね合わせ、セーターの上から乳房を優しく揉《も》みしだいた。

それだけのことで、体から一瞬にして力が抜け、わたしはその場にしゃがみ込んでしまいそうになった。

この家に来るたびにしているように、わたしたちはお互いの衣類と下着を脱がせあい、寝室のベッドで夢中で抱き合った。桃子の舌や指先が、乳首や股間《こかん》を刺激するたびに、わたしは体を悶《もだ》えさせながら我を忘れて淫《みだ》らな声を漏らした。

今も昔も、男たちとの行為でわたしが快楽を覚えることはほとんどない。けれど、桃子はいつもわたしに、目眩《めくるめ》くような快楽を与えてくれた。

「あっ……いやっ……うっ、ダメっ……あっ……あっ……そこ、ダメーっ！」

男たちとの行為の時にも、わたしはいつもそんな声を出している。けれど、それは完全な演技で、頭の中はいつだって醒《さ》めている。だが、桃子が相手の時はそうではない。その声を抑えることができないのだ。

「どう、れい子？　感じる？」

わたしの顔を覗《のぞ》き込むようにして桃子が訊《き》く。

けれど、わたしは声を喘《あえ》がせるだけで、満足な返事をすることができない。

桃子はわたしの体のどの部分を、どんなふうに刺激すれば、わたしがどんな反応をし、どんな声を出すのかということを完全に把握している。だから、桃子に抱かれているといつも、わたしは自分が楽器にされてしまったように感じる。

そう。わたしは楽器だった。この世で一番美しい楽器だった。そして、桃子はその楽器を自由自在に奏でることのできる演奏者だった。桃子はわたしの体を刺激することで、自分の聞きたい声をわたしに出させているのだ。

桃子の巧みな愛撫《あいぶ》を受けて、わたしは続け様に三度も絶頂に達した。その頃にはすでに、ベッドに入って一時間以上が経過していた。

「さあ、れい子、今度はわたしを気持ちよくさせて」

わたしへの愛撫を終わらせた桃子が、淫靡《いんび》な笑みを浮かべて言った。

その言葉に頷《うなず》くと、わたしはベッドに体を起こし、わたしの代わりにそこに身を横たえた桃子をじっと見つめた。

この一年ほどで桃子はますます太ってしまい、今では相撲取りのようなだらしない体型になっていた。わたしと同じように、桃子もいつもダイエットをしていたが、脂っこいものや甘いものが大好きな彼女は、どうしても痩《や》せることができないようだった。

それでも、綺麗《きれい》になりたいという思いは学生時代と変わっていなくて、いつも濃い化粧をしているし、アクセサリーもたくさん身につけている。頻繁に日焼けサロンに通っているために、小麦色に焼けた肌にはビキニの跡がくっきりと残っている。

わたしはそんな桃子の体に顔を寄せ、左右の乳首を舌と前歯を使って入念に刺激しながら、右の指先で桃子の股間をまさぐった。桃子のそこはすでに、彼女が分泌した液体でぬるぬるになっていた。

「ああっ、感じるっ……いいよ、れい子……あっ、そこいいっ……感じるっ……」

巨体とも言っていいような体をよじって、桃子が淫らな声をあげた。

わたしは器具を挿入されたり、器具からの刺激を受けたりすることが好きではない。そういうことに、強い屈辱を覚えてしまうのだ。だが、桃子はたくさんの器具を持っていて、わたしにいつもそれらを使うように求めた。

桃子に指示された通り、きょうもわたしはその器具のひとつを手に取った。とても太い電動のヴァイブレーターだった。

その巨大なヴァイブレーターの先端を、わたしは桃子の膣口《ちつこう》に押し当てて、分泌液にまみれたそこに、その器具をゆっくりと押し込んでいく。桃子の顔が快楽に歪《ゆが》み、唾液《だえき》に濡《ぬ》れた口から「あっ……うっ……」という呻《うめ》き声が漏れる。

ヴァイブレーターの先端が子宮口に届いたのを確かめてから、わたしはそのスイッチを入れる。桃子の体の中で鈍いモーター音がし始め、桃子が両手でシーツを握り締め、ビキニの跡が残る巨体を激しくよじって喘ぎ悶える。

わたしたちは大学生だった頃から彼女が借りていたアパートの一室で、あるいは、わたしが借りていたワンルームマンションでこんなことを繰り返していた。

今の桃子は本当に太ってしまったから、その姿はお世辞にも美しいとは言えない。それでも、彼女への気持ちは学生だった頃から少しも変わらない。

5.

夫を殺してしまったという連絡を桃子から受けたのは、一年前の秋の土曜日、間もなく午後二時になろうとしていた時のことだった。

『れい子、どうしよう？　わたし、取り返しのつかないことをしてしまったの』

スマートフォンから聞こえて来た桃子の声は、ひどく震えていた。

「どうしたの、桃子？　とにかく落ち着いて。何があったか、ゆっくりと話して」

わたしは言った。桃子の身にただならぬことが起きたのは明らかだった。

桃子が深呼吸を繰り返すような音がした。それから、桃子が声を詰まらせながら、あの日の出来事をわたしに話し始めた。

あの日、夫が隠していた借金のことで、桃子は彼と激しい言い争いをした。桃子の夫、広瀬健一はギャンブルが好きで、それまでも桃子は夫の借金に苦しめられていた。

あの日、夫が桃子の頰に平手打ちを浴びせたのを発端に、ふたりの言い争いは殴り合いの喧嘩《けんか》に発展した。

桃子はとても大柄で力も強かったが、暴力では夫にかなわず、何発もの平手打ちを浴びせられた彼女は泣きながらキッチンへと逃げ込んだ。

夫はキッチンまで追いかけて来たが、それ以上の暴力を振るうことはせず、冷蔵庫から缶ビールを取り出してリビングルームに戻っていった。

桃子は泣きながら、キッチンにあった鏡に視線を送った。

その瞬間、桃子の怒りが再燃した。鏡に映った顔がひどく腫《は》れていたからだ。

許せない。許せない。

桃子はガス台に置かれていたフライパンを握り締め、リビングルームへと向かった。

その部屋のソファでは、夫が缶ビールを飲みながら競馬中継を眺めていた。

そんな夫に桃子は背後から忍び寄った。そして、右手に握りしめていたフライパンを頭上に振り上げ、夫の後頭部めがけて振り下ろした。

『殺す気はなかったの。殴られた仕返しのつもりだったの。でも、死んでしまったみたいなの。どうしよう、れい子？』

桃子が声を震わせて言った。

「すぐに行く。桃子はそこで待っていて。警察も救急車も呼んじゃダメよ」

それだけ言うと、わたしは自宅を飛び出し、桃子の家へと向かった。

あの日はリラと近所のイタリア料理店に行くことになっていて、リラもわたしもそれを楽しみにしていた。けれど、今はそれどころではなかった。

桃子の家の庭にレクサスを停めると、わたしは玄関へと向かった。きっと窓から見ていたのだろう。わたしがインターフォンを押す前に、桃子が玄関のドアを開けた。

「来てくれたのね、れい子。ありがとう」

夫にぶたれて腫れ上がった顔を、苦しげに歪めて桃子が言った。その目が真っ赤に充血していた。それほど動揺している彼女を見たのは、それが初めてだった。

「本当に死んでいるの？」

「そうだと思う。ぴくりとも動かないし、息もしていないから」

充血した桃子の目から涙が溢《あふ》れ出した。

わたしは桃子の手を引いてリビングルームへと向かった。何度も訪れていたから、その狭い家の中をわたしは自分の家のように知っていた。

広瀬健一はリビングルームにいた。手足を不自然な形に折り曲げ、額を床に押しつけるようにして俯《うつぶ》せに横たわっていた。

彼は白いゴルフウェアを身につけて、ダークグレイのズボンを穿《は》いていた。でっぷりと太ってはいるが、それほど体は大きくなく、短い髪には白髪が混じっていた。

わたしは男のそばに身を屈《かが》めた。フライパンで殴りつけられたという後頭部には小さな裂傷があり、そこにわずかばかりの血が滲《にじ》んでいた。だが、その傷は小さくて、命を失うほどの大怪我ではないようにも感じられた。

「広瀬さん。広瀬さん」

そう呼びかけながら、わたしは恐る恐る手を伸ばし、男の肩に触れた。けれど、男はその呼びかけに反応しなかった。

続いて、わたしは男の体を両手で強く押し、裏返して仰向《あおむ》けにさせた。

目を閉じた男は眠っているように見えた。その顔はわたしが知っている広瀬健一とは別人のようだった。男は眉《まゆ》が太く、鼻が大きく、唇が薄かった。顔にたくさんの肉がついているせいで、顔のパーツが真ん中に集まっているように見えた。突き出した腹部はまったく動いていなかった。

わたしは男の胸に耳を押し当てた。心臓の鼓動は聞こえなかった。

すぐそばに立っている桃子を見上げ、わたしは首を左右に振った。それを見た桃子が崩れ落ちるかのように蹲《うずくま》り、両手で顔を覆って声をあげて泣いた。

「ああっ、こんなことになるなんて……ごめんね、健ちゃん……ごめんね……」

桃子は泣きながら声を震わせて繰り返した。


あの午後、わたしはレクサスを玄関のドアのそばに移動させた。そして、安っぽいピンクの毛布で死体を包み、誰にも見られていないことを確かめてから、泣きじゃくり続けている桃子とふたりでレクサスの後部座席に運び入れた。

体の大きな桃子は力があったから、こんな時にはとても役に立った。

あの時、わたしはすでにその死体を、リラに手伝わせて、どこか山奥の土の中に埋めてしまおうと考えていて、それを桃子にも伝えていた。

「やっぱり、わたしも一緒に行く。リラちゃんに迷惑はかけられない」

声を震わせて桃子が言った。わたしの顔を見てからずっと、桃子は泣き続けていた。

けれど、わたしはその申し出を断った。

確かに、非力なリラよりは桃子のほうが、死体を運んだり、土に穴を掘ったりするのにはずっと役に立ちそうだった。けれど、夫が土に埋められるところを、桃子には見せたくなかった。

喧嘩ばかりしていたとはいえ、桃子は今も夫を愛していたようで、彼の死を嘆き悲しんでいた。夫婦仲はよくなかったが、セックスの相性は抜群で、夫とは今も頻繁にセックスをしているのだと、少し前に桃子から聞かされたことがあった。

あの晩、わたしはリラとふたりで、死体と化した広瀬健一を群馬県の山の中に埋めた。今はろくに口もきいてくれないけれど、あの頃のリラはわたしの頼みを何でも聞き入れてくれたのだ。

その後、桃子は警察に夫の捜索願を出した。桃子は夫の会社には『家出をしたのかもしれない』と伝え、親戚《しんせき》や近所の人たちにも同じように話していると聞かされている。

桃子は今も、夫を思い出して涙ぐむことがあるという。けれど、わたしには感謝をしているようで、何度となく「あの時、れい子がいてくれなかったらと思うとゾッとする」と言っている。

わたしは今も自分のしたことを後悔していない。けれど、リラには少し可哀想なことをしたとも思っている。

6.

桃子と数時間にわたって抱き合い、自宅のあるマンションに戻ったのは、午後八時をまわっていた。わたしは地下駐車場に車を停めると、自宅には戻らず、近所にある小さなフランス料理店に歩いて向かった。

週末は家政婦の富川陽子が休みだったから、以前のわたしはリラとふたりで頻繁に食事に出かけたものだった。

わたしのマンションの周りにはたくさんの飲食店があって、リラとわたしは週末ごとにいろいろな飲食店に行った。けれど、立花涼介が父親だったと知らされてからのリラは、いくら食事に誘っても一緒に行ってくれることはなくなってしまった。

それで最近のわたしは、週末はたいていそのフランス料理店で食事をしていた。オーナーとその妻がふたりでやっているその店は、ひとりでも居心地が悪くなかったから。

バッグの中でスマートフォンが鳴り始めたのは、ムール貝のワイン蒸しを食べながらロゼのシャンパーニュを味わっている時だった。

鳴り続けるスマートフォンを見つめて、わたしは首を傾げた。画面に表示されているのは、登録されていない番号だったから。

それでも、わたしは店の客のひとりだろうと思ってその電話に出た。

『若月さんですね？』

耳に押し当てたスマートフォンから、聞き覚えのない男の声がした。

わたしの特技のひとつは、人の声を覚えることだった。わたしは客たちの声もよく覚えていて、客から電話をもらうと相手が名乗る前に、『こんにちは、窪田《くぼた》さん』とか、『あら、清水《しみず》さん、お元気ですか？』などと言って客たちに喜ばれていた。

けれど、その電話の声は、これまでに聞いたことがないように感じられた。

「はい。若月です。ごめんなさい。声だけではどなたかわからなくて、あの……失礼ですが、どちら様でしょう？」

笑みを浮かべて、わたしは男にそう尋ねた。

『わたしの名前ですか？　そうだな……とりあえず、鈴木《すずき》とでもしておきましょうか』

男が不思議な名乗り方をし、わたしは「鈴木さんですね？」と、やはり笑顔で口にした。鈴木という常連客は三人いたが、電話の男はその三人とは別人だった。

『用件から言います。今、電話をしていて大丈夫ですか？』

ひどく事務的な口調で男が言った。

「はい。大丈夫です。どんなご用件でしょう？」

今度は笑わずにわたしは尋ねた。

『一年ほど前、あなたが娘さんに手伝わせて、広瀬健一の死体を群馬県の山中に埋めたことを、わたしは知っています』

落ち着いた口調で男が言った。

7.

ロゼのシャンパーニュとムール貝のワイン蒸しを注文しただけで、わたしは「急用ができた」と言ってフランス料理店をあとにした。

自宅に戻ると、自分の部屋にこもり、懸命に心を落ち着かせようとした。

鈴木と名乗った男は、広瀬健一を殺したのが桃子だということを知っていた。リラとわたしが死体を埋めた日も正確に口にした。それだけでなく、死体を埋めた場所も、かなり正確に知っているようだった。

男はあしたの午前十一時に、都内のシティホテルにわたしを呼びつけた。

『来られますね、若月さん？』

「はい。でも、あの……どうなさるつもりですか？」

あのフランス料理店で、テーブルの上で揺れている蠟燭《ろうそく》の炎を見つめて、わたしは動揺を必死で抑えて男に訊《き》いた。

『それはあした、会った時に話します』

それだけ言うと、男は電話を切ってしまった。

どうして知っているんだろう？

自分のベッドに浅く腰掛け、わたしは必死で考えた。

けれど、どれほど考えても、鈴木という男があのことを知っている理由を見つけることはできなかった。

桃子に電話をしようと思って、わたしはスマートフォンを取り出した。けれど、電話をする寸前にそれをやめた。桃子には余計な心配をさせたくなかったから。

どんな男なのだろう？　何を要求するつもりなのだろう？　何を求められるのか、わからないから怖かった。相手がわからないから怖かった。わからないから怖かった。

8.

日曜日の朝、ベッドを出たわたしがダイニングルームに行くと、そこに母がいた。白いネルのナイトドレス姿で紅茶らしきものを飲んでいた。

わたしはそれを意外に感じた。店が休みの週末は、母は正午近くまで眠っていたから。

「おはよう。早いのね」

わたしが言い、母が顔を上げた。

母は見たこともないほど思い詰めた表情をしていた。

「おはよう」

化粧っけのない顔を歪《ゆが》めるようにして母が笑った。

そんな母に歩み寄ると、わたしはテーブルを挟んだ向かい側に腰を下ろした。

「何かあったの？」

わたしは尋ねた。母に対する怒りや憎しみは今も消えていなかったけれど、思い詰めた顔をしている母が心配だったのだ。

「別に、何もないわよ。午前中に出かける用事があるから、早起きしただけ」

母がまた笑った。けれど、それは自然な笑みとは程遠いものだった。

「そう？　だったらいいけど……」

わたしは立ち上がって冷蔵庫に向かい、そこからトマトジュースの缶を取り出した。

きょうもいい天気だった。窓の外には抜けるような青空が広がっていた。少し風が強いようで、空に浮かんだ雲がかなりの速さで流されていくのが見えた。

ふと視線を向けると、テーブルにいる母はまた思い詰めたような表情をして、目の前に置かれたコンポートの中のグレープフルーツを見つめていた。

「何があったの？　教えてよ」

わたしはトマトジュースの缶を手に、また母の向かいに座って言った。

「教えない。リラに言っても、しかたのないことだから」

素っ気ない口調で母が言った。

その瞬間、わたしはゾッとした。すぐ目の前にある母の顔が、以前よりずっと老けているように感じられたからだ。

錯覚だと思おうとした。ただの見間違いなのだ、と。

けれど、そうではなかった。目の前にある母の顔は、以前より明らかに老いていた。

あれほどアンチエイジングに力を入れているというのに、間違いなく老いていた。

こんなことは受け入れられなかった。母は永久に歳をとらず、永久に若く美しいスーパーウーマンなのだと、わたしはずっと思い込んでいたのだ。

「水臭いわね。困った時は、お互い様でしょう？」

わたしが言い、母が「ありがとう。リラは優しいのね」と言って、また化粧っけのない顔を歪めるようにして無理に笑った。

その笑顔を見たら、母がますます心配になった。何かとても悪いことが、母の身に降りかかっていることは疑いようもなかった。

9.

男が指定してきたホテルには自分の車で向かった。

わたしはホテルの地下駐車場に車を停めると、不安と恐怖を抱えながら一階のカフェテラスへと向かった。

ホテルの一階はロビーラウンジになっていて、明るくて、清潔で、広々としていた。日曜日だということもあって、東京の中心部に位置するホテルに人の姿は疎《まば》らだった。鏡のように磨き上げられた大理石の床に、そこを歩くわたしの姿が映っていた。

わたしは膝丈《ひざたけ》の真っ白なスーツの上に、黒いフェイクファーのハーフコートを羽織っていた。足元は踵《かかと》の高い黒いパンプスで、顔には入念な化粧を施していた。

どんな男なんだろう？

一階のカフェテラスに足を踏み入れると、わたしは辺りをそっと窺《うかが》った。すぐ近くのテーブル席に並んで座っているふたりの男がわたしを見つめていて、そのひとりがわたしに向かって右手を軽く上げた。

えっ？　ふたり？

わたしは思わず身構えた。男たちの顔には、やはり見覚えはなかった。

サングラスを外しながら、わたしは男たちに歩み寄った。

「若月さん、よくおいでいただきました。そこにお座りください」

男のひとりが向かい側の椅子を指差し、落ち着いた声で言った。電話の男だった。

わたしは骨張った膝を揃えて、その椅子に姿勢よく腰を下ろした。そして、外したサングラスをバッグに入れてから、こちらに向けられた男たちの顔を交互に見つめた。

わたしに電話をしてきた男は、三十代の後半に見えた。かなり痩《や》せていて、目がギョロリとしていて、顎《あご》が尖《とが》っていて、カマキリを連想させるような顔をしていた。男はくたびれた黒いニットのセーターに、着古したカーキ色のズボンを穿《は》いていた。

もうひとりの男は体が大きかった。歳はカマキリ男より少し上だろう。男はネルのボタンダウンシャツに、色褪《いろあ》せたジーンズという恰好《かっこう》だった。くたびれたシャツの上からでも、とても逞《たくま》しい体をしていることが見て取れた。頭のてっぺんが薄くなりかけていたが、顔立ちは整っていた。

男たちはどちらも、真っ黒に日焼けしていた。ふたりの太い指はどちらも節くれだっていて、爪のあいだが黒っぽく汚れていたから、戸外で肉体労働のようなことをしているのかもしれなかった。

「わたしのことは鈴木、彼のことは佐藤《さとう》と呼んでください」

カマキリ男が言い、わたしはふたりから視線を逸《そ》らさずに頷《うなず》いた。口の中はカラカラで、掌《てのひら》は脂汗でひどくベトついていた。

佐藤という男が手にした茶色の封筒から何枚かの写真を取り出し、それを無造作にテーブルの上に広げた。

それを目にした瞬間、わたしは鈍器で頭を殴られたかのような衝撃を覚えた。テーブルの上の写真に、車の後部座席に横たえられた広瀬健一の死体や、車から死体を引っ張り出そうとしているリラとわたしが映っていたからだ。

「いったいどうやって撮ったの？」

声を震わせてわたしは訊いた。

けれど、男たちはその問いかけには答えず、佐藤という筋肉質な男が、わたしたちが死体を埋めた場所をほぼ正確に口にした。

その男の声を聞くのは初めてだった。佐藤という男は、バリトン歌手のような低くてよく響く声の持ち主だった。

「そこを掘れば、その男の死体が出てくるはずだ。そうだよな？」

わたしを見つめて、佐藤が笑った。とても不気味な笑いだった。

一分か二分のあいだ、わたしはふたりの顔を交互に見つめていた。それから、声が震えたり、上ずったりしないように気をつけながら、強い視線を男たちに向けて訊いた。

「お金で解決できるのね？」

「もちろんです」

カマキリ男の鈴木が即座に答えた。

「いくら欲しいの？」

わたしが尋ね、鈴木が金額を口にした。

その額はわたしの予想を遥《はる》かに上まわる大金だった。銀行に頭を下げれば用意できないことはないかもしれなかったが、それほどの大金を失うことは、これからのわたしの人生にとって大きな痛手になるはずだった。

「もう少し安くならない？　半額じゃダメかしら？」

ふたりの顔を見つめて、わたしは値切った。男たちが要求した額に根拠があるわけではないと考えていたのだ。たとえ半額であったとしても、金持ちそうには見えない彼らにとっては、とてつもない大金のはずだった。

「半額だって？」

鈴木が言い、隣にいる佐藤の顔に視線を向けた。

そのことに、わたしは心の中でニンマリとした。

そう。半額というわたしの提案に、男たちは迷っているようだった。ニンマリすると同時に、わたしはもっと値切ればよかったとさえ考えていた。

「半額なら払えるんだな？」

バリトン歌手のような声の佐藤が、今度はわたしに訊《き》いた。

「それで後腐れなく、すべてを忘れてくれるっていうのなら……その額を払うわ」

男たちの顔から視線を動かさずにわたしは言った。

「少し考えさせてくれ。またすぐに連絡する」

再び佐藤が告げ、わたしはふたりの顔を見つめたまま小さく頷いた。

10.

男たちと別れたわたしは、地下駐車場に停めたレクサスに戻り、男たちから見せられた写真を思い出しながら、長い時間をかけて入念に車内を調べた。

すると、その後部座席の天井付近に、実に巧妙に隠された超小型カメラと盗聴器らしきものがあるのを見つけた。

天井だけではなかった。カメラと盗聴器は車の数カ所に……シートの陰や、後部座席の足元や、ダッシュボードの脇などに隠されていた。

わたしは運転席に乗り込むと、行きつけの自動車ディーラーへと向かった。そして、ディーラーの責任者を呼び出し、車にカメラと盗聴器が隠されていたことを伝えた。

責任者はひどく驚き、すぐに整備士にレクサスの車内を調べさせた。

つなぎ姿の整備士が車内を隈《くま》なく調べると、車には複数個のカメラや盗聴器だけではなく、GPS機能のついた発信機までが隠されていて、わたしの車のある場所が第三者に筒抜けになっていたということが判明した。

「いったい誰が、何のために、こんなものを仕掛けたの？」

わたしは咎《とが》めるような視線を責任者に向け、かなり強い口調で尋ねた。

「それは、あの……わたくしどもにはわかりかねます」

スーツ姿の責任者がひどくおずおずとした口調で言った。

「あなたたちが取りつけたわけじゃないのね？」

「そのようなことは絶対にいたしません」

さらにおずおずとした態度で責任者が答えた。

もちろん、そうだろう。彼らに、そんなことをする必要はないはずだった。

自宅に戻る車の運転席で、わたしはさらに考えた。

この車はいつもマンションの地下駐車場に停めてある。その駐車場はセキュリティが行き届いていて、第三者は簡単には入れないシステムになっている。だいたい、車にはロックがかけられているから、車内にカメラや盗聴器を隠すことなど不可能だ。

だとしたら、考えられることはひとつしかなかった。

11

その翌日、月曜日の朝、いつもよりずっと早起きをしたわたしは、早々に着替えと化粧を済ませた。そして、午前八時の少し前に家政婦がやって来るとすぐに、わたしの部屋で話をしたいと彼女に告げた。この話はリラには聞かれたくなかったから。

わたしは家政婦に挑戦的な視線を向けていた。けれど、小柄な家政婦はわずかにもたじろがず、実に堂々としていた。

「いいわよ、れい子さん。わたしのほうにも、話さなきゃならないことがあるから」

小柄な家政婦が化粧っけのない顔に、不敵な笑みを浮かべた。「話し合いの前に何か飲む？　美味《お》しいダージリンでも淹《い》れようか？」

本当は紅茶を飲みたかった。富川陽子はわたしが自分で淹れるより、遥かに美味しく紅茶を淹れる女だったから。けれど、わたしは「いらない」と言ってそれを断った。

きょうも朝から天気がよかった。窓の外には真っ青な空が広がっていたけれど、風はやっぱり少し強くて、公園のソメイヨシノが赤く色づいた葉をその風に舞わせていた。

「車にカメラや盗聴器を隠したのはあなたなのね？」

自室のソファに向き合って座ると、わたしはそう切り出した。

富川陽子にはスペアキーを預けてあって、車内の掃除を頻繁にさせていたから、彼女にならカメラや盗聴器を取りつけることができたはずだった。

「ええ。そうよ」

悪びれる素振りを少しも見せずに、家政婦があっさりとそれを認めた。「れい子さんはまだ気づいていないみたいだけど、あの車の中だけじゃなく、この家の中にもいたるところにカメラや盗聴器が隠されているの。もちろん、この部屋にもあるわよ」

「この部屋にも？」

わたしは反射的に室内を見まわした。

「そうよ。だから、れい子さんがあのベッドで、客の男たちに犯されているのは何回か目にしているわよ。れい子さんのフェラチオを見た時は、本当にびっくりしちゃった。あの姿は、まさしく娼婦《しょうふ》ね」

化粧っけのない顔に嘲《あざけ》りの笑みを浮かべ、嬉《うれ》しそうな口調で家政婦が言った。

その言葉を耳にした瞬間、歯軋《はぎし》りしたくなるほどの怒りと屈辱感が込み上げ、わたしは体をわなわなと震わせた。

「あなたがカメラや盗聴器を取りつけてから……どのぐらいになるの？」

今にも爆発しそうな感情を必死で抑えてわたしは尋ねた。

「ここで働き始めて、一年ぐらいがすぎた頃からだから、そうね……かれこれ五年になるかしら？」

家政婦の顔には今も、嘲りの表情が張りついていた。

「五年っ！」

思わず、わたしは呻《うめ》きを漏らした。

「そうよ。だから、わたしはれい子さんのことを何でも知っているの。リラより、ずっとよく知っているの。もちろん、リラのこともよく知っているけど」

「リラのことって？」

「リラが立花涼介を殺したこと。毒殺したんでしょう？」

わたしは絶句した。リラにまで火の粉が降りかかってきたからだ。

「何が……目的なの？」

わたしは訊いた。家政婦の口からリラの名が出たことで、さっきまでの怒りが急激にしぼんでいき、代わりに、不安と恐怖がまたしても全身に広がっていった。

「目的は、れい子さん、あなたへの復讐《ふくしゅう》よ」

家政婦がわたしを見つめた。もう笑ってはいなかった。

ソファに腰掛けた家政婦とわたしのあいだにはローテーブルがあって、そこに白磁の花瓶が置かれていた。花瓶の中ではその家政婦に生けさせた薔薇《ばら》が花を咲かせていた。花と果物は幸福を運んでくるとわたしは昔から信じていたから、家政婦にはいつもそれらを家のいたるところに飾らせていた。

「どうして、わたしが……あなたに復讐をされなくちゃならないの？　わたしがあなたに何をしたっていうの？　お給料だって、一般的な家政婦のそれより高いはずだし、何の不満があるの？」

「この仕事に不満はないわ。あるのは、れい子さん、あなたへの憎しみよ」

家政婦がわたしに挑みかかるかのような視線を向けた。

『人に憎まれる筋合いはない』と断言できる自信はなかった。それどころか、わたしを憎み、恨んでいる人は、それなりにいるに違いなかった。

生きるということは、戦うことなのだ。少なくとも、わたしはそう考えている。そして、生きることが戦うことであれば、そこには勝つ者と敗れ去る者とが存在するのだ。

これまで、その戦いの多くで、わたしは勝利を手にしてきた。時に負けることがあっても、負かされたままでいたことはなかった。

だとしたら、敗者たちの中には、わたしを恨み、憎む者がいたとしてもおかしくはないはずだった。でも、いったい、誰が？

そんなことを考えていたわたしを見つめて、抑揚を抑えた口調で家政婦が言った。

「アライノブヒコ……知っているわね？」

もちろん、わたしは知っていた。アライノブヒコが『新井信彦』と書くのだということも知っていた。

わたしは返事をしなかった。頷《うなず》きもしなかった。だが、心の中では、なぜこの家政婦が新井信彦を知っているのだろうと考えていた。

「新井信彦はわたしの父なの。れい子さんは個人的な復讐のためにリラを二度も使ったけど、わたしはそれを自分でしようとしているだけよ」

淡々とした口調で家政婦が言い、わたしは新井信彦を思い出した。

12

新井信彦と知り合ったのは、産休を終えたわたしが銀座の店で再び勤務を始めたばかりの頃だったと記憶している。だから……今から十九年前だ。

当時のわたしは、二十二歳になったばかりで、新井信彦は四十代の後半だった。あの頃のわたしは、雇われホステスのひとりとして、銀座のクラブに勤務していた。そのクラブでのわたしは、確か……『レイラ』という源氏名だったはずだ。

わたしが産休を取っているあいだに、新井信彦はそのクラブに出入りするようになった。当時の彼は大手印刷会社の経理部長の職についていた。

リラの出産から一ヶ月ほどして店に戻ったわたしを一目見た瞬間に、新井信彦はわたしにのぼせ上がってしまったのだという。

『ああいうのを、一目惚《ひとめぼ》れっていうんだろうな』

あとになって、彼がわたしにそう言ったことがあった。

新井信彦はとても太った男で、腹が相撲取りのように突き出していた。彼は顔が大きくて、目は細く酷薄そうで、鼻は大きく少し曲がっていて、赤らんだ顔には無数の吹き出物ができていて、とても汗っかきで……とにかく、わたしの好みとは対極にあるような男だった。彼はくだらない駄洒落《だじゃれ》ばかり口にしていたから、その言葉のひとつひとつにリアクションを取るのも面倒だった。

けれど、そんなことはどうでもよかった。ホステスにとって大切なことは、その客が自分にどれほどの金を使ってくれるかということだけだったから。

あの頃のわたしは毎日のように、出勤前に新井信彦と、銀座の寿司《すし》店や日本料理店、居酒屋のようなところで待ち合わせ、そこで軽い飲食をしてから、わたしが勤めている銀座のクラブに一緒に向かったものだった。

新井信彦はたいてい、店の営業が終わる深夜まで帰らなかった。店が終わってから、わたしを別の店に誘うことも少なくなかった。

彼はクラブで多額の金を落としてくれた。その時、店にいあわせた客とホステスの全員に高価なシャンパーニュを振る舞うのは毎日のことで、そのほかにも経営者であるママが驚くほどたくさんの金を使った。

『この店で一番高いワインを開けてくれ』『一番高いウィスキーを入れてくれ』『一番高いブランデーを飲もう』

店を訪れた彼は、必ずそんな言葉を口にした。

当時のわたしは少しでも多くの売り上げが欲しいと考えていて、いつも彼にもっと金を使わせようとしていた。もしかしたら、焦っていたのかもしれない。

リラを産むまでのわたしは、その店でのナンバーワンのホステスだった。けれど、産休を終えて店に戻った時には、その地位は別のホステスのものになっていた。

わたしはナンバーワンに戻りたかった。だから、新井信彦の気持ちを煽《あお》り立てるようにして、たくさんのお金をあの店で使わせた。

たぶん、あの頃、彼はあのクラブで誰よりも金を使っていたはずだった。そのおかげで、わたしはたちまちにして店でのナンバーワンに返り咲き、多額の歩合給を手にすることになった。

新井信彦はクラブで金を落としただけでなく、わたしが欲しいと言えば、服でも靴でもバッグでも、ブランド物のアクセサリーでも、たいていのものは買ってくれた。大手企業の要職にあるとはいえ、サラリーマンにすぎない彼が、どうしてそれほどの大金を払えるのかはわからなかった。だが、深く考えることはしなかった。

それを考えるのは、わたしたちホステスの仕事ではなかったから。

予想していたことではあったが、やがて新井信彦がわたしの体を求めてきた。わたしはゾッとしたけれど、拒むことはせず、たぶん、五回……もしかしたら、六回……都内のシティホテルの一室で彼と体の関係をもった。

そのたびに、彼はわたしにオーラルセックスをするように求めた。わたしの口の中に体液を注ぎ入れ、それを嚥下《えんか》するように求めたことも何回かあった。

それらはどちらも、とてつもなくおぞましいことだった。だが、もちろん、わたしはその求めにいつも必ず応じた。

新井信彦は妻子と東京郊外の一戸建てに暮らしていると聞いていた。けれど、そういうことについて、わたしは詳しくは尋ねなかった。彼もまた、家族のことはわたしの前ではほとんど口にしなかった。

彼は一年近くにわたって店に通い続け、そして、ある日を境に二度と訪れなくなった。リラの一歳の誕生日が過ぎて少しした頃のことだった。

新井信彦が惜しげもなく銀座のクラブに支払っていたのは、自分の金ではなく、会社から横領した金だったのだ。

新井信彦は実に巧妙なやり方で、その金を自分のものにしていた。けれど、会計監査でそれが発覚し、彼は懲戒免職になっただけでなく、業務上横領の罪で逮捕起訴され、それまで築き上げてきたもののすべてを失ったと聞いている。

クラブの経営者であるママのところだけでなく、わたしのところにも警察官や会社の人たちが何度となくやって来て、たくさんの質問をしていった。警察は店の帳簿や出納簿も調べたようだった。

けれど、ママやわたしが罪に問われることはなかった。

わたしたちは自分のするべき仕事をきちんとしていただけで、後ろ指をさされるようなことは何ひとつしていなかったから、罪に問われるはずはなかった。

だから、わたしは目の前にいる富川陽子にそれを伝えた。「わたし、恨まれるようなことは何もしていないわ」と。

わたしの言葉を耳にした小柄な家政婦が、化粧っけのない顔を怒りに歪《ゆが》めた。

「よくもそんなことが言えたわね」

ローテーブルを挟んだ向こう側に座った家政婦が、小さな体を怒りに震わせた。「あなたのせいで、わたしたち家族は破滅に追い込まれたのよ。あなたのせいで父も母も自殺してしまったのよ。それでも、恨まれることはしていないなんてことが言えるの？」

怒りと興奮に顔を真っ赤に染めて家政婦が言った。

13.

その後、一時間近くにわたって、富川陽子はわたしにたくさんのことを話した。両親がともに自殺したというのは、少し哀れだったし、わたしの人生もよく似たものだったから、聞きたくもないその話をわたしは黙って聞いていた。

富川陽子は復讐《ふくしゅう》を果たすために、わたしについてたくさんのことを、実に執念深く調べあげた。そして、彼女の前にここで家政婦をしていた飯塚隆子《いいづかたかこ》という初老の女に接触し、金を払って彼女の代わりにこの家に入り込んだ。今から六年ほど前のことだ。

確かに、飯塚隆子はわたしに、「そろそろ引退したい」と言った。そして、自分の代わりとして、富川陽子をわたしに紹介したのだ。

「とても信頼できる人なんです。わたしが保証します」

それでわたしは家政婦紹介所を介さず、富川陽子をじかに雇うことにしたのだ。

この家にまんまと入り込んだ富川陽子は、家の中のいたるところにカメラや盗聴器を隠して、わたしのことを監視し続けた。いつか、わたしへの復讐を遂げるためだった。

復讐の機会はなかなか訪れなかった。けれど、彼女は焦っていなかった。

焦らなかった理由のひとつは、家政婦としての報酬が悪いものではなかったからだ。彼女はこのままずっと、この家で働いていてもいいとさえ思っていたらしかった。

「ここは素敵なマンションだし、窓からの眺めもいいし、花や果物に囲まれて働いているのは楽しかったわ」

富川陽子が言った。その姿はごく自然で、いつもと少しも変わらなかった。

彼女が焦らずに機会を待ち続けられたもうひとつの理由は、リラの存在だった。

「わたし、リラが本当に好きなの。あの子が可愛くてたまらないの。あんなに素直でいい子はめったにいないわ。そのリラに、あんなにひどいことをさせるなんて、れい子さん、あなたって鬼ね」

急に憎々しげな口調になった家政婦が言った。

わたしは返事をしなかった。する必要もなかった。

この家で家政婦として働き始めて五年がすぎた時、ようやく富川陽子が復讐を果たす時が訪れた。今から一年前、レクサスの車内に隠されたカメラに広瀬健一の死体が映っていたのを見つけたのだ。

「あの時はびっくりした。だけど、このチャンスを逃すわけにはいかないとも思った」

その後、一年という時間をかけて、小柄な家政婦は復讐の手段を練った。そして、夫の手を借りて、わたしから巨額の金を巻き上げることに決めたようだった。

佐藤と名乗ったバリトン歌手のような男は、建設業に従事している彼女の夫で、鈴木と名乗った男は夫と仲のいい同僚のようだった。

「わたしが払うのは、最初に要求された額の半分よ。それでいいのね?」

富川陽子の目を真っすぐに見つめてわたしは確認した。

「よくはないけど、しかたないわね。それぐらいの額が、れい子さんにも精一杯なんでしょう? だったら、負けてあげる。半額でいいわ」

脅迫者の分際で、ひどく恩着せがましい口調で家政婦が言った。

「本当に、お金で解決できるのね? これっきり、もう何も要求はしないわよね?」

わたしはさらに確認した。

「もちろんよ。というより、それが一番の解決策だと思うの。広瀬桃子なんて女のことはどうでもいいけど、リラのためにはそうしたほうがいいわ」

「リラのため?」

「ええ。わたし、リラが立花涼介を殺したことを、誰にも知られたくないの」

「……」

「だから、れい子さん、ちゃんとお金を払って。そうしたら、この件はこれで終わり。約束するわ」

得意げにも聞こえる口調で家政婦が言い、わたしは無言で小さく頷《うなず》いた。

要求された額の金を用意するには、少しの時間が必要だった。けれど、何とか用意できるだろうとわたしは考えていた。

富川陽子にはきょうを限りに辞めてもらうことにした。今となっては、顔を合わせたくもなかった。

「辞めるのは構わないけど、でも……リラに挨拶《あいさつ》だけはさせて」

急に悲しげな顔になった家政婦が訴えた。

「リラに、何て言うつもり？」

「わたしの事情で辞めさせてもらうって言うわ」

「余計なことは言わないと約束する？」

「ええ。約束する。わたし、リラには心を悩ませてもらいたくないの。普通の女の子みたいに、もっと伸び伸びと生きてもらいたいの」

富川陽子が真剣な顔で言い、わたしはまた無言で頷いた。

リラに会わせる前に、富川陽子の最後の仕事として、わたしは彼女が仕掛けたすべてのカメラと盗聴器をこの家の中から撤去させた。

おぞましいそれらの機器は、実にいろいろなところに仕掛けられていた。ダイニングルーム、キッチン、廊下、玄関、応接間……浴室の脱衣所にまでそれらがあった。

わたしの部屋にも二個のカメラと盗聴器が隠されていた。けれど、リラの部屋には仕掛けていないと家政婦が言った。

「どうしてリラの部屋には隠さなかったの？」

「復讐の相手はれい子さんだけで、リラには関係ないことだから」

その言葉は、わたしをひどく苛立《いらだ》たせた。わたしを憎み毛嫌いしている家政婦が、リラのことを心から愛していることが、はっきりと感じられたからだ。

14

小柄な家政婦はダイニングルームで、実家の親が倒れたので介護のために辞めると、わたしのリラに言った。だから、あしたからはもう、ここには来られないのだ、と。

「えっ。そんな……」

リラがひどく驚いた顔をした。

リラはまだパジャマ姿だった。寝起きの顔が少し浮腫《むく》んでいたけれど、それでもその顔はとても美しかったし、頰擦りをしたくなるほどに可愛らしかった。

「突然でごめんね。わたしもリラと会えなくなるのは寂しいわ」

残念そうな顔をして富川陽子が言った。

驚いたことに、小柄な家政婦の目には涙が滲《にじ》んでいた。けれど、もっと驚くことがすぐに起きた。わたしのリラが急に泣き始めたのだ。

「いやよ……いなくなっちゃうなんて、わたし……わたし、耐えられない」

リラの目から大粒の涙が溢《あふ》れ出し、尖《とが》った顎《あご》の先からぽたぽたと滴り落ちた。

泣くのはやめなさい。みっともないわ。

わたしはリラに言おうとした。けれど、その前に家政婦がわたしのリラに歩み寄り、ストライプのパジャマに包まれた華奢《きゃしゃ》な体を両手でしっかりと抱き締めた。家政婦の目からも、大粒の涙が溢れていた。

わたしのリラが家政婦の背中を抱き締め返した。リラはなおも「行かないで、富川さん。いなくならないで」と、呻《うめ》くかのように言い続けていた。

そのおぞましい家政婦のことを、リラがこれほど慕っているということが、わたしにはひどく妬《ねた》ましく感じられた。腹立たしくもあった。

「行かないで、富川さん。介護なんて、ほかの誰かにしてもらえないの？　そうだ。お金を払って、介護の人を雇えばいいんだ。お母さん、富川さんにその介護のお金を払ってあげて。富川さんには、ここにいてもらって。お母さん、お願い。お願い」

家政婦の肩越しに、リラがわたしを見つめて言った。彼女は今も、小柄な家政婦の体を抱き締め続けていた。

「リラ、子供じゃないんだから、聞き分けのないことを言わないで」

強い苛立ちを覚えながらも、わたしは諭すような口調でリラに言った。

「ごめんね、リラ。でも、会おうと思えば、いつだって会えるんだから。だから、そんなに泣かないで」

わたしのリラからようやく手を離した家政婦がリラに言った。その目からはなおも涙が溢れ続けていた。

リラは返事をしなかった。首を左右に振り動かし、大粒の涙を流し続けるだけだった。

いよいよ家政婦が玄関を出て行く時に、リラはどこかから猫のアガサを抱いてきて、「富川さん、最後に抱いてあげて」と言って家政婦の腕の中に猫を押し込んだ。

言葉はわからなくとも、猫も何かを感じているようだった。アガサは家政婦の頬や首を、何度もぺろぺろと執拗《しつよう》に舐《な》めた。その姿は別れを惜しんでいるようにも見えた。

「アガサがいて楽しかったわ。元気でいるのよ。リラに可愛がってもらってね」

猫を抱き締めて家政婦が言った。その目はまた涙で潤んでいた。

悔しいけれど、アガサはわたしより家政婦に懐いていた。

家政婦が家を出て行ってから、わたしはリラに脅迫されていることを伝えようかとも思った。あの家政婦は、リラが考えているような『いい人』ではないことを教えてやりたかったのだ。

わたしは家政婦に嫉妬《しっと》を覚えていた。

だが、結局、リラには何も伝えなかった。リラにはこれ以上、辛《つら》い思いや、嫌な思いをさせたくなかったから。

その日、リラは一日中、とても沈んだ顔をしていた。その顔を目にするたびに、わたしの中に嫉妬心が甦《よみがえ》った。

リラはわたしのものだった。わたしだけのものだった。その大切なリラが、あんなひどい女のことを思ってクヨクヨしているのを見るのは不愉快だった。

15.

富川陽子が出て行くとすぐに、わたしは家政婦紹介所に電話を入れ、家政婦を紹介してもらった。大至急、代わりの家政婦を雇う必要があった。

新しい家政婦の条件として、わたしは料理の腕がいいことを第一に挙げた。リラもわたしも常にダイエットをしていて、たくさんのものを食べることはできなかった。だが、だからこそ、食べる時には美味《おい》しいものを口にしたかった。まずい料理や手抜きの料理なんて、絶対に食べたくなかった。

幸いなことに、数日後に新たな家政婦が来てくれることになった。今度の家政婦は五十代半ばのシングルマザーだった。彼女は働き者で綺麗好《きれいず》きなだけでなく、料理も上手だということだった。その家政婦は栄養士の資格を持っていて、栄養バランスのいい食事を作れるようだった。

富川陽子の夫が電話をしてきたのは、その日の午後のことで、わたしは銀座の店に出勤するために自室で化粧を施していた。

『富川だ』

男は言った。もはや佐藤とは名乗らなかった。

その電話でわたしは、金の受け渡しは今週の土曜日の午後にしたいと要求した。要求額の半分とはいえ、それはやはりかなりの額の金だったから、用意するためには時間が必要だった。

『わかった。金は現金で用意しろ』

手にしたスマートフォンからバリトン歌手のような男の声が聞こえた。男のすぐそばには、あの小柄な家政婦がいるようだった。

「現金ね。面倒だけど、わかったわ」

顔を強《こわ》ばらせてわたしは答えた。

『受け渡し場所は、あのホテルでいいな？　金を数えるのには時間がかかりそうだから、客室を予約しておく。その部屋に金を持ってこい』

「それは無理。大金を持って歩きまわるのは危険すぎるわ」

わたしは言った。要求された額の現金を運ぶには、スーツケースが必要なはずだったが、家政婦に命じられた誰かがそのスーツケースを横取りしないとも限らなかった。

『だったら、どこがいいんだ？』

「そうね……ええっと……そうだ。わたしのマンションに取りに来てもらえる？　ゲストルームを予約しておく」

少し考えてから、わたしは言った。

『ゲストルーム？　どこにあるんだ？』

「あなたの奥さんに訊《き》いて。彼女なら、何でも知ってるわ。そうだ。あなたじゃなく、奥さんに取りにきてもらってもいいのよ。そこにいるんでしょ？」

素っ気ない口調でわたしは言った。

『いや、金は俺と鈴木が取りに行く。それでいいな？』

「誰でもいい。わたしには関係ないことだから」

やはり素っ気なくわたしは言った。

電話を妻に替わってもらおうかとチラリと思った。味方だという顔をしてわたしを裏切り続けてきた女に、最後に一言、嫌味でも言ってやりたい気分だったのだ。けれど、何も言わないことにした。その夫婦とは早く縁を切りたかったから。

16

金曜日の午後までに、わたしは定期預金や投資信託を解約したり、所有していた株式を売却したり、複数の金融機関から借り入れをしたりして、富川陽子に要求された額の金を何とか工面した。

約束の土曜日の午後、わたしは自室で紙幣の束を樹脂製のスーツケースに詰め込んだ。それほどの大金を目にするのは初めてだったから、いろいろなことを考えてしまった。

その紙幣の一枚一枚は、どれもわたしが必死で稼いだものだった。どの一枚だって、簡単に手に入れられたものはないはずだった。

そう。その一枚の紙幣を手に入れるために、客に媚《こ》びを売ったこともあったし、笑いたくもないのに笑ったこともあった。言いたくもないお世辞を口にしたこともあったし、わたしが悪いわけではないのに謝罪をしたこともあった。そして、その一枚を手に入れるために、嫌な客に体を許したことさえあった。

わたしが必死の思いで稼いできたその大切な金を、あの女たちに横取りされてしまうのだ。そう思うと、口《く》惜《や》しくて体が震えた。

現金をスーツケースに詰め終えると、わたしはドレッサーの前で入念な化粧を施した。これから会うのが脅迫者であったとしても、ノーメイクで行こうとは思わなかった。

きょうのわたしは黒い薄手のカットソーに、脚にぴったりと張りつくような黒いタイトジーンズという恰好《かっこう》だった。外は風が冷たそうだったけれど、ゲストルームには空調が効いていたから、厚着をして行く必要はなかった。

店に出る時にはいつも洒落《しゃれ》た下着を身につけた。けれど、休みの日にはスポーツタイプのブラジャーをつけ、やはりスポーツタイプのショーツを穿《は》いていた。

出かける前に、自室にいるリラに声をかけた。けれど、リラは室内から「行ってらっしゃい」と言っただけで顔を出しはしなかった。

数日前から新しい家政婦が来て、家のことをしてくれていた。なかなか有能な家政婦だったが、リラはまだその家政婦とは打ち解けていないようだった。


玄関でパンプスを履いていると、アガサがわたしを見送りに来た。

アガサはリラが出かける時には、いつも玄関まで行って見送る。けれど、わたしが彼女に見送られるのは初めてだった。

「どうしたの、アガサ？　お見送りだなんて、どういう風の吹きまわし？」

足元の猫を見下ろして、わたしは言った。

そんなわたしを見上げて、アガサが「にゃーっ」と小さく鳴いた。わたしの言葉にアガサが反応するのも、とても珍しいことだった。

わたしを見上げたアガサが、何かを訴えるかのようにまた小さな声で鳴いた。

わたしは腰を屈《かが》めてアガサの顔を見つめ返し、それから、履いたばかりの踵《かかと》の高いパンプスを脱ぎ捨て、代わりにデッキシューズを出して履いた。

そのことに大きな理由があったわけではない。けれど、もしわたしに何かの危険が迫っていて、それをアガサが伝えようとしているのだったら、動きやすい恰好をしていったほうがいいように思われたのだ。

17.

このマンションにはゲストルームがふたつあって、どちらもマンションの一階、敷地の西側の外れにあった。『Room A』は五人未満のゲストのための部屋で、『Room B』はふたり部屋だった。わたしは『Room B』を予約していた。

「いい部屋じゃない。ホテルみたい」

ドアを開けた瞬間、わたしは思わずそう口にしていた。『Room B』は狭いほうの部屋だったけれど、居間と寝室が別になっていて、ホテルのスィートルームのように広々としていた。大きな窓にかけられたカーテンも、シックで上質なものだった。置かれている家具や調度品も高価そうなものばかりで、寝室に二台あるベッドも洒落ていた。

寝室をチラリと覗《のぞ》いてから、わたしは居間に戻り、洒落たソファに座って男たちを待った。ふたりは午後五時に来ることになっていた。

マンションのほかの部屋と同じように、このゲストルームも防音性が高いのだろう。部屋の中はとても静かで、エアコンの音のほかには何も聞こえなかった。秋の夕日が窓にかけられたカーテンを照らしていた。


彼らがやって来たのは、約束の時間の五分ほど前だった。

入ってきた男たちを見て、わたしはたじろいだ。やって来たのがふたりではなく、四人もの男たちだったからだ。

初めて目にするふたりの男が、鈴木と名乗った男と、富川陽子の夫に続くようにしてゲストルームに入ってきた。その男たちはどちらも三十歳前後で、どちらも大柄で太っていて日焼けしていた。ふたりはわたしを目にした瞬間、びっくりしたような顔をした。

もちろん、彼らが驚いた理由はわかっている。彼らが予想していたより、わたしが遥《はる》かに美しかったからに違いなかった。わたしを初めて見た人たちは、しばしばそんな顔をするのだ。

「どうして四人もいるの？」

富川陽子の夫に強い口調でわたしは尋ねた。

「大金を数えるのには、人数が多いほうがいいと思ってな」

バリトン歌手のような声で富川陽子の夫が言った。その男はわたしの好きなタイプとはかけ離れていたけれど、声だけはなかなか素敵だった。

「お金はそのスーツケースの中よ。さっさと数えて、さっさと出て行って」

部屋の片隅に置いたスーツケースを指差し、素っ気ない口調でわたしは言った。

「焦らせるな。時間はたっぷりとあるんだ。あんた、今夜は店には行かなくていいんだろう?」

立ち上がったわたしの全身を、富川陽子の夫が舐《な》めまわすかのように見つめて言った。その絡みつくような視線は不愉快だった。そんな目でわたしを見ていいのは、それ相応の見返りを……もっとはっきり言えば、金銭を与えてくれる者たちだけだった。

富川陽子の夫がすぐにスーツケースを開いた。それを合図に、男たちは床に置かれたスーツケースを取り囲むようにしゃがみ込んで現金を数え始めた。彼らは百枚ごとに束ねられた紙幣の紙製の帯を切り、その一枚一枚を数えていたから、すべてを数え終えるのにはかなりの時間がかかりそうだった。

「どの束も百万ずつあるわ。わたし、お金を誤魔化すようなことは絶対にしないから」

呆《あき》れたような口調でわたしは言った。けれど、その言葉に耳を貸す者はいなかった。

男たちはスーツケースに入っていたすべての紙幣を二度にわたって数えたし、紙幣を数えることに慣れていないらしく、とても不器用な手つきだったから、その作業が終わった時には、時計の針は午後六時を指そうとしていた。

そのあいだ、わたしはソファにもたれ、彼らの様子をぼんやりと見つめていた。富川陽子の夫と名乗ったカマキリ男を除いた三人は、全員がとても大柄だった。富川陽子の夫は筋肉質な体つきをしていたが、ほかのふたりはだらしなく太っていた。

「大丈夫だ。ちゃんとある」

富川陽子の夫がようやく口を開き、日焼けしたその顔をわたしのほうに向けた。わたしを見つめる男の視線はとてもいやらしいものだった。

「あるに決まっているでしょう。用が済んだら、さっさと出て行って」

素っ気なくわたしは言った。

「それが……実はまだ、用は済んでいないんだよ」

耳に心地よく響く声で男が言うと、日焼けした顔にいやらしい笑みを浮かべた。

「どういうこと？」

わずかに身構えながら、わたしは訊《き》いた。

「目の前に、こんないい女がいるんだ。何もせずに帰るっていう手はないだろう。そうだよな、みんな？」

その言葉を耳にしたほかの三人が、いっせいにわたしに視線を向けた。

身の危険を覚えたわたしは反射的にソファから立ち上がり、ドアに向かって足早に移動した。そんなわたしの肘《ひじ》の辺りを、男のひとりがものすごい力で摑《つか》んだ。

「何をするのっ！　手を離しなさいっ！」

わたしは怒りに声を震わせ、男の手を振り払おうとした。

けれど、男はその手を離すどころか、さらに力を込めてがっちりと摑んだ。

「若月さん、要求額を半分にしてやったんだ。その礼として、俺たちの相手をするぐらい、お安いものだろう？　陽子の話だと、客たちとは簡単に寝るみたいじゃないか」

楽しげに笑いながら男が言い、彼らが何をしようとしているのかをわたしは悟った。

18.

わたしは渾身《こんしん》の力で腕を振りまわして男の手を振り払い、再びドアに向かおうとした。

けれど、そこにはすでに、別の男が立ち塞《ふさ》がっていた。

「そこをどきなさいっ！」

声に力を込めてわたしは命じた。

けれど、その男はドアの前から動こうとはせず、そのあいだにほかの三人がわたしを素早く取り囲んだ。

「誰とでも寝る女のくせに、そんなにキーキー言うな」

富川陽子の夫がまた笑った。

その笑みがわたしをゾッとさせた。彼らは本気でわたしをレイプするつもりなのだ。

わたしは背後にある白い壁に向かって後退《あとずさ》った。そんなわたしに、富川陽子の夫が真っすぐに向かってきた。

男がその太い腕をわたしに伸ばした。その瞬間、わたしは右腕を素早く背後に引き、ボクシングのストレートパンチを放つように、握り締めたその手を男の顔面に向かって力任せに突き出した。

とっさに男は顔を背けようとした。けれど、その前に、わたしの拳《こぶし》が男の左の目をまともに捉《とら》えた。キックボクシングで培ったわたしのパンチはそれほど速いのだ。

ばちんという鈍い音とともに、日焼けした男の顔が後方にのけ反り、太い首が見えた。

その直後に、男は低い呻《うめ》きをあげながら背中からひっくり返り、両手で顔を押さえて床の上を転げまわった。

その様子を見たほかの三人の顔に驚愕《きょうがく》の表情が浮かんだ。

「どきなさいっ！　痛い目に遭いたくなかったら、言われた通りにしなさいっ！」

わたしはキックボクシングで習ったファイティングポーズを取った。

わたしがジムに通っていたのは美容のためだったが、同時に護身のためでもあった。

わたしは非力だったけれど、フットワークが抜群で、パンチも正確で鋭かったから、ジムの会長に試合に出てみないかと勧められたことさえあった。

わたしがファイティングポーズを取ると同時に、三人の男たちも身構えた。

「気をつけろ。その女、手強《てごわ》いかもしれないぞ」

ようやく床から体を起こした富川陽子の夫が言った。左の目が真っ赤に充血し、目の周りに赤黒いアザができていた。

「やるぞ。いいな」

男のひとりが言い、三人が同時にわたしに襲いかかってきた。

わたしは素早く身をかわしながら、そのひとりの左の側頭部にまわし蹴《げ》りを放った。その蹴りは左こめかみに命中し、男は「ぐっ」という声とともにその場に崩れ落ちた。

だが、次の瞬間には別のひとりが、わたしを背後から力ずくで羽交い締めにした。わたしは男の腹部に鋭い右肘を打ち込み、同時に激しくもがいてそれを振り解《ほど》こうとした。

腹部を肘で強打された男が呻きを漏らして手を緩めた。だが、わたしが羽交い締めを完全に振り解き終える前に、別のひとりがわたしの腹部の中央に拳を深々と突き入れた。

背骨にまで達するような衝撃が体を貫き、わたしは体をふたつに折って低く呻いた。自分の口から溢《あふ》れた胃液が、磨き上げられた床に滴るのが見えた。

わたしは必死で体を起こそうとした。けれど、それはできなかった。四人の男の誰かがわたしの背中に、凄《すさ》まじいまでの肘打ちを見舞わせたからだ。

呼吸が完全に止まり、わたしは思わず床に膝《ひざ》を突いた。そんなわたしの顎《あご》を男たちのひとりがアッパーカットのように下から殴りつけた。

その強烈な一撃で、わたしは意識を失った。

19

誰かがわたしの名を呼んでいた。その声に、わたしは朦朧《もうろう》となりながらも目を開いた。

一瞬、自分がどこにいるのか、わからなかった。

白い天井が見えた。わたしを取り囲むように立った四人の男たちの姿も見えた。男たちは全員が服を脱いでいて、ボクサーショーツだけという恰好《かっこう》をしていた。わたしが仰《あお》向《む》けに横たわっているのは、寝室に置かれたベッドのひとつのようだった。

反射的に、わたしは上半身を起こそうとした。けれどその前に、脇に立っていたふたりの男が、わたしの両腕を左右から素早く押さえつけた。そのことによって、わたしは万歳でもしているかのような恰好にさせられた。

「目が覚めたな。気分はどうだ？」

わたしの顔を覗《のぞ》き込み、富川陽子の夫が言った。「それにしても、あんた、ものすごく色っぽい体をしているんだな」

その言葉を耳にしたわたしは、とっさに自分の体に目を向けた。その目に、えぐれるほどにへこんだ剥《む》き出しの腹部と、臍《へそ》に嵌《は》められたダイヤモンドが飛び込んできた。気を失っているあいだにカットソーとタイトジーンズを脱がされてしまったようで、わたしが身につけているのは白いスポーツタイプのブラジャーとショーツだけだった。

強く殴られた腹部と背中が、鈍い痛みを発し続けていた。拳で打ち抜かれた顎も痛かった。けれど、意識は少しずつはっきりとしていった。

ボクサーショーツだけになった富川陽子の夫は、やはりとても筋肉質な体をしていた。胸も盛り上がっていたし、腹部には筋肉が浮き上がっていた。それとは対照的に、カマキリ男は貧弱な体つきをしていた。残りのふたりはどちらもだらしなく太っていて、腹部にもたっぷりと肉がついていた。

富川陽子の夫が手を伸ばし、ブラジャーの上からわたしの乳房を撫《な》でまわした。

「汚い手で触るなっ！」

わたしは身をよじって叫んだ。

「この礼はたっぷりとさせてもらうぞ。お前たち、女の手首を押さえつけていろ」

腫《は》れた左目を指さして、富川陽子の夫が言った。いつの間にか、男は大きなサバイバルナイフを握り締めていた。

次の瞬間、富川陽子の夫がベッドに上がり、わたしの腹部、ダイヤモンドのピアスが嵌められた辺りに素早くまたがった。

男の体重をまともに受けて、わたしは苦しさに呻きを漏らした。

すぐに男がサバイバルナイフをわたしの胸に近づけ、鋭利なそれでブラジャーのカップを繋《つな》いだ部分の生地と、左右のストラップを次々に切断した。

わたしは抵抗しなかった。抵抗したら、命の危険が伴うかもしれなかったから。

「さて、胸を拝ませてもらうぞ」

嬉《うれ》しそうにそう言うと、男が切断されたブラジャーをわたしの胸から取り除いた。

その瞬間、少女のように小ぶりな乳房があらわになった。

「男みたいな胸だな」

だらしない体つきをした男のひとりが言った。その男は今も、わたしの右手首を強く握り締めていた。

「でも、乳首はでっかいぜ」

だらしない体つきのもうひとりが言った。そっちの男は、華奢《きゃしゃ》なブレスレットが巻かれたわたしの左手首を摑んでいた。

富川陽子の夫がわたしの乳房に手を伸ばし、それを強く揉《も》みしだいた。

「貧乳だけど、揉み応《ごた》えはいいぞ」

男が嬉しそうな口調で言い、指先で乳首をつまんだり、ひねったりした。

わたしは凄まじい恥辱と、吐き気を催すほどの強い屈辱を覚えた。けれど、何も言わなかった。目を閉じることも、顔を背けることもしなかった。

腹部にまたがっていた男が体の向きを変え、わたしの脚のほうに体を向けた。

「今度はこっちを見せてもらおう」

大きな背をわたしに向けた男が楽しげに言った。直後に、男はわたしのショーツの左右の部分の生地をナイフで切断し、小さな木綿の布を力任せに尻《しり》の下から引き抜いた。

「ほとんど毛が生えていないんだな。こっちも子供みたいだ。ついでだから、全部剃《そ》っちまおう」

嬉しそうに言いながら、男がナイフの刃でわたしの股間《こかん》をまさぐり始めた。そこに生えた毛を剃り落としているらしかった。

そのことにわたしはまた、正気を保つのが難しいほどの屈辱を覚えた。

わたしを誰だと思っているんだ、若月れい子だぞ、と言いたかった。若月れい子は特別な女なんだ、若月れい子は選ばれた人間なんだ、お前たちとは別の次元に生きているんだ、だから気安く触るんじゃない、と。

けれど、やはり、わたしは身動きしなかった。

「よし。一本もなくなった。ガキみたいにツルツルだ。それじゃあ、口でやってもらおうか。陽子の話だと、若月さん、フェラはすごいらしいからな」

男がわたしの腹から降り、ベッドの上に仁王立ちになった。男は今もその右の手に、大きなナイフを握り締めていた。

ベッドの上で男がボクサーショーツを素早く脱ぎ捨てた。その股間では目を逸《そ》らしたくなるほどグロテスクな男性器がそそり立っていた。

「お前ら、手を離していいぞ」

富川陽子の夫が言い、ふたりの男がわたしの手首から手を離した。その直後に、彼はナイフを持っていないほうの左手でわたしの髪を鷲掴《わしづか》みにした。そして、髪を引っ張って上半身を力ずくで起こさせ、わたしの首筋にナイフを突きつけたまま、いきり立っている男性器をルージュに彩られた唇に押しつけた。

「もし、嚙《か》んだら、首を刺す。本当に刺す。わかったな？」

男が言った。その息が頭上からわたしの顔に吹きかかった。

万事休すだった。わたしにできることは、目を閉じ、口を開き、グロテスクで巨大なそれを口の中に受け入れることだけだった。

男の性器はわたしの手首よりずっと太かった。

「始めろ」

髪を鷲摑みにした男が命じ、わたしは唇をすぼめて顔を前後に動かし始めた。

硬直した男性器を口に押し込まれているあいだ、わたしは意識的に心を空っぽにしようとしていた。わたしは人一倍、自尊心が強かったから、そうでもしていないと、心が壊れてしまうと感じたからだ。

けれど、それはなかなかうまくいかなかった。

いきり立った男性器が口から出たり入ったりするたびに、砂の城が風で崩れていくように、わたしの心はどんどん崩れていった。

気がつくと、わたしは泣いていた。

最後に泣いたのは、いつだろう？　けれど、それを思い出すことはできなかった。母が死んだ時にも、わたしは泣かなかったから。

とても長いあいだ、男は口を犯し続けた。途中からはわたしの顔を猛烈な速さで前後させて、男性器の先端で喉《のど》の奥を荒々しく突き上げた。

それほど乱暴に口を犯されたのは初めてで、わたしは何度も男性器を吐き出し、身をよじって激しく咳《せ》き込んだ。

許して、と訴えたかった。もう勘弁して、と言いたかった。けれど、言わなかった。許しなど乞《こ》うたら負けだと思ったのだ。

わたしの自尊心は傷ついてはいたが、今もなお健在のようだった。

咳《せき》が終わるのを待ちかねたかのように、男はわたしの口に巨大な性器を押し込み、再び顔を前後に荒々しく打ち振った。

オーラルセックスを強いられているわたしを、ほかの三人がスマートフォンで撮影し続けていた。そのことも、わたしに凄《すさ》まじいまでの屈辱をもたらした。アダルトビデオの女優にされてしまったかのように感じたのだ。

「うまいなあ。まるでフェラをするために生まれてきたみたいだ」

わたしの口を犯している男が言った。

悔しくてたまらなかったけれど、わたしにできたのは耐えることだけだった。

硬い男性器がわたしの喉を突き上げた。突き上げ、突き上げ、突き上げ……そして、やがて、男が低く呻《うめ》きながら、口の中におびただしい量の体液を放出した。

「若月さん、どうすればいいか、あんたにはよくわかっているよな？」

男性器の痙攣《けいれん》が終わるのを待って口からそれを引き抜いた男が、嘲《あざけ》りのこもった目でわたしを見下ろした。

わたしはもう何も考えず、しっかりと目を閉じて、口の中のものを嚥下《えんか》した。

20.

富川陽子の夫へのオーラルセックスを終えた時には、わたしの自尊心は確かに存在していた。けれど、その後に襲いかかってきた凄まじいまでの試練が、傷ついていた自尊心を粉々に、完膚なきまでに打ち砕いた。

その後も、わたしは男たちに犯された。性の奴隷のように、実に執拗《しつよう》に、実に長時間にわたって、これでもかと言うほど徹底的に犯された。

四人の男たちは、仰向けに押さえ込んだわたしを犯した。俯《うつぶ》せに押さえつけたわたしを犯した。四つん這《ば》いの姿勢を取らせて、わたしを犯した。ふたりの男が何度も、口と性器を同時に犯した。

四人の男たちは全員が一度か二度、わたしに体液を嚥下させた。男のふたりは、わたしの顔に体液をぶちまけた。完全に挿入することはできなかったが、男のひとりはわたしの肛門《こうもん》に男性器を押し込もうとした。

だが、途中からは誰が何をし、何を命じたのか、わからなくなってしまった。

「もう、いやっ……やめてっ……もう許してっ……お願い、許してっ……」

わたしは無意識のうちにそう言っていた。自尊心が強くて気丈な自分の口から、そんな言葉が出ていることが、わたし自身にも理解できなかった。

わたしはずっと泣いていた。涙を抑えることができなかった。

わたしの心が完全に壊れたのがいつだったのかは、よくわからない。いずれにしても、ある時点でわたしはわたしではなく、わたしの知らない誰かになった。

そして、わたしはついに、口に深く押し込まれていた男性器に歯を立てた。千切《ちぎ》れてしまうほど強く嚙み締めたのだ。

なぜ、そんなことをしたのかは、自分にもわからない。もしかしたら、生まれて初めて、自暴自棄になっていたのかもしれない。

凄まじい叫びを上げた男が、両手で股間を押さえながら後退《あとずさ》った。その指のあいだから溢《あふ》れ出た鮮血が床に滴り落ちるのが見えた。

その時になって初めて、わたしはその男が富川陽子の夫だったということを知った。

「この女、ふざけやがってっ！」

富川陽子の夫が叫び、床に転がっていたナイフを拾い上げた。そして、カマキリ男が制止するのを振り払い、その大きなナイフを振りかざしてわたしに襲いかかってきた。

わたしは男の顔を見た。日に焼けたその顔は、怒りと憎しみに歪《ゆが》んでいた。

男がナイフを勢いよく振り下ろし、わたしの顔面を切りつけようとした。

顔をやられたっ！

わたしは思った。だが、無意識に身をのけ反らすことで、その一撃をギリギリのところでかわした。

最初の一撃を空振りした男が、再びナイフを振り上げようとした。だが、その前に、わたしは残っていた力を動員して、空手の選手がするように、ナイフを握った男の手首を拳《こぶし》で強く叩《たた》いた。

ナイフが男の手を離れ、音を立ててふたりのあいだの床に叩きつけられた。

ナイフを拾おうと男が腰を屈《かが》めた。だが、わたしは男より早く身を屈め、ナイフを素早く拾い上げた。

わたしが顔を上げ、男も顔を上げた。

男が何か言おうと口を開きかけた。だが、男の口から言葉が出る前に、わたしは右手に握り締めたナイフを、すぐ前にいる男の左脇腹に突き入れた。

ナイフの先端が皮膚に突き刺さり、その長い刃が男の中に沈んでいくのが見えた。鋭利な刃が肉を引き裂き、骨をかすめる感触を、わたしは右手にはっきりと感じた。

わたしはすぐにナイフから手を離した。けれど、それは男の左脇腹に突き立ったままだった。

男は言葉にならない声を上げながら何歩か後退った。そして、尻餅《しりもち》でもつくかのようにその場に崩れ落ち、そのまま床に仰向《あおむ》けに倒れ込んだ。

三人の男たちが口々に叫んでいるのが聞こえた。けれど、そちらには顔を向けず、わたしは男に歩み寄り、床に仰向けになったその姿を見つめた。男はその太い腕や脚を、不規則に痙攣させていた。

筋肉の浮き出た腹部は今も上下運動を続けていたが、意識はほとんどないようだった。たぶん、今すぐに病院に運び込まれたとしても、助からないだろう。巨大なナイフはそれほど深く男の中に埋没していた。

わたしは身を屈めると、男に突き立ったままのナイフの柄を摑《つか》み、それを脇腹から引き抜いた。刺した時には夢中だったが、それを抜くにはかなりの力が必要だった。

ナイフが抜かれた瞬間、傷口からどろりと血が溢れた。けれど、意外なことに、三十センチほどの刃にはほんの少ししか血がついていなかった。

再びナイフを手にすると、わたしは啞然《あぜん》とした表情の三人に向かって怒鳴った。

「出て行けっ！　今すぐ出て行けっ！」

三人の男たちはまた、口々に何かを言った。けれど、その言葉はわたしの耳には入ってこなかった。

「出て行けっ！　殺されたくなかったら出て行けっ！」

ナイフを構えて男たちに歩み寄り、わたしはさらに叫んだ。

男たちは口々に何かを言いながら、床に散らばっていた衣類を慌ただしく身につけた。

部屋を出る前に、カマキリ男がスーツケースに近づいた。

「それに触るなっ！」

わたしはまた叫んだ。その金はわたしのものだった。わたしの血と汗の結晶だった。

カマキリ男がビクッとしてスーツケースから手を離した。その直後に、三人はドアの外に飛び出して行った。

21.

男たちが出て行き、ドアが閉められた瞬間、わたしはハッとして我に返った。

わたしは取り返しのつかないことをしてしまったのだ。長い時間をかけて、必死で積み上げ、懸命に築き上げてきたもののすべてを、一瞬にして失ってしまったのだ。

「何で殺したのっ！　何て馬鹿なことをしたのっ！」

全裸で床にしゃがみ込み、わたしは両手で髪を掻《か》き毟《むし》った。

男性器に歯を立てるべきではなかったのだ。あと少し我慢すればよかったのだ。そうすれば何事もなかったかのように、わたしの日常は続いていたのだ。それなのに……それなのに……。

『覆水盆に返らず』という言葉が頭をよぎった。時間を巻き戻すことは誰にもできないのだ、ということをしみじみと感じた。

きっと、あの男たちは警察に通報するのだろう。間もなく、ここに警察官たちがやって来て、殺人の罪でわたしを逮捕するのだろう。

その瞬間、わたしは「あっ」という声を出した。リラにまで警察の手が及ぶのだということに気づいたのだ。

ああっ、リラ。わたしは最愛のリラを犯罪者にしたのだ。誰よりも大切なリラを、刑務所送りにしてしまうのだ。

死のう。死んでしまおう。

わたしは思った。もはや、選択肢はなかった。リラに償うためには、この命をもってするしかなかった。

わたしが死んだら、富川陽子はリラに情けをかけてくれるかもしれなかった。桃子の夫の死体を埋めたのは、わたしひとりのしたことだと言ってくれるかもしれなかったし、立花涼介のことは何も言わずに済ませてくれるかもしれなかった。

いや、きっとそうしてくれるだろう。富川陽子はリラを愛していた。だとしたら、リラを犯罪者にはしたくないはずだった。

22.

わたしのカットソーとタイトジーンズが、ベッドのすぐ脇の床に放り出されていた。

わたしはそれらを拾い上げて、じかに身につけた。その時、股間《こかん》の毛が一本残らず剃《そ》り落とされていることに気づいた。

わたしは床に転がっている男を見つめた。

男の腹部は上下運動をやめていた。たぶん、心臓も動いてはいないだろう。嚙《か》まれた男性器は千切れかかっていたが、そこからの出血はほとんどなくなっているようだった。脇腹から流れ出た血液が床に広がっていたが、それは早くも色を変え始めていた。

男から離れると、わたしは顔を洗うために洗面所に向かった。わたしの死体を発見した人に、精液まみれの顔を見られたくなかった。

洗面所の鏡に映った顔は、見るも無惨なことになっていた。マスカラやアイシャドウやアイラインが流れ落ちて、目の周りが真っ黒になっていた。男性器を何度も押し込まれたために、ルージュは完全に剝《は》げ落ちていた。

わたしは洗面所にあったフェイスソープを使って、男たちの体液にまみれた顔を何度も洗った。新たに化粧をすることも考えた。けれど、結局、それを諦《あきら》めた。とてもではないが、そんな気力はなかった。

死ぬ前に、リラの声を聞こう。

顔を洗い終えた時、急にそう思った。

最後にリラの声が聞きたかった。謝りたかったし、感謝の気持ちも伝えたかった。

わたしのバッグは、居間のローテーブルの上に置かれたままになっていた。わたしはそのバッグに歩み寄り、中からスマートフォンを取り出してリラに電話をした。

リラはなかなか電話に出なかった。

電話に出て。お願い。最後に声を聞かせて。お願い……お願い……。

その願いは通じた。スマートフォンからリラの『なあに？』という愛想のない声が聞こえたのだ。

「もしもし、リラ。あの……リラにどうしても言っておきたいことがあるの」

最愛の娘への思いを込めてわたしは言った。

『あとにしてくれない？　わたし、今、読書中なの』

面倒臭そうにリラが言った。

「読書の邪魔をしてごめんね。でも、今じゃなきゃダメなの」

不機嫌そうなリラの顔を思い浮かべ、わたしは必死で言った。

『どうしたの、お母さん？　何かあったの？』

リラが尋ねた。彼女は勘のいい子だった。

「よく聞いて、リラ。わたしね、これからいなくなるの」

『どういうこと？』

リラが驚いたような声を出した。けれど、わたしはそれには答えずに言葉を続けた。

「リラ。これからは、わたしに言われたことを思い出しながら生きていきなさい。お前になら、わたしが辿《たど》り着けなかったところに行くことができるはずだから。お前なら、わたしの何倍も幸せになれるはずだから」

わたしは言った。本当にそう思っていたのだ。

わたしとは違い、リラは自分のことより他者を優先して考える子だった。そして、敵の多いわたしとは違い、たくさんの人に愛される子だった。

『何を言っているの？　お母さんの言っていることが全然わからない』

リラの言葉を遮るようにして、わたしはさらに言葉を続けた。

「わたし、リラが大好き。この世の誰よりも好き。リラ、これだけは覚えておいて。わたしがいなくなっても、頑張って生きるのよ。リラ、いろいろとごめんね。許してね。それから、こんなにいい子に育ってくれてありがとう。お前はわたしの自慢の娘よ」

言っているうちに、目頭が熱くなった。これでリラとはお別れだった。

『お母さん、まさか……死ぬ気なの？』

リラの声が聞こえた。その声が震えていた。

わたしはまたその問いには答えず、「大好きよ、リラ。大好き」と言って電話を切り、スマートフォンの電源をオフにした。

23

浴室の脱衣所の棚には二着のバスローブが用意されていた。清潔で真新しい白いタオル地のバスローブだった。

わたしはその二着のバスローブからそれぞれ腰紐《こしひも》を抜き取ると、その二本をしっかりと一本に繋《つな》ぎ合わせた。そして、居間に戻り、天井の通風孔の真下に椅子を運び、その椅子の上に立ち上がって、バスローブの腰紐を通風孔の鉄格子に強く縛りつけ始めた。

その腰紐で首を吊《つ》るつもりだった。たった一度の生の時間を、そうすることで終わらせてしまうつもりだった。

猛烈な恐怖心が込み上げて、腰紐を縛る手が激しく震えた。椅子に立っている脚もガタガタと震えていた。

通風孔の鉄格子にバスローブの腰紐を縛り付けると、わたしはそこからだらりと垂れ下がっている腰紐の先端を摑《つか》んだ。そして、それを自分の首にぐるぐると巻きつけ、解《ほど》けてしまうことがないように顎《あご》の下でしっかりと縛りつけた。

これで準備は完了だった。あとは足元の椅子を蹴倒《けたお》すだけだった。そうすれば、たぶんすぐに、わたしは絶命するはずだった。

苦しいのだろうか？　痛いのだろうか？

無念だった。こんなに頑張って生きて来たのに……そう思うと、やりきれなかった。

けれど、今はもう考える時ではなかった。

お別れだ。これでこの世界のすべてのものとお別れだ。

わたしは足元の椅子を蹴倒そうとした。

その時、ゲストルームのドアが開けられ、「お母さんっ！　何してるのっ！」と叫ぶ声が聞こえた。リラの声だった。

「何をしに来たの？」

ドアのほうに顔を向けてわたしは言った。

けれど、リラは返事をせず、椅子の上に立っているわたしに駆け寄り、わたしの腰の辺りをしっかりと抱き締めた。

「馬鹿なことはやめてっ！」

叫ぶかのように言うと、リラが椅子に飛び乗った。そして、わたしの顎の下の結び目を夢中で解き始めた。

わたしは抵抗しなかった。死なずに済んで、ホッとしていたのかもしれない。

「どうしてここがわかったの？」

「お母さんがゲストルームを予約していることは、何日も前から知ってたわ」

固く結ばれた腰紐を懸命に解きながらリラが答えた。

椅子から降りたわたしは立っていることができず、ふらふらとソファに近づき、倒れ込むかのようにそこに座り込んだ。いまだに全身が震えていた。体からは脂汗が噴き出していて、口の中はカラカラだった。

リラはすぐに、床に転がっている全裸の男の死体に気づいて息を呑《の》んだ。

「何があったの？　すべて説明してっ！」

咎《とが》めるような視線でわたしを見つめたリラが強い口調で訊《き》き、わたしの向かいのソファに腰を下ろした。

わたしは小さく頷《うなず》いた。そして、震えている声でこれまでの経緯のすべてを……桃子がフライパンで夫を撲殺し、わたしに電話をしてきたこと……その死体をリラと一緒に山中に埋めたこと……家政婦がレクサスの車内だけでなく、家のいたるところにカメラと盗聴器を隠していて、わたしたちが死体を埋めたことを知っていたこと……家政婦はわたしのせいで父と母が自殺し、家族が崩壊したと思っていて、復讐《ふくしゅう》目的で家に入り込んだということ……わたしがリラに立花涼介を毒殺させたことも、家政婦は知っていること……その家政婦が、夫とその仲間と共謀してわたしを脅したこと……そして、ついさっきここで、わたしは四人の男たちに長時間にわたってレイプされたこと……わたしが死ねば、富川陽子はリラを罪人にすることはないだろうと思っていること……わたしは何ひとつ隠すことなくリラに打ち明けた。

「富川さんがそんなことをしていたなんて……信じられない」

ひどく顔を強《こわ》ばらせてリラが言い、わたしはリラの目を見つめて深く頷いた。

「だから、死ぬつもりだったの。わたしが死ねば、家政婦はリラを見逃してくれると思ったの。あの人、わたしを憎んでいたけど、リラのことは大好きだったみたいなの」

声を震わせてわたしは言った。

「わかった。よくわかった。少し考えさせて」

リラが頷き、何かを考えているような表情になった。

「だから、リラ、わたしは……」

「ちょっと黙っていて」

リラがわたしの言葉を遮った。

「でも、リラ、わたしは……」

「黙ってて、って言っているでしょっ！」

強い視線をわたしに向け、叫ぶようにリラが言った。

その剣幕に気圧《けお》されて、わたしは思わず口をつぐんだ。

24.

十分近くにわたって、リラは何かを考えているような顔をしていた。わたしが何かを言おうとするたびに、「黙っていてっ！」と強い口調で命じた。

そう。このわたしに、リラが命令しているのだ。いつもはわたしがしていることを、あのおとなしいリラがしているのだ。

わたしはそれを、とても意外に感じた。

やがて、リラが口を開いた。

「自首しましょう。これから、ふたりで警察に出頭しましょう」

「自首？」

わたしは呻《うめ》くような声を出した。自首するなんて、今の今まで考えもしなかったから。

「そうよ。自首すれば、罪はいくらか軽くなるはずよ」

自信ありげにリラが言った。「桃子さんの殺人は露見してしまうけど、殺意はなかったみたいだし、夫婦喧嘩《げんか》の末のことだから、情状の余地があると思う。お母さんに死体を捨てさせたのはかなり問題だけど、有罪になったとしても、何年かで刑務所から出てこられるはずよ」

「桃子が刑務所に送られるの？」

桃子の顔を思い浮かべて、わたしはわなないた。

「人を殺したんだから、しかたがないでしょう？　おまけにその殺人を隠したんだから。罪人はその罪を償うべきで、それを庇《かば》うのは犯罪よ」

またしても、自信ありげにリラが言った。

わたしは力なく頷いた。

そう。あれがすべての発端だったのだ。あの時、わたしがするべきだったのは、死体を埋めに行くことではなく、桃子に自首するように勧めることだったのだ。

「次に、わたしのことね」

雄弁なリラの口から、さらなる言葉が発せられた。「確かに、わたしは桃子さんの夫の死体を埋めた。だけど、それはお母さんに無理やりさせられたことで、当時のわたしが高校生だったことを考えれば、重い罪に問われることはないわ。執行猶予がつくわ」

黙っているわたしに向かって、リラが次々と言葉を投げつけた。

わたしはそんなリラの顔をまじまじと見つめた。そこにいるのが自分の娘ではなく、有能な弁護士のように見えたからだ。

「リラ、どうしてそう思うの？」

「無駄に本を読んでいないわ」

リラが言った。その顔は、見たことがないほどに生き生きとしていた。「わたしが立花さんを毒殺したのも、お母さんに命じられたからだから、わたしはお母さんほどには重い罪には問われないわ。まあ、少しは刑務所に入れられるかもしれないけど、桃子さんよりずっと早く出所できると思う。うまくいけば、執行猶予がつくかもしれないし。だから、わたしのことは心配しないで。わたしはもっと辛《つら》い試練に耐えてきたんだから、刑務所なんて、へっちゃらよ。問題はお母さんね」

リラが挑むかのような視線をわたしに向けた。

「そうよ。お母さんは問題よ。極悪非道だもん」

目を輝かせるようにしてリラが言った。化粧っけがなかったけれど、その顔はこれまで見た中で一番美しかった。

「わたしは死刑になるのかしら?」

「怖いの? 死のうとしたのに、おかしいわね。でも、死刑になることはないと思う」

ふっくらとした唇のあいだから白い歯を覗《のぞ》かせてリラが笑った。「きょう、ここでお母さんが犯した殺人は、四人の男たちにレイプされたという状況を考えれば、正当防衛が認められる可能性があるわ」

「正当防衛……」

「うん。この殺人はたいした罪にはならないかもね。でも、桃子さんの夫の死体を遺棄したことと、わたしに立花さんを毒殺させたことに対しては、重い刑が科せられるでしょうね。特に、立花さん殺しは重罪よ。彼は娘の実の父親だしね。まあ、お母さんは極悪非道な毒母なんだから、それぐらいの代償は覚悟しないとね」

リラは本当に楽しそうだった。「それでも、死刑になることはないんじゃない? 立花さんを娘に殺させたことに正当な理由があって、有能な弁護士がちゃんとやってくれれば、そうね……懲役五年ぐらいかな? 悪くても、七年か八年ぐらいじゃない?」

「七年か八年……」

「たとえ刑務所に行くことになったとしても、わたしはすぐに出てこられるはずだから、どこかでお母さんを待っていてあげる。お母さんが出所する日には、刑務所まで迎えに行ってあげる」

その言葉を耳にした瞬間、わたしは刑務所の出口でわたしを待っているリラの姿を思い浮かべてしまった。

もし、七年か八年で刑期が終わってくれるなら、その時にはまだリラは二十代で、今と同じように美しいはずだった。その美しいリラがわたしを迎えにきてくれるなら、どんな試練も乗り越えられそうな気がした。

どういうわけか、警察は踏み込んでこなかった。もしかしたら、富川陽子とあの男たちも、どうするべきか迷っているのかもしれなかった。富川陽子には脅迫という罪があったし、あの男たちにもわたしを何度もレイプしたという重罪があったから。

25.

わたしはリラの提案に同意した。ほかに選択肢はないように思われたから。

「最後の問題は、アガサね」

急に悲しそうな顔になったリラが、目を伏せて呟《つぶや》いた。「わたしが刑務所から出てくるまで、誰かに預かっていてもらうしかないわね。ペットホテルにずっと預けておくのはかわいそうだし……今すぐに預かってくれる友達も思いつかないし……わたしたちには親戚《しんせき》がひとりもいないし……」

「あの、リラ……アガサはわたしの弁護士に頼んだらどうかしら?」

わたしはリラに、おずおずとした口調でそう提案した。

「弁護士?」

「うん。河合和子《かわいかずこ》さんっていう女性弁護士で、長い付き合いなの。今度のことも、河合さんに弁護してもらうつもりでいるの」

河合和子のふくよかな顔を思い浮かべてわたしは言った。

「その人、アガサを大切にしてくれるの?」

「大丈夫だと思う。河合さんは保護猫を助ける活動をしているし、彼女自身も何匹かの猫を飼っているから……そうだ。今、電話してみるね」

笑みを浮かべてわたしは言った。少しでもリラの役に立てそうで嬉《うれ》しかった。


電話に出た弁護士に、わたしはこれまでの経緯をすべて説明した。いつも穏やかで落ち着いている弁護士は、ひどく驚いたようで、これからここに来ると言ってくれた。アガサのことは心配しなくていいとも言ってくれた。

電話を切ったわたしは、心配そうな顔でこちらを見ているリラにそれを伝えた。

「そう? それなら、安心ね。よかった」

リラが微笑んだ。けれど、その笑みはやはり寂しげだった。

わたしと長く離れていることは平気だけれど、アガサと離れ離れになってしまうことがリラには耐えられないのだろう。

そう。リラにとってのわたしは、アガサより下なのだ。

「さて、弁護士さんが来るなら、急いで部屋に戻りましょう。ちゃんとお化粧をして、髪を整えて、着替えもしなくちゃならないから。お母さん、ひどい顔よ」

わたしを見つめてリラが言った。

「警察署に出頭するのに、お化粧をするの？」

「当然よ。世界一美しい殺人者と、二番目に美しい殺人者なんだから」

『世界一』という言葉を口にした時にリラは自分の顔を指差し、『二番目』と言う時にはわたしを指差した。

「リラ。それは違うわよ。一番はわたしで、リラは二番でしょう？」

怒ったような顔をしてわたしは言った。

「馬鹿なことを言わないで。一番はわたしで、お母さんは二番よ。世界中の誰が見たってそう思うわ」

わたしの顔を睨《にら》みつけるようにしてリラが言った。

リラの言う通りだった。

「そうね。そうかもね」

わたしが言い、リラがにっこりと微笑んだ。

その瞬間、リラの目から涙が溢《あふ》れ、滑らかな頬を流れ落ちた。

その涙を見たら、わたしの目にも急に涙が込み上げてきた。

わたしの人生は思うようにはいかなかった。これからの人生は、もっと思うようにいかなくなるのだろう。けれど、リラを産んだというだけで充分だった。

そう。この子を産んだのは、このわたしなのだ。

それ以上、何を望めというのだろう？

「お母さん、刑務所では模範囚になってね。そうすれば、少しは早く出所できるかもしれないよ」

涙を流しながらリラが言い、わたしもまた涙を流して頷《うなず》いた。

長いあいだ探し求めてきた『青い鳥』は、こんなにも近くにいたんだ。わたしは『青い鳥』の母親なんだ。

わたしは今、それをはっきりと知った。

あとがき

小説を長く書いていると、時折、奇跡が起きる。真っ暗だった洞窟《どうくつ》の壁の一部が崩れ落ち、そこから一筋の光が差し込むような現象が現れるのである。

最初にその現象が起きたのは、デビュー作となった『履き忘れたもう片方の靴』を書いている時だった。小説というものの書き方がよくわからず、暗がりを手探りで歩くようにして処女作を書いていた僕の前に、突然、『意志を持たないという意志』を有した少年・ヒカルが姿を現したのだ。

次にその奇跡が訪れたのは、『アンダー・ユア・ベッド』の執筆中で、その次は『殺人勤務医』を書いていた時だった。どちらの時も暗闇に光が差した瞬間に、僕はそれまでに書いていたものをすべて破棄し、両作品をまったく別の物語として書き始めた。

けれど、その後、奇跡はなかなか起きなくなり、僕はそれまでに作家として得た知識と経験とを総動員し、編集者たちにアドバイスを求め、もがき苦しみながら、絞り出すようにして作品を書き続けることになった。

だが、この作品の構想を始めてすぐに、実に久しぶりに奇跡がやって来た。美しくて、優しくて、聡明《そうめい》なだけでなく、自分のことよりほかの人のことを優先して考える『若月リラ』という素敵な少女が、突如として目の前に出現し、『ねえ、わたしのことを書いたら』と僕に提案したのだ。

彼女の提案に飛びつくようにして、僕はこの本を書き始めた。

うまくいくという自信はなかった。けれど、その後も物語が曲がり角に来るたびにリラが現れ、『次はこのシーンを書いたら』『その話は蛇足だと思う』などと言って僕を助けてくれた。

主人公に導かれるようにして小説を書くという体験は、これまでにも何度かしてきた。『甘い鞭』の岬奈緒子……『檻《おり》の中の少女』の鈴木楼蘭……『子犬のように、君を飼う』のニマ……僕を導いてくれたのは、いずれも女性の主人公たちだった。

けれど、こんなにも丁寧なアドバイスをくれたのはリラが初めてだった。この小説の半分以上は、リラが書いてくれたようなものである。

そんなこともあって、作品を書いているうちに僕はリラに恋をしてしまった。

ありがとう、リラ。

そのリラのおかげで、この作品は本当に素晴らしいものになったと思っている。今まで僕を応援してくださった方々だけでなく、大石圭をまだ読んだことがないという方にも、ぜひ読んでいただきたいです。

みなさま、どうぞ、若月リラをよろしくお願いいたします。

プロの作家として本を書くようになって、今年で二十八年。僕の計算が正しければ、この作品が新刊としては六十九冊目ということになる。

人より劣ったところばかりで、優れたところなど何ひとつない僕が、そんなにもたくさんの本を書いたとは、自分でもにわかには信じることができない。まるで夢を見続けているみたいだ。

こんなにも長く、こんなにもたくさんの本を書けたのは、僕の力ではなく、読んでいただいているみなさまのおかげです。ありがとうございます。これからも真摯《しんし》に、懸命に書き続けます。どうか、もうしばらくのあいだ応援してください。

最後になってしまったが、この本の執筆ではKADOKAWAの耒礼美子さんに大きな力をいただいた。彼女は僕の娘のような年齢ですが、リラと同じように、とてもしっかりとしていて頼りになる編集者です。

耒さん、ありがとうございました。これからもよろしくお願いいたします。

二〇二一年八月　真夏日の午後、蟬の声を聞きながら

大石　圭

本書は角川ホラー文庫のための書き下ろしです。
また、本書はフィクションであり、実在の人物や団体、地域とは一切関係ありません。

母《はは》と死体《したい》を埋《う》めに行《い》く

大石《おおいし》 圭《けい》

角川ホラー文庫　22887

令和３年10月25日　初版発行

発行者———堀内大示
発　行———株式会社KADOKAWA
〒102-8177　東京都千代田区富士見2-13-3
電話 0570-002-301（ナビダイヤル）
印刷所———株式会社暁印刷
製本所———本間製本株式会社
装幀者———田島照久

●お問い合わせ
https://www.kadokawa.co.jp/（「お問い合わせ」へお進みください）
※内容によっては、お答えできない場合があります。
※サポートは日本国内のみとさせていただきます。
※Japanese text only

ISBN978-4-04-111983-9　C0193

◇◇◇

角川文庫発刊に際して

角川源義

第二次世界大戦の敗北は、軍事力の敗北であった以上に、私たちの若い文化力の敗退であった。私たちの文化が戦争に対して如何に無力であり、単なるあだ花に過ぎなかったかを、私たちは身を以て体験し痛感した。西洋近代文化の摂取にとって、明治以後八十年の歳月は決して短かすぎたとは言えない。にもかかわらず、近代文化の伝統を確立し、自由な批判と柔軟な良識に富む文化層として自らを形成することに私たちは失敗して来た。そしてこれは、各層への文化の普及滲透を任務とする出版人の責任でもあった。

一九四五年以来、私たちは再び振出しに戻り、第一歩から踏み出すことを余儀なくされた。これは大きな不幸ではあるが、反面、これまでの混沌・未熟・歪曲の中にあった我が国の文化に秩序と確たる基礎を齎らすためには絶好の機会でもある。角川書店は、このような祖国の文化的危機にあたり、微力をも顧みず再建の礎石たるべき抱負と決意とをもって出発したが、ここに創立以来の念願を果すべく角川文庫を発刊する。これまで刊行されたあらゆる全集叢書文庫類の長所と短所とを検討し、古今東西の不朽の典籍を、良心的編集のもとに、廉価に、そして書架にふさわしい美本として、多くのひとびとに提供しようとする。しかし私たちは徒らに百科全書的な知識のジレッタントを作ることを目的とせず、あくまで祖国の文化に秩序と再建への道を示し、この文庫を角川書店の栄ある事業として、今後永久に継続発展せしめ、学芸と教養との殿堂として大成せんことを期したい。多くの読書子の愛情ある忠言と支持とによって、この希望と抱負とを完遂せしめられんことを願う。

一九四九年五月三日

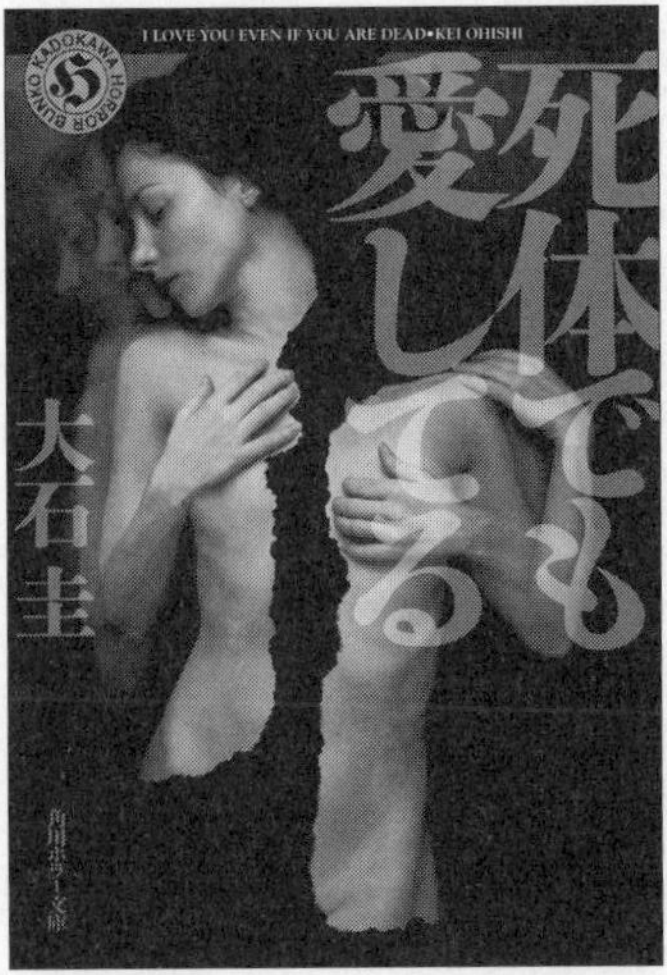

死体でも愛してる

大石圭

舐めたい。食べたい。ひとつになりたい。

台所に立っていると落ち着く。料理をすると心が凪いでいく。だからわたしは、最愛の夫が死んだ今日も包丁を握る。「彼の肉」で美味しい料理を作るために。日増しに美しくなる娘に劣情を抱く父親、コンビニ店員に横恋慕した孤独な作業員——「異常」なはずの犯罪者たちの独白を聞くうち、敏腕刑事・長谷川英太郎には奇妙な感情が湧き……。供述が生んだ悲劇とは!?　あなたの心奥にひそむ欲望を刺激する、予測不可能な犯罪連作短編集。

角川ホラー文庫

ISBN 978-4-04-109873-8